컬트 2

Cult

CULT

컬트

2

카밀라 레크베리, 헨리크 펙세우스 지음

김소정 옮김

어느날
갑자기

"이게 우연일 수 있을까?"

페데르가 정문을 보면서 말했다. 문이 활짝 열려 있었다.

"무엇이든 가능성은 있지."

아담이 대답했다.

"하지만 일단은 우연이 아니라는 가정으로 출발하는 게 좋겠어. 부모님은 모두 집에 있나?"

아담은 벨만스가탄에 있는 발테르손의 아파트로 들어가는 길에 감식반 요원에게 고개를 끄덕여 인사했다.

신고는 경찰서에서 수사 팀이 노바와 만난 직후에 들어왔다. 그때 아담은 점심을 사러 밖에 나가 있었고, 경찰서에 돌아오니 이미 페데르는 떠난 뒤였다. 아담이 이곳에 도착했을 때 페데르는 이미 안에 들어갔다 온 다음이었다. 아담은 아직 들어가 보지 못했다.

"요세핀과 프레드리크 모두 집에 있어. 요세핀의 부모님 집에 다녀온 후에 아파트에 누가 들어왔던 걸 발견했다네. 아들을 잃은 것만으로도 충분히 힘들 텐데 도대체 왜 이런 일이 생긴 걸까?"

"두 사람을 만나 봐야겠어."

아담이 조심스럽게 정문으로 들어갔고, 페데르가 쫓아왔다. 두 사람 모두 신중하게 걸음을 디뎠다. 살인 사건 현장은 아니지만 가택 침입은 오시안의 죽음과 관계가 있을 수도 있으니 살인 사건처럼 다루어야 했고, 현장을 자세히 조사해야 했다. 법의학적 증거를 망치는 것이야말로 두 사람이 가장 피하고 싶은 일이었다.

"두 사람은 저기 있어."

페데르가 부엌으로 가는 길을 가리키며 말했다.

"부엌은 손댄 것 같지 않아서 저기에 있는 게 가장 좋겠다고 생각했거든."

두 사람을 본 프레드리크가 의자에서 반쯤 몸을 일으켜 세우다가 다시 앉았다.

"이게…… 이게, 오시안을 데려간 사람들 짓일까요? 우리 집에서 뭘 찾고 있던 걸까요?"

프레드리크가 물었다. 그의 눈에서는 공포가 엿보였지만, 동시에 완전히 지쳐 보이기도 했다.

멍하니 허공을 보고 있는 요세핀의 눈은 초점이 맞지 않았다. 이제는 아무것도 그녀를 흔들 수 없는 것 같았다. 아무것도 중요한 것이 없는 것 같았다. 아담은 약을 너무 많이 먹어서 그럴 거라고 생각했다.

"아직은 알 수 없습니다."

아담이 대답했다.

"하지만 감식반이 집을 샅샅이 조사해 찾을 수 있는 모든 걸 찾아낼 겁니다."

"이해가 안 돼요."

프레드리크가 말했다.

"우리한텐 적이 없어요. 살면서 우리를 해치고 싶어 할 만큼 미움을 산 사람이 없다고요. 그건 지난번에도 말씀드렸죠. 우린 납치범들이 오시안을 데려간 게 우연이라고 생각했는데, 그게 아니라면 왜…… 무엇 때문에…… 어떻게……."

프레드리크는 더듬거리며 말을 이었지만, 결국 문장을 끝내지 못하고 두 손에 얼굴을 묻었다. 아담은 부부 반대쪽에 있는 식탁에서 의자를 꺼내 앉았다. 페데르는 허락도 받지 않고 조리대로 가서 커피머신으로 커피를 내리기 시작했다. 아담은 인정한다는 듯이 페데르를 향해 고개를 끄덕였다. 블랙커피는 경찰들의 훌륭한 소통 도구였다.

"얼마나 오래 집을 비우셨죠?"

옅은 색 식탁을 두 손으로 움켜잡으며 아담이 물었다. 식탁에는 노란색, 빨간색, 녹색 사인펜 자국이 남아 있었다. 부엌 전체에 오시안이 남긴 작은 흔적이 가득했다. 냉장고에는 알록달록한 자석으로 고정한 그림들이 있었고, 식기 건조대에는 디즈니 애니메이션 〈카〉의 주인공 라이트닝 맥퀸이 그려진 어린이용 접시가 있었다. 옆에는 열린 봉투 안으로 알파벳 비스킷이 보였다. 아담은 침을 꿀꺽 삼키고 고개를 돌렸다.

"요세핀의 부모님 댁에는 어젯밤에 갔습니다."

프레드리크가 말했다.

"거기서 자고 왔어요. 요세핀이 여기를 떠나 있는 게 좋을 것 같아서요. 사실 우리 둘 다 떠나 있을 필요가 있었죠. 요세핀 부모님의 집은 태뷔에 있고, 우린 거기 손님방에서 잤습니다. 집에 온 건…… 아마, 한 시간쯤 됐을 거예요."

"그때 집에 침입자가 있었다는 걸 발견하신 건가요?"

아담은 자신이 너무나도 뻔한 질문을 했다는 걸 알았다. 하지만 비통해하거나 충격에 빠진 사람, 불안해하는 사람이 단순한 질문을 받으면 진정 효과가 있을 수 있음을 경험으로 알고 있었다. 그런 질문들은 완전히 뒤집혀 버린 세상에 있는 사람들이 이해할 수 있는 무언가였다.

페데르가 뜨거운 커피가 담긴 컵을 사람 수대로 식탁에 놓았다.

"우유 넣어 드릴까요?"

페데르가 물었다.

"네, 그래 주세요. 요세핀은 우유를 넣어 마셔요."

프레드리크가 아내의 팔을 어루만지면서 대답했다. 요세핀은 멍한 표정으로 허공을 바라보고만 있었다. 페데르는 고개를 끄덕이고 냉장고로 가서 우유를 꺼내 유통기한을 확인하고는 식탁으로 가져왔다. 프레드리크가 우유를 들어 요세핀의 커피에 조심스럽게 따랐다.

"여보, 이것 좀 마셔."

요세핀은 컵을 만지려고도 하지 않았다.

"그게, 문이 조금 열려 있었습니다. 곧바로 뭔가 잘못된 걸 알았죠."

프레드리크가 아담을 보면서 말했다.

"나갈 때 문을 닫고 잠긴 걸 분명히 보고 갔으니까요. 그때 열쇠 구멍에 있는 찍힌 흔적들을 발견했습니다. 집에 들어오자마자 엉망이 된 걸 확인했고요."

"혹시 없어진 물건이 있나요?"

아담 옆에 앉으면서 페데르가 물었다. 그러고는 조심스럽게 커피를 한 모금 마셨다.

"이런저런 것들이요. 요세핀의 결혼반지와 보석이 사라졌습니다. 귀걸이랑 금팔찌, 아버지가 특별한 생일 때 받은 시계도 사라졌어요. 추억이 담긴 물건들이죠. 값은 얼마 되지 않고요."

"좋습니다. 생각나는 모든 물품을 적어 주세요. 직접 적어 보기 전에는 사라진 걸 눈치채지 못하는 경우도 있으니까요."

페데르가 말했다.

"우리……우리는, 이런 일을 더 이상은 감당 못 하겠습니다."

프레드리크가 아내의 손을 만지작거리면서 말했다. 남편에게 잡힌 요세핀의 손에는 전혀 힘이 들어가 있지 않았다. 얼굴에는 표정 변화도 전혀 없었다. 마치 어딘가로 가 버린 것 같았다. 자기 아이가 더는 존재하지 않는 현실에서 벗어나 전혀 다른 곳으로 떠나 버린 것 같았다. 어디에 가 있건, 그곳에선 조금은 평온하기를 아담은 바랐다.

"두 사건이 꼭 관련이 있으리란 법은 없습니다."

아담이 말했다.

"믿으셔도 됩니다. 이런 가택 침입 사건은 정말 많이 봤거든요. 오늘 일이 여느 가택 침입과 다르다고 생각할 만한 특징은 없습니다."

프레드리크는 고개를 끄덕였지만, 아담의 말을 믿는 것 같지는 않았다. 솔직히 말해서 그럴 수밖에 없을 것 같았다. 이런 일이 우연히 일어날 확률이 얼마나 될까?

아파트 안에서 감식반이 움직이는 소리가 들렸다. 보통 가택 침입 같은 사건을 수사하는 곳은 관할 지역 담당의 범죄 수사 팀이다. 훌륭한 팀이다. 가택 침입 사건을 수사할 때 필요한 모든 증거를 확보할 능력이 있고, 동시에 피해자 지원도 제공한다. 대중의 눈에는 경찰이 가택 침입 같은 사건은 신경을 쓰지 않는 것처럼 보이지만, 그건 정말 오해였다. 지역 경찰들의 업무 능력은 탁월했다. 그럼에도 수사 종결률이 낮은 것은 수많은 가택 침입 사건에 전문적인 외국 갱단들이 개입해 있기 때문이었다. 하지만 이번 가택 침입 사건은 오시안과 관련이 있을 수도 있기에 감식반이 모두 출동한 것이었다. 아주 작은 증거가 아주 큰 역할을 할지도 모르니까.

아담이 일어섰다.

"무엇이든 생각나는 게 있으면, 아주 사소한 것도 좋으니 연락해 주십시오. 그리고 사라진 물건을 목록으로 작성해 주시면 좋겠습니다. 필요하실 때 언제든지 전화 주시고요."

프레드리크는 고개를 끄덕였고, 요세핀은 여전히 멍한 표정으로 허공을 보고 있었다.

감식반과 몇 마디 나누고 아담은 아파트에서 나가 한껏 공기를 들이마셨다. 페데르가 따라 나와 아담의 어깨에 손을 얹었다.

"절대 쉬워지지 않지."

"그러게. 절대 쉬워지지 않네."

아담이 페데르를 보았다.

"그거 알아? 이제는 그 동영상을 볼 수 있을 것 같아. 이 중압감을 상쇄할 게 필요해."

"동영상으로 중압감을 상쇄한다고?"

"맞아. 그 세쌍둥이가 나온다는 동영상 있지? 노래 경연 대회에서 찍었다는."

"아, 그 문제라면 내가 해결해 줄 수 있겠군."

페데르가 웃으며 말했다. 재킷 주머니에서 휴대폰을 꺼내면서.

*

동네 작은 술집의 종업원이 맥주를 또 한 잔 루벤 앞에 놓았고, 루벤은 고맙다고 웅얼거렸다. 이 술집이 문을 연 5년 전부터 쉬는 날엔 언제나 이곳에서 점심을 먹었다. 일 때문에 경찰서 책상에 앉아서 점심을 먹지 않아도 되는 휴일이면 말이다. 할머니를 보러 가는 월요일은 예외였지만. 이곳에서는 저녁도 많이 먹었다. 혼자 사는데 집에서 요리를 해 먹는 건 의미가 없는 것 같아서였다. 요리를 잘하지 못하기 때문은 아니었다. 그릴을 다루는 능력에 있어서는 대부분의 남자들보다 나을 것이다. 그저 혼자 먹을 밥에 시간을 쓰는 게 낭비라는 기분이 들기 때문이었다.

주말에는 이곳에서 아침을 먹을 때도 있었다. 그때는 브런치를 주문할 수 있었다. 특히 원 나이트를 한 뒤에 아파트가 비워지기를 기다리는 아침이면 이곳에서 식사를 했다. 그건 다시 말해 지난겨울부터 이곳에서 아침을 먹지 않았다는 뜻이었다. 하지만 아만다와 자신에게 솔직해져 보자면, 그런 아침보다 지금이 훨씬 더 기분 좋았다.

루벤에게 이곳은 두 번째 집이 되었다. 모든 직원의 이름을 안다는 건, 그들이 루벤의 일상을 알고 있다는 건 그만큼 안도감을 주었다. 직원들은 루벤이 음식을 먹기 전에 항상 맥주를 한 잔 마시고, 음식을 먹으면서 한 잔 더 마시며, 식후에 커피는 마시지 않는다는 사실을 알았다. 그러나 오늘은 음식이 나오기 전에 두 번째 맥주를 주문했고, 그 때문에 서빙을 맡은 종업원 미카엘은 맥주를 테이블에 내려놓고도 떠나지 못했다.

"괜찮으신 거죠?"

미카엘이 물었다.

"그냥 생각할 게 많네요."

루벤이 맥주를 한 모금 마시면서 대답했다.

"알아서 해결되겠죠."

"너무 무리하지는 마세요. 아직 수요일밖에 되지 않았잖아요."

고개를 숙여 인사하고, 미카엘은 루벤을 두고 떠났다.

그게 루벤이 좋아하는 방식이었고, 미카엘이 알고 있는 방식이었다. 사담을 너무 섞지 않는 것. 거짓말을 한 것은 아니었다. 그저 잠시 루벤의 세상이 멍해진 것뿐이었다. 정확히 말하면 오시안 때문이었다. 오시안에게 일어난 일은 정말 끔찍했다. 오시안을 생각하면 실패했다는 감정과 슬픔이 몸에

있는 모공 하나하나에 스며들었다. 사건을 수사하는 모든 경
찰이 같은 감정이라는 걸 알았다. 아이의 죽음만큼 충격적인
사건은 없었다. 절대로 없었다. 갑자기 자신에게도, 그러니까
루벤 회크에게도 딸이 있다는 사실이 떠올랐다. 온몸이 공포
에 질렸다. 그 사실을 알게 된 지 3일이 지났지만, 루벤은 아
직 그 사실을 제대로 소화하지 못했다. 제기랄. 딸이라니. 딸
이란 잃어버릴 수도 있는 존재였다. 루벤은 그 생각은 멀리
밀어 내고 그 발견에 대해 조금 더 실용적인 측면으로 생각하
려고 해 봤다. 그러니까, 그 애의 이름 같은 거 말이다.

아스트리드.

아스트리드 회크.

아니지, 회크가 아니야. 루벤은 생각을 정정했다. 그 애는
자기 엄마의 성을 받았다. 하지만…… 그래서 다음 단계는 뭘
해야 하는 걸까? 엘리노르는 그를 환영하지 않는 게 분명했다.
그러나 그건 루벤에게 딸이 있다는 걸 알기 전의 일이었다.

"맛있게 드세요."

감자튀김을 곁들인 플랭크 스테이크. 루벤이 아는 한 이 스
테이크는 요리계의 끝판왕이었다. 녹색 까치콩 몇 개가 외관
을 망치긴 했어도, 그것만 빼면 완벽했다. 노릇노릇한 스테
이크를 썰었지만 먹는 데 집중이 되지 않았다. 그 대신에 아
기 때부터 지금까지 아스트리드가 성장해 온 모습을 상상해

보려고 했다. 한 살 때는 어땠을까. 두 살 때는…… 그가 놓친 모든 나이대의 아스트리드를 상상해 보았다.

루벤은 접시를 멀리 밀었다. 뭔가를 하기 전까진 음식이 넘어가지 않을 것 같았다. 신경질적인 웃음이 나왔다. 제기랄, 지금 루벤은 망할 신경 쇠약증 환자처럼 굴고 있었다. 아만다와 상의해야 할까? 아만다라면 분명히 도와줄 수 있을 텐데. 그걸 정말로 좋은 생각이라고 떠올리다니, 아주 놀라운 일이었다. 군나르가 지금의 루벤을 본다면 바지에 오줌을 쌀 정도로 웃어 젖힐 것이다.

아니, 상담은 필요 없다. 루벤은 아만다가 할 말을 이미 알았다. 하지만 루벤은 아만다의 말에 동의하지 않았다. 구부러지거나 부러질 때라는 말에는 찬성하지 않았다.

루벤은 휴대폰을 꺼내 엘리노르의 페이스북에 있는 아스트리드의 사진을 캡처해서 엘리노르에게 보냈다.

우리, 이야기할 게 있을 것 같아. 문자도 함께.

휴대폰을 무음으로 돌리고 맥주를 크게 한 모금 마셨다. 위 속에서 나비들이 난리를 치는 것 같았다. 그 날아다니는 악당들을 고기와 감자로 질식시켜 죽이기 전까지는 엘리노르가 답장을 보냈는지, 답장을 보냈다면 무슨 말을 했는지 전혀 알고 싶지 않았다.

그에게 아이가 있었다.

딸이 있었다.

루벤이 그 누구보다도 이 세상 모든 악으로부터 보호해 주고 싶은 사람이 있었다.

*

율리아는 회의실 구석에 있는 텔레비전에 리모컨을 겨누고 버튼을 마구 누르면서 짜증스럽게 손목시계를 확인했다.

"루벤은 오는 중이래?"

"점심 먹고 5분 안에 온다고 했어. 최대한 서두른다고 했는데."

페데르가 조심스럽게 두 엄지손가락을 치켜올렸다. 페데르와 아담은 발테르손의 집에 발생한 침입 사건에 특이한 점이 없다고 했다. 하지만 그 말은 동시에 귀중품을 잃었을 뿐 아니라 집 안에서까지 정서적으로 침범을 당했다는 뜻이다. 어떤 사람들은 이렇게 모든 불운을 다 겪기도 한다.

율리아는 고개를 끄덕이고 계속 텔레비전 채널을 돌렸지만, 자신이 연결한 컴퓨터 화면이 나오는 채널은 찾을 수가 없었다. 내면에서 분노가 솟구쳐 올랐으나 분노를 쏟아 내야 할 진짜 목표물은 흩어져 버렸고 도저히 도달할 수 없었기에, 지금으로서는 리모컨이 그 분노를 모두 받고 있었다. 가장 화나는 일 가운데 하나는 경찰서 어딘가에 또다시 구멍이 뚫렸다는 것이었다. 수사 팀은 어떻게든 오시안의 죽음이 언론에 새어 나가지 않게 막고 있었다. 그러나 언제나 그렇듯이 으스댈 기회를 포착한 누군가가 기자들에게 소식을 흘리고 있음이 분명했다. 점점 더 가혹하게 리모컨을 학대하던 율리아는 마침내 리모컨을 벽에 집어 던지려고 했다.

"내가 해 볼게."

아담이 율리아에게서 리모컨을 가져갔다. 그는 곧바로 율리아가 연결한 채널을 찾았고, 율리아의 노트북 화면이 텔레비전에 크게 확대되어 나왔다. 이제 곧 방영될 생방송 기자회견을 보려고 율리아가 열어 둔 《아프톤블라데트》 신문사 홈페이지였다. 마이크 두 대가 설치된 연설대를 비추고 있는 정지 화면 밑에는 1시에 방송이 시작된다는 안내 문구가 떠 있었다. 이제 3분 후였다.

"무슨 내용이래?"

미나가 마치 리모컨이 아담의 손에서 튀어나와 자신을 공격하려고 한다는 듯이 리모컨을 쳐다보며 물었다.

율리아는 3년 전에 저 텔레비전을 회의실에 들인 뒤로 미나가 저 리모컨을 만지는 사람들의 수를 모두 셌을 수도 있겠다는 생각이 들었다. 심술궂은 생각이긴 했지만, 미나가 아담과 리모컨에게서 한 발 뒤로 물러나는 걸 보면 정말 그랬을 수도 있을 것 같았다.

"그건 3분을 기다려야 알 수 있을 거야. 우리도 너만큼이나 아는 게 없어."

율리아가 듣기에도 자기 목소리에는 짜증이 가득했다. 수면 부족, 직장 스트레스, 가정 스트레스, 하뤼에 대한 그리움, 무능하다는 느낌. 이 모든 것이 그녀를 벼랑 끝으로 밀어붙이고 있었고, 이처럼 끔찍한 때에 온 윗선의 호출은 정말 이보다 더 나쁠 수가 없었다. 어느 조사에서 20퍼센트의 국민 지지율을 기록했다는 '스웨덴의 미래' 당 대표가 '아동 살해' 관련 기자 회견을 열겠다고 기자들을 불러 모았다. 여느 때였다면 언론은 신경 쓰지 않았을 것이다. 그리고 테드 한손은 언제나 그렇듯이 당 공식 유튜브 채널에서 자신의 입장을 알리는 것으로 끝났을 것이다. 그러나 지금은 무엇 하나 제대로 돌아가는 것이 없었다. 그래서 언론은 혹시 테드가 뭔가 알지도 모른다는 희망을 품고 스웨덴의 미래 당 대표의 부름에 호응했다.

율리아는 언론 배포 자료를 읽었지만 테드가 하려는 말이 무엇인지 알아내는 데는 실패했다. 테드 한손의 입에서 나오는 말이라면 절대로 좋은 내용이 아닐 테지만 말이다. 그의 지도력은 기회주의와 사리사욕이라는 단어를 빼면 묘사할 수 있는 말이 전혀 없었다. 율리아는 테드가 텔레비전에 나오려는 건 경찰에 대한 불신을 잔뜩 심어 주고 증오와 불안감을 불러일으키는 데에 목적이 있을 거라고 확신했다. 그것이 그가 인기를 끌기 위해 구사하는 수법이니까.

지금까지의 수사 결과대로라면 이민자나 외국에서 체류한 적이 있는 스웨덴 사람이 사건에 관련되어 있다고 볼 만한 근거는 없었다. 하지만 그런 사실이 테드 한손과 그의 지지자들에게는 아무런 문제가 되지 않았다. 테드의 지역구에서 체더 치즈 가격이 오르면 그에게는 그것이 쿠르드족 사람들을 비난할 이유가 됐다. 우체국에서 소포를 제때 배달하지 못했다면 그 이유는 소말리아에서 필요 없는 인력이 유입되었기 때문이었다. 너무나 많은 스웨덴 사람이 이런 식의 단순한 설명을 좋아했다. 율리아는 자신도 모르게 입을 앙다물고 있었음을 깨닫고 턱에 힘을 풀었다. 테드 한손을 생각하니 저절로 턱에 힘이 들어갔던 것이다.

"나 왔어!"

루벤이 회의실로 뛰어 들어오면서 큰 소리로 외쳤다. 입고 있는 셔츠 한가운데가 땀으로 흥건하게 젖어 있었다.

"시작했어?"

루벤은 미나 옆에 있는 의자에 앉았고, 그 순간 미나는 루벤에게서 재빨리 멀어졌다. 통풍이 되지 않는 회의실에서는 누구나 땀을 흘리고 있었지만, 루벤은 특히 심했다. 게다가 튀김 냄새까지 희미하게 풍기고 있었다. 율리아는 크리스테르가 싸구려 선풍기를 좀 더 많이 사 두어야 했다고 생각했다. 수사 팀에서 한두 상자 정도는 비용을 부담해 주었어야 했다.

"1분 남았어."

율리아가 대답하며 텔레비전이 보이는 곳에 앉았다. 그녀의 표정은 암울했다.

상부에서 내려온 지시는 명확했다. 경찰의 업무에 비난이 가해지는 상황을 더는 용납하지 않겠다는 것이었다. 그들은 결과를 원했다. 이 기자 회견이 끝나면 아이들의 살해 사건은 단순한 인륜 범죄나 위법 행위가 아니라 정치 문제로 바뀔 것이다. 일단 정치가 개입하면 앞으로의 수사는 그 어떤 일이 개입하는 것보다 더 크게 방해 받을 것이 뻔했다.

텔레비전 화면에 두 사람이 마이크 앞으로 걸어가는 모습이 보였다. 웅성거리던 소리가 가라앉았다. 크고 작은 모든 언론사에서 기자들이 나와 있었다.

스웨덴의 미래 당 대표가 헛기침을 했다. 저토록 겸허한 얼굴에 그토록 많은 증오를 품고 살 수 있다니. 볼 때마다 놀라웠다. 별다른 특징이 없는 수수한 갈색 머리, 금속 테 안경, 얇은 입술, 살짝 떨리는 턱. 조금 격식을 차려야 하는 행사에 참여할 때면 테드 한손은 언제나 검은색 양복을 입거나 베이지색 면바지에 파란색 또는 흰색 캐주얼 셔츠를 입었다. 오늘 기자 회견에는 면바지에 옅은 파란색 셔츠를 입고 나왔다. 율리아가 보기에 땀자국은 없었다.

페데르가 모두에게 들릴 정도로 크게 헉 소리를 냈다. 테드 옆에 서 있는 여자가 누군지 알아본 듯했다. 율리아도 곧 그 여자를 알아보았다. 릴뤼 메예르의 어머니 예뉘였다. 그녀의 얼굴은 분노로 가득했다. 테드가 보호하듯 어깨를 감싼 예뉘는 눈에 보일 정도로 온몸을 부들부들 떨고 있었다.

테드 한손이 예뉘를 감싸고 있던 팔을 풀고 말을 하기 시작했다. 그는 자신의 말을 강조하기 위해 몸동작을 곁들이는 사람이었는데, 주로 주먹 쥔 손을 썼다. 율리아는 한숨을 쉬었다. 어째서 사람들은 저자가 어릿광대일 뿐이라는 걸 모르는 걸까? 물론 위험한 어릿광대지만, 어릿광대는 그래 봐야 어릿광대 아닌가?

"스웨덴이 무법 지대가 되어 가고 있습니다."

스웨덴의 미래 당 대표가 예의 그 도입부로 포문을 열었다.

"범죄율은 솟구치고 있는데, 경찰은 어디에 있는지 알 수가 없습니다. 우리 경찰은 이전의 정치인들이 순진하게 스웨덴으로 들어온 범죄자들 앞에서 무기력해지고 있습니다. 범죄자들에게 이 나라의 문을 열어 주었던 것입니다. 하지만 오늘 나는 정치 이야기를 하려고 이곳에 선 것이 아닙니다. 오늘은 스웨덴에서 가장 빠르게 성장하는 정당의 지도자로 여러분 앞에 선 것이 아닙니다. 나는 오늘 한 아버지로서 여러

분 앞에 섰습니다. 아이들이 사라지고 있습니다. 스웨덴에서
말입니다. 아이들이 살해되고 있습니다. 바로 이 스웨덴에서
말입니다. 그런데도 우리 경찰은 범인을 잡을 의지도, 방법도
없습니다. 1년 전, 릴뤼 메예르가 우리 곁을 떠났습니다. 한
아이의 아버지로서, 내가 오늘 릴뤼 어머니의 눈을 어떻게 볼
수 있겠습니까? 스웨덴과 스웨덴 경찰이 이분의 어린 딸에게
일어난 일을 밝히려고 최선을 다했다는 말을 할 수가 없다면
말입니다. 지금, 릴뤼의 어머니가 내 옆에 서 계십니다. 이분
에게 내가 무슨 말을 할 수 있을까요?"

테드가 예뉘 홀름그렌에게로 고개를 돌렸다. 테드의 뺨을
타고 눈물이 흘러내리자 카메라 플래시가 터졌다. 언론은 이
사진을 소비할 것이다. 내일 아침이면 모든 신문의 1면에 이
사진이 실릴 것이다. 카메라 셔터가 끝도 없이 눌리는 것 같
았다. 공교롭게도 율리아는 고등학교 졸업반 때 테드를 알았
다. 그때 그는 벌써 정치인의 필수 자질인 '필요할 때 눈물을
흘릴 수 있는 능력'을 갖추고 있었다. 테드는 예뉘나 예뉘의
딸에게는 조금도 관심이 없었다. 하지만 언론은 테드가 바라
는 대로 움직여 줄 것이다.

"그리고 오시안 발테르손의 부모님이 있습니다."

눈물을 닦으며 테드가 말했다.

"프레드리크와 요세핀이죠. 그분들에게도 답을 요구하고

정의를 요구할 권리가 있습니다. 무능과 방치가 아니라요."

테드가 목소리를 높이면서 주먹을 쥐었다. 지금이다.

"우리에게 더 이상 아이들이 안전한 스웨덴은 없습니다. 아이들을 홀로 둘 수 있는 스웨덴은 없습니다. 단 한 순간도 말입니다. 이제 보이지 않는 곳에 위험이 도사리고 있습니다. 우리 자신이 그 위험을 불러들인 것입니다. 스웨덴은 밝고 아름답고 안전한 나라였습니다. 하지만 이제 우리의 거리에는 어둠이 내렸습니다."

테드는 잠시 말을 멈추고 기다렸다. 그러고는 옆으로 비켜나더니 예뉘 홀름그렌이 마이크 앞으로 나올 수 있게 했다. 예뉘는 두 손으로 자신의 허리를 짚더니 여러 번 깊이 숨을 들이마셨다 내뱉었다. 긴장한 예뉘의 표정을 보는 율리아는 복잡한 감정을 느꼈다. 한편으로는 피해자 부모가 느끼는 분노와 절망을 이해했다. 그와 동시에 예뉘의 비통함이 다른 목적을 위해 착취되는 방식에는 엄청난 혐오를 느꼈다. 그런 식의 착취는 경찰의 수사를 방해하고, 대중이 가장 중요한 협력자가 되어 주어야 할 때 경찰에게 등을 돌리는 결과를 낳을 뿐이었다.

"망할 얼간이."

크리스테르가 암울하게 고개를 저었다.

"릴뤼 어머니 말고, 저 비열한 자식 말이야."

"저 사람은 선출직 의원이지."

아담이 화면을 바라보면서 무덤덤하게 말했다.

"저 사람을 선택한 사람들은 한동안 저 사람에게 권력을 맡길 자격이 있어. 그래야 자신들이 누구에게 표를 준 건지 깨달을 수 있을 테니까."

릴뤼의 어머니가 입을 열었다.

"1년이에요. 내 딸 없이 1년을 보냈어요. 내 아이를 죽인 사람을 그 누구도 밝히지 못한 채로 1년이 흘렀어요. 그리고 또 다른 아이가 죽었어요. 그런데 경찰은 아무 일도 하지 않았어요."

"아무 일도 안 했지."

루벤이 이를 갈면서 말했다.

"그래, 아무 일도 안 했어. 그냥 여기 앉아서 손가락만 만지작거리고 있었지."

"조용."

예뉘의 말에 계속 귀를 기울이며 율리아가 말했다.

그 뒤로 15분 동안 기자 회견은 계속 비슷한 분위기로 흘러갔다. 위장이 꼬일 것만 같았다. 예뉘의 말을 이어 받은 테드 한손은 '외부에서 들어온 어둠의 세력과 전쟁을 치르고 있는 스웨덴'에 깊은 우려를 표했다. 연설을 끝낸 테드는 여러 기자에게서 질문을 받았다. 저렇게 무비판적인 언론인들을 율리아는 좋아할 수가 없었다. 테드의 눈물이 먹힌 것이다. 그리고 이런 사건은 언론의 좋은 먹잇감이었다. 경찰의 꼬투리를 잡고 무능함을 꼬집는 기사는 늘 신문 판매에 도움이 됐다. 그건 태곳적부터 성립해 온 진리였다.

"음, 저런 공격은 이미 우리에겐 흔히 있어 왔던 일이지."

율리아의 뒤에서 텔레비전을 끄면서 아담이 말했다.

"태양 아래 새로운 건 없는 법이니까."

율리아는 한동안 아무 말도 없이 앉아 있었다. 아담은 '스웨덴의 미래'의 능변에 가장 크게 타격을 입었을 것이다. 끊임없이 너는 필요 없는 존재라는 말을 들으면 어떤 기분일까? 율리아로서는 상상조차 하기 힘들었다.

그녀는 의자를 돌려 팀원들을 바라보았다.

"지금 들은 말이 모두 헛소리라는 건 잘 알 거야. 앞으로 어떤 헛소리를 읽든, 듣든 간에 그런 건 모두 무시하고 우리 일에 집중해야 해. 한동안은 신문을 안 보는 게 나을 수도 있어. 그런 건 모두 상부에서 알아서 하라고 해. 우리는 우리가 해야 할 일에 집중하는 거야."

"꼭 수사 계획 같네."

미나가 말했다. 율리아는 고개를 끄덕였다.

"맞아. 그리고 우리가 하는 일에서는 우리가 최고라는 걸 명심해. 외부에는 우리에게 그런 확신이 없다는 인상을 주지 말고."

아무도 대답하지 않았다. 아담이 율리아의 어깨를 토닥이더니 밖으로 나갔다. 율리아는 의자에 그대로 앉아 있었다. 주머니에서 휴대폰이 문자가 도착했음을 알리며 진동했다. 사실 기자 회견이 방송되는 동안 내내 문자가 왔다. 율리아는 문자를 무시했고, 앞으로도 한참 동안은 문자를 확인할 생각이 없었다. 지금까지는 토르켈이 지옥에 갈 필요까지는 없었지만, 이제는 정말 지옥에 보내 버리는 게 좋을 것 같았다.

*

미나는 종이 타월에 소독제를 조금 뿌려서 방금 율리아의 책상에 내려놓은 서류철을 닦았다.

"이제 내가 뭘 하면 될까?"

미나가 물었다.

"집에 가, 미나."

율리아가 서류철을 하나 집어 들면서 말했다.

"그럴 순 없어. 한창 수사 중이잖아. 게다가 오늘 아침에는 노바 때문에 완전히 시간을 버렸고. 물이랑 숫자 3이라니, 정말로 스웨덴에서 그 분야를 가장 잘 아는 전문가 맞아? 빈센트를 불러야 한다고 했잖아. 아무리 사이비 종교 전문가라고 해도, 범죄 조직에 대해 뭘 알겠어? 그건 빈센트가 잘 아는 분야잖아. 노바는 그냥 대충 추론하고 짐작하는 것뿐이야."

율리아는 막 펼친 서류철을 덮고 미나를 바라보았다.

"나는 일리가 있는 것 같아. 납치범들이 서로 알고 있을지도 모른다는 생각이 다른 추측들보다 떨어지는 것도 아니고. 조직적인 집단이 있을 거라는 의견을 전적으로 기각하지는 않을 거야."

미나는 대답할 말이 없었다. 그녀는 언제나 노바 같은 사람들은 대부분 사기꾼이라고 생각했다. 아침 회의는 그런 생각을 확증해 주는 자리였을 뿐이다. 노바가 수많은 사람을 도왔을 수도 있다는 사실은 중요하지 않았다.

"내가 보기엔, 넌 지금 너무 피곤해. 겉으로 보이는 것보다 더 피곤하겠지. 이 망할 건물이랑 이 열기 좀 봐. 우리가 할 수 있는 건 다 하고 있다는 걸 너도 알잖아. 이보다 더한 걸 요구하면 그때부터는 오히려 실수할 우려가 있어. 아무것도 하지 않는 것보다 훨씬 나쁜 상황이 될 수도 있고. 내가 너랑 입장이 바뀌었으면 좋겠다. 그나저나, 오늘 오후에 할 일 있다고 하지 않았어?"

점심시간에 미나는 지나가는 말처럼 오후 늦게 바쁜 일이 생길 수도 있다고 했었다. 그 이유는 말하지 않았다. 그런데도 율리아는 율리아답게 그 말을 기억하고 있는 것이다.

그저께 빈센트에게 말할 때도 실제로 하게 될 거라고는 생각하지 않았다. 그런 건 불가능하다고 느꼈기 때문은 아니었다. 애초에 루벤의 말 따위는 그냥 흘려들었어야 했다. 그리고 율리아는 미나가 자리를 지키길 바랐다. 분명히 미나가 더 할 수 있는 일이 있을 것이다. 미나를 경찰서에 붙잡아 둘 무언가가 있을 것이다. 빈센트에게 전화를 했어야 하는데. 전화를 해야지라고 생각하면서도 계속 그 순간을 미루고 있었다. 하지만 경찰서에서 그에게 전화를 걸고 싶지는 않았다.

"크리스테르가 살펴보고 있는 기록을 교차 점검해 봐야겠어."

"미나."

율리아가 미나의 눈을 똑바로 바라보았다.

"여기 있지 마. 집에 가. 가서 영화라도 봐. 아이스크림을 먹든가, 와인을 마셔도 돼. 가서 아무거나 해. 잠을 좀 자도 좋고. 뭘 하든 상관없어. 적어도 일곱 시간은 널 보고 싶지 않아. 쳇바퀴 돌아가듯 계속 일할 수는 없어. 그럼 결국 나에게 쓸모없는 존재가 되고 말 거야. 몇 시간 쉬고 다시 멀쩡해진 몸과 마음으로 돌아와."

미나는 한숨을 쉬었다. 틴더 화면을 오른쪽으로 밀지 않았다면 모든 건 훨씬 쉬웠을 텐데. 아미르가 즉시 대답하지 않았다면 모든 건 수월했을 텐데. 이제는 선택의 여지가 없었다. 데이트까지 한 시간밖에 남지 않았다. 정말, 젠장이었다.

*

아무 소용 없다는 걸 알면서도 나탈리는 계속 가방을 뒤졌다. 매번 짐을 싸는 게 귀찮아서 친구 집에서 잘 때를 대비해 보통 갈아입을 옷을 한두 벌씩 가지고 다녔다. 하지만 이미 가지고 있는 옷은 다 입었다. 칼이 갈아입을 옷을 주기는 했다. 칼과 이네스와 모니카가 입고 있는 것과 똑같은 흰색 티셔츠에 아마천 바지. 이렇게 더운 날 입기에 시원하고 편했지만, 나탈리는 자기 것이라고 할 수 있는 걸 갖고 싶었다. 깨끗한 속옷도 필요했고. 가방에서 라몬즈 후드 티셔츠를 꺼내 냄새를 맡았다. 고약했다.

배 속에서 다시 굉장한 소리가 들렸다. 이곳 사람들은 대가를 바라지 않고 나탈리에게 음식을 주었지만 양이 너무 적었다. 토요일부터 나탈리의 위는 맹렬하게 항의하고 있었고, 나탈리는 이제 굶주림이 느껴졌다. 배가 고파서 생각하는 게 쉽지 않았다.

이네스를 비롯한 이곳 사람들은 모두 친절했고 할머니를 알 수 있는 기회를 얻었다는 사실이 아주 고마웠지만, 이제는 집에 가야 할 시간이었다. 아빠에게 문자를 보낸 직후에 휴대폰 배터리가 다 떨어져 버렸고, 이곳에는 충전기가 단 한 대도 없는 게 분명했다. 그 뒤로 아빠하고는 어떤 연락도 주고

받지 못했다. 물론 아빠는 나탈리가 있는 곳을 자력으로 찾아 낼 수 있다. 언제든 짙게 선팅한 검은색 차가 나탈리를 데리러 올 수 있었다. 이곳은 다음에 또 오면 된다.

"어디 가려고?"

가방 안을 들여다보고 있던 나탈리가 고개를 들었다. 칼이 문틀에 기대어 서 있었다.

"네. 집에 가야겠어요. 아빠가 정말 화나기 전에요. 할머니 보셨어요? 가기 전에 작별 인사를 하려고요."

"볼일이 있어서 어디 가셨어. 한 시간쯤 뒤에 돌아오실 거야."

칼이 문틀에서 몸을 떼고 나탈리가 다른 사람들과 함께 쓰고 있는 방으로 들어왔다. 칼은 정말 컸다. 그리고 아주 잘생 겼다. 나탈리는 이제야 그 사실을 깨달았다. 웃긴 생각이지만 같은 옷을 입고 있으니 왠지 한 가족처럼 느껴졌다.

"잠깐 나를 도와줄 수 있을까? 지금 건물을 다시 짓고 있는데, 손이 모자라."

칼이 말했다.

"근데…… 잘 모르겠어요. 무엇보다도……."

나탈리의 목소리가 작아졌다. 그리고 설명하려고 했다. 중학교 목공 시간 이후로는 아무것도 만들어 보지 않았다는 걸. 그때도 결과물은 못 미더웠다는 걸. 하지만 칼이 큰 소리로 웃으며 나탈리의 말을 막았다. 커다란 그 웃음은 진심이었다.

이렇게까지 배가 고프지 않았다면 분명히 나탈리의 마음을 따뜻하게 감쌌을 웃음이었다.

"난 정말로 집에 가야 해요."

나탈리가 말했다.

"적어도 망치 잡는 법을 알려 주는 사진은 본 적이 있을 거 아니야."

칼은 나탈리의 대답을 듣지 못한 것처럼 말했다.

"그 정도면 충분해. 너희 아빠는 좀 더 기다릴 수 있을 거야."

칼의 말은 당연히 옳았다. 그리고 나탈리도 이 사람들의 관대한 환영에 조금쯤은 보답해야 했다. 이들은 가족이나 다름없으니까. 나탈리는 배에서 나는 요란한 소리를 듣지 않으려고 한 손으로 배를 꾹 누르고 칼을 따라 방을 나섰다.

*

그녀 주변을 둘러싼 공간은 온갖 일들로 가득 차 있었다. 미나는 잠시 사무실을 떠나 있어도 된다는 걸 알고 있었다. 업무는 엄청난 속도로 굴러갔고, 동료들은 교대로 근무했다. 당연히 그래야 했다. 미나도 율리아가 옳다는 걸 알았다. 게다가 다른 동료들이 뿜어내고 있는 땀 구름으로부터 탈출하는 데에는 아무 이의도 없었다. 제시간에 아미르를 만나려면

5분 안에 경찰서에서 나가야 한다. 그러나 그녀는 여전히 이 장소를 벗어나야 한다는 사실에 저항하고 있었다.

그저 아직은 떠날 수가 없었다.

미나는 두 아이가 말을 걸어오기라도 할 것처럼 책상 위에 놓인 릴뤼와 오시안에 관한 서류를 뚫어지게 쳐다보았다. 찾을 수 있는 모든 자료를 출력해 왔다. 모든 단어를 읽고 모든 종이를 앞뒤로 샅샅이 훑고 줄을 치고 편집해 간추려 놓았을 때 더 생각을 잘할 수 있었다. 서류를 파악하는 것은 미나가 부산을 떨게 되는 몇 안 되는 일 중 하나였다. 몬티 파이튼의 존 클리즈가 옳았다. 사람은 스크린 위에서는 창의성을 찾을 수가 없다. 분명히 무엇이라도 있어야 했다. 아무것도 없다는 건 말이 되지 않았다.

아무리 모든 것을 이리저리 뒤집어 봐도 릴뤼와 오시안이 연결되어 있다는 느낌을 떨쳐 버릴 수가 없었다. 그러나 연결된 방법에 대해 노바의 추론까지 나아갈 생각은 없었다. 미나는 두 아이를 묶는 다른 것을 찾아야 했다. 수사 팀이 놓치고 있는 연결 고리를 찾아야 했다.

미나는 다시 서류를 살폈다. 마이 리틀 포니가 프린트된 오시안의 배낭도 책상 위에 있었다. 율리아가 마법의 지팡이를 휘둘러 린셰핑의 국립과학수사원에서 이번 주말이 끝날 때까지는 배낭을 기다려 주겠다는 허락을 받아 냈다. 평범한 배낭이었고, 상당히 최근에 구입했고, 완전히 비어 있었다. 배낭에는 특별한 점이 하나도 없었다.

크리스테르가 이 배낭의 주인이 오시안이 아니라고 한 것만 빼면 말이다. 오시안의 부모, 프레드리크와 요세핀은 오시안에게 이런 배낭이 없다고 했다. 크리스테르가 배낭 사진을 보내 다시 확인했지만, 그들은 그런 배낭을 본 적이 없다고 했다. 오시안의 어린이집에서 빌린 것도 아니었다. 루벤이 전화로 확인했지만, 어린이집 직원들도 그런 배낭은 모른다고 했다. 배낭과 관련된 단서를 찾을 곳이 없었다. 과학수사 팀도 배낭에서 DNA나 지문을 발견하지는 못했다. 그러나 미나는 누군가가 그 배낭을 고의로 오시안 옆에 두고 갔다는 확신이 들었다.

무엇 때문에?

미나는 해답이 그곳에 있다는 듯이 천장을 바라보았다. 마음 뒤편에서 무엇인가가 천천히 움직이기 시작했다. 생각이 되기에는 너무나도 미약해 감지하기조차 힘든 변화였다. 하지만 오시안 옆에 있던 배낭은 분명 무언가를 떠오르게 했다. 혹시 릴뤼의 사건에도 이상한 점이 있었기 때문에 이런 느낌이 드는 게 아닐까? 1년 전 수사 때는 사소하지만 잘못되어 보였던 것이, 양육권 분쟁이 불거지면서 그만 잊혀 버렸던 것 아닐까?

미나는 릴뤼의 서류철에서 사진을 꺼내 책상에 펼쳐 놓고 벌써 셀 수도 없이 쳐다본 사진을 보았다. 그리고 보고서를 다시 읽었다. 릴뤼를 찾았을 때 릴뤼의 주머니에는 장난감, 털 뭉치, 책갈피가 있었다. 릴뤼의 부모님은 그 물건들이 릴뤼의 것이라고 확인해 주었다.

책갈피만 빼고.

책갈피는 그냥 어린이집에서 친구한테 받은 거라고만 생각했다. 그런데 요즘 책갈피를 쓰는 아이가 있을까? 다섯 살 아이가 그게 뭔지 알기는 할까? 사실 미나도 어릴 적 치과에 갔을 때 이후로는 책갈피를 본 기억조차 없었다. 치과에 있는 책갈피들은 주황색 플라스틱 상자에 담겨 있었고, 왜인지는 모르지만 모두 기본적으로 천사 모양이었다. 하지만 책갈피의 모양은 중요하지 않았다. 책갈피를 고를 때 가장 중요한 건 무엇보다도 반짝이는 것을 고르는 일이었다. 문제는 반짝이가 손가락에 달라붙는다는 거였지만. 그 생각을 하자 몸이 부르르 떨렸다. 미나는 책갈피를 비닐봉지에 담아서 집으로 가져왔었다. 그러면 엘렌 할머니가 책갈피를 특별한 앨범에 붙여 주셨다. 사실 미나는 반짝이가 몸에 붙을까 봐 그 앨범을 열어 보지도 않았다. 그래도 책갈피는 가장 반짝이는 걸 가져와야 했다. 그게 규칙이었다.

미나는 릴뤼의 주머니에 들어 있던 물건들을 찍은 사진을 집어 들었다. 트롤 달린 연필, 지우개, 돌, 책갈피. 모두 숫자라벨 앞에 가지런히 놓여 있었다. 릴뤼의 책갈피는 어떤 모양이라고 말하기는 힘들게 생겼지만, 반짝이지 않는다는 것은 분명했다.

그리고…… 릴뤼의 책갈피에는 무언가 이상한 점이 있었다.

사진이라 자세히 보이지는 않았지만 책갈피는 너무나……말끔해 보였다. 종이 책갈피가 아이의 주머니에 들어가 있었다면 구겨지고 더러워졌어야 했다. 이 책갈피처럼 깨끗하고 빳빳할 수는 없었다.

마치 릴뤼가 죽은 뒤에 누군가가 주머니에 넣어 놓은 것 같았다. 오시안의 배낭처럼.

미나는 경찰청 데이터베이스에 접속해 릴뤼의 파일로 들어가 책상에서 보고 있던 사진의 디지털 사본을 찾았다. 그리고 가능한 한 크게 책갈피를 확대했다.

숨이 제대로 쉬어지지 않았다. 오시안의 배낭을 보았다. 그런 다음 화면에 있는 책갈피를 보았다. 다시 오시안의 배낭을 보았다. 아니, 이럴 수는 없었다. 너무나도 터무니없어서 말로는 표현할 수도 없는 생각이었다. 어쩌면 필사적으로 패턴을 찾으려고 노력하던 뇌가 만들어 낸 허상일지도 모른다. 이건 아주, 아주 희미했다. 심지어 연결하기조차 힘들었다. 이해할 수 없었다.

하지만 그렇지 않다면? 패턴이 희미한 게 아니라면?

그 순간 비로소 빈센트의 기분이 이해되기 시작했다.

미나는 사진을 들고 복도로 달려 나갔다. 그리고 크리스테르의 사무실까지 뛰어갔다.

*

화면에 떠 있는 흑백 사각형은 마치 크리스테르를 놀리고 있는 것만 같았다. 이번에는 승리를 향해 가고 있었다. 정말 아주 가까이까지 갔다. 프로그래밍된 상대가 갑자기 신의 한 수를 두더니 몇 초도 안 되어 체크메이트를 외치기 전까지는 말이다.

"크리스테르, 혹시……."

너무나도 급하게 달려오는 바람에 미처 속도를 줄이지 못한 미나가 크리스테르의 방으로 뛰어 들어왔다.

크리스테르는 길게 한숨을 내쉬었다. 정말로 예의와 존중은 멸종해 버린 것이 분명했다. 나 때는 사람들이 노크를 한 뒤에 들어가도 되느냐고 정중하게 물어봤는데.

"뭐 하고 있었어요?"

미나는 궁금하다는 표정을 지었다.

"나 자신한테 굴욕감을 주고 있었지."

크리스테르가 체스 창이 열린 탭을 닫으면서 말했다.

"뭐 도와줘?"

"네, 음, 이것 때문에요. 릴뤼 메예르 사건에 뭔가 이상한 점이 있어요. 아니, 그렇게 이상하지 않을 수도 있는데, 잘 모르겠어요. 한번 봐 줘요."

미나가 사진을 내밀었다. 사진을 받아 든 크리스테르가 얼굴을 찡그렸다. 처음에는 쓰레기인 줄 알았다. 하지만 사진을 자세히 들여다보니 사진 속 물건들은 릴뤼의 소지품이었다.

"이 책갈피요, 맨 마지막에 있는 거."

미나가 사진 속 책갈피를 가리키면서 말했다.

"그건 릴뤼 게 아니에요. 릴뤼의 부모님은 어린이집에서 누가 준 거라고 했더라고요. 정말로 그런지 확인해야겠어요. 이런 대화는 크리스테르가 제일 잘하잖아요. 부탁할게요. 어린이집에 전화를 걸어서 알아봐 주세요. 1년 전에 릴뤼와 같은 반이었던 아이들 부모님에게도 모두 연락해 주시고요. 혹시 이런 책갈피를 모으는 사람이 있는지도 찾아봐 주세요."

크리스테르는 사진을 내려놓고 한숨을 쉬면서 턱을 두드렸다. 그 말은 오늘은 더는 체스를 하지 못한다는 뜻이었다. 어쩌면 며칠은 하지 못할 수도 있었다.

"전화를 얼마나 많이 해야 하는지 알아? 어린이집에 얼마나 많은 애들이 다니는지 아냐고? 30명? 50명?"

크리스테르는 그가 좋아하는 형사 캐릭터들 중 하나가 어린아이들의 부모와 함께 장난감 이야기를 하면서 며칠을 보내는 장면을 떠올려 보려고 했다. 하지만 도무지 떠오르지 않았다. 유능한 형사는 그런 일을 하지 않으니 떠오를 리가 없었다. 어쨌든 그 형사들 가운데 대다수가 체스의 고수일 것이다. 크리스테르에게 재즈와 보세가 있다고 해도, 그가 마이클 코널리의 소설 속 해리 보슈 같은 형사가 되려면 확실히 갈 길이 멀었다.

"이 책갈피가 중요한 단서인 거 같아요. 왜인지는 아직 설명할 수 없어요. 지금은 그냥 믿어 줘요. 사진 뒤에 어린이집 전화번호를 적어 놨어요."

크리스테르는 다시 한숨을 쉬고 사진을 뒤집어 전화번호를 보았다.

"그냥 땅에서 주웠을 수도 있잖아."

"뭐라도 해 보긴 해야죠."

미나는 몸을 돌려 방에서 나오다가, 문가에 멈춰서 뒤를 돌아봤다.

"고마워요, 크리스테르."

"이제 뭘 할 건가?"

크리스테르가 물었다. 미나는 잠시 가만히 있다가 대답했다.

"빈센트에게 전화할 거예요."

그 대답에 가장 놀란 사람은 미나 본인 같았다. 자신이 그런 대답을 하리라는 걸 그녀도 크리스테르에게 말하는 순간까지 몰랐던 모양이었다. 미나의 입술이 기이하게 일그러지며 웃더니 천천히, 힘을 주어 다시 한번 말했다.

"맞아요. 빈센트에게 전화할 거예요. 이제는 그 사람에게 이 사건을 상의할 때가 됐다고 생각하지 않아요?"

크리스테르는 어떻게 대답해야 할지 몰랐다.

"내일 그 사람에게 먼저 보여 주고 싶은 게 있어요. 그런데 지금은 가야 해요. 왜냐하면…… 아무튼요."

미나의 입술에서 웃음이 사라졌다. 크리스테르는 여전히 이해하지 못했지만, 고개를 끄덕이면서 밖으로 나가는 미나에게 손을 흔들었다. 빈센트라니, 야단났군. 미나가 뭘 찾았다고 생각하는지는 모르겠지만, 그 발견에 멘탈리스트를 섞어 넣으면 분명히 열 배는 더 나빠질 것이다. 그건 확실했다.

유일한 질문은 이것이다. 앱한테 체스를 지는 것과 어린이집에서 책갈피를 찾아다니는 것, 둘 중에 어느 쪽이 더 굴욕적일까? 크리스테르는 한숨을 쉬었다. 예전에는 정말 경찰 일이라는 게 이렇지 않았다.

*

빈센트는 방금 막 끊은 미나의 전화에 대해 지나치게 깊이 생각하지는 않으려고 애썼다. 아이처럼 흥분하지 않으려고 애썼다. 미나가 또다시 와 달라고 했다. 금요일 아침에. 수사에 관해 상의할 것이 있다면서. 빈센트는 지금 당장이라도 차를 타고 달려가고 싶었다. 하지만 그건 이상해 보일 것이 분명했다. 게다가 오늘 밤에는 공연도 해야 했다. 그러니 딴생각을 할 수 있게 정신을 다른 곳으로 돌려야 했다.

앞의 책상에 놓인, 산타 스티커가 붙은 봉투 두 개 같은 걸로 말이다.

빈센트에게는 두 산타의 눈이 심술궂게 빛나고 있는 것처럼 보였다. 봉투 속에 들어 있던 테트리스 블록 같은 조각들은 이미 두 더미로 분류해 두었다. 종잇조각에 있는 문장은 완전히 외우고 있었지만, 글자 하나하나에 집중하면서 크게 소리 내어 읽어 보았다. 그러면 그 문장들을 속여 진짜 정체를 드러낼 수 있다는 듯이. 이번에는 무슨 뜻인지 알아낼 것이다. 잘하면 미나에게 말해 줄 재미있는 이야기가 생길 수도 있다.

하지만 그게 아닐지도 모른다. 이 수수께끼에는 빈센트가 조금 더 오래 혼자 간직해야 할 것 같은 느낌이 들게 하는 무언가가 있었다. 왠지 지극히 사적인 비밀처럼 느껴졌다.

한번은 두 조각을 하나로 합쳐 수수께끼를 풀어 보려고 했다. 그러나 그건 불가능했다. 모든 조각이 단어의 일부만을 가지고 있었고, 이미 찾은 단어 외에는 그 어떤 단어도 만들어지지 않았기 때문이다. 한 봉투에 들어 있는 조각만 가지고 문장을 만드는 것 외에는 방법이 없었다. 다시 종잇조각을 들어 올려 이미 여러 번 맞춰 본 삐뚤빼뚤한 모습대로 배열해 문장을 만들었다.

팀은 두려워 노화를 부정했다.
마리아는 새끼 백조를 때렸다.

두 번째 메시지도 첫 번째 메시지처럼 열두 자로 이루어져 있었다. 그 생각에서 벗어날 수가 없었다. 게다가 필체도 정확히 같았다. 문제는 오직 하나, 두 문장이 무슨 의미인지를 도무지 모르겠다는 것이었다. 두 문장 자체가 철자 바꾸기 문제인가? 아니면 글자 수가 중요한 것일까? 대문자에 집중해야 하나? 두 문장 가운데 하나에 아내의 이름이 들어 있는 것은 우연일까, 아니면 중요한 단서일까?

마치 감동을 받은 듯한 커다란 웃음소리가 부엌에서 들려왔다. 마리아가 케빈과 통화하고 있는 것이다. 아침 일찍 마리아는 이제 두 사람이 다음 단계로 넘어갈 준비를 거의 끝냈다고 했다. 빈센트는 마리아가 그들의 관계가 아니라 사업 이야기를 하는 것이길 바랐다. 그러나 감히 물어볼 엄두는 나지 않았다.

의자에서 일어나 책상 앞에 서서 퍼즐 조각을 내려다보았다. 다른 관점으로 살펴보고 싶었다. 그에게 날아온 도전 과제들 중 그가 겨우 풀어 냈던 최고의 문제들은 책장에 나란히 진열되어 있었다. 빈센트에게는 그런 문제들을 한곳에 모아 두고 싶은 욕구가 있었다. 그러나 뱃속에서 느껴지는 불안한 긴장감은 이 문제는 다르다고 말하고 있었다. 특별한 점이 없는, 아마추어가 만든 것 같은 이 테트리스 조각은 무언가를 …… 감추고 있었다.

왜인지는 알 수 없어도 빈센트는 이 문장을 이해하는 것이 아주 중요하다는 걸 직감했다. 스스로 의미를 드러낼지도 모른다는 기대를 품고 눈을 가늘게 뜬 채 종잇조각들을 노려보았지만, 여전히 그 의미는 빈센트를 피해 다녔다. 팀과 마리아는 사람 이름이다. 그 이름들에는 확실히 어떠한 의미도 없었다. 처음에는 모두 암호일 거라고 생각했다. 하지만 실제로는 그렇게 복잡한 것이 아닐 수도 있었다.

어쩌면 그는 이 몇 달 동안 쓸데없이 과한 노력을 들이고 있었는지도 모른다. 어쩌면 문장의 의미는 전혀 중요하지 않을 수도 있다. 이 과제의 해답은 그저 특정한 형태로 종잇조각을 배열해야 하는 것뿐일 수도 있다. 그가 스스로는 생각할 수 없는 형태로 배열해야 하는 것일 수도 있었다. 결국 모양이 중요한 거라면? 테트리스라고 생각해서 잘못 만들었던 처음 형태가 아니라 다른 형태가 중요한 거라면?

빈센트는 배열 순서를 흐트리지 않고 조심스럽게 두 퍼즐을 새 종이 위에 펼쳐 놓았다. 그리고 사인펜을 들고 신중하게 두 퍼즐의 외곽선을 그려 나갔다. 갑자기 의기양양한 기분이 들었다. 지금 그는 무언가를 추적하는 중이었고, 그것을 온몸으로 느낄 수 있었다.

부엌에서는 마리아가 더욱 큰 소리로 웃고 있었다. 두 사람이 사랑에 빠진 이후로 마리아가 저렇게 크게 웃은 적은 없었다. 사업 준비가 잘되고 있는 것이 분명했다. 다시 뱃속에서 불안이라는 감정이 움직이기 시작했지만, 언제나처럼 빈센트는 그 불안을 밀어 내 버렸다.

외곽선을 다 그린 빈센트는 조각들이 움직이지 않게 조심하면서 조각들 사이에 난 구멍도 메웠다. 그러고는 조각들을 종이 위에서 치우고 결과물을 바라보았다.

비대칭 사각형 여러 개. 그 외에는 아무것도 없었다.

여전히 어떠한 의미도 없었다. 하지만 이것은 오직 그만이 볼 수 있는 무언가를 담고 있다는 기분이 들었다. 다시 뱃속으로 불안이 찾아왔다. 불안은 점점 더 커져 갔다. 이 불안은 마리아와 케빈과는 아무 상관이 없었다.

*

미나는 깊이 숨을 들이마셨다. 이제 막 발견한 새로운 사실에 대해 생각하지 않으려고 시내를 어슬렁거리며 걸었다. 아침이면 빈센트를 만난다는 사실을 생각하지 않으려고, 무엇보다도 그의 체취를 생각하지 않으려고 애썼다. 오시안과 릴뤼를 생각하지 않으려고, 어머니가 나탈리에게 비밀을 말했을 때 일어날 일을 생각하지 않으려고 애썼다. 미나의 모든 세계가 언제라도 무너져 내릴 수 있다는 사실을 생각하지 않으려고 애썼다. 어머니는 어디까지 말을 할까? 그 약에 관해 말할까? 아니면 그저 미나가 떠나 버린 것처럼 말할까? 이네스가 무슨 말을 하건, 그 뒤에 남는 건 미나를 향한 딸의 미움뿐일 것이다. 갑자기 마비가 되어 버린 것처럼 미나는 인도 한가운데서 꼼짝도 하지 못하고 멈춰 버렸다.

안 돼.

지금 이런 생각을 하면 안 돼.

그 대신에 행복할 오후 시간만을 생각해야 했다. 다른 건 안 된다. 아주 행복한 것만 생각해야 했다. 미리 판단을 내려서는 안 된다.

그러나 그것도 잘 되지 않았다.

입술을 움직여 어떻게든 웃어 보려고 했다. 마음을 다잡고 건물 모퉁이를 돌았다. 아미르는 지중해 박물관 밖에서 기다리고 있었다. 그는 틴더에 올린 프로필 사진과 똑같았다. 그녀는 사람들의 프로필 사진과 현실 모습에는 분명 몇 년의 간극이 있을 거라고 생각했다. 나이뿐 아니라 체형도, 헤어라인도 확실히 차이가 날 거라고 생각했다. 물론 차이가 나건 말건 아무 상관은 없었지만, 괜히 놀라는 건 싫었다.

사진에서처럼 아미르는 검은 머리카락을 모두 뒤로 넘겨 목 뒤에서 느슨하게 묶고 있었다. 그렇게 느슨하게 묶을 거라면 헤어네트를 쓰는 게 어떠냐고 말해 주고 싶었다. 그가 입고 있는 흰색 셔츠는 다림질을 했지만 제대로 펴지지는 않았다. 셔츠에 묻은 머리카락은 없었다. 미나의 어깨가 미세하게 내려갔다.

"안녕하세요. 죄송해요. 늦었네요. 일 끝나자마자 오기는 했는데."

"나도 늦었습니다."

아미르가 대답했다.

"덕분에 내가 늦게 왔다는 사실을 인정할 필요가 없어서, 내가 더 괜찮아 보이겠어요."

아미르는 박물관 정문과 현재 열리는 전시회를 알리는 게시판을 바라보았다. 미나는 전시 주제는 신경 쓰지 않았다. 박물관을 약속 장소로 택한 이유는 언제나 에어컨이 빵빵하게 가동하고 있기 때문이었다. 모르는 사람과 거리를 돌아다니며 땀을 흘리고 싶지는 않았다.

"그러니까, 박물관이란 말이죠. 미리 표를 사 두려고 했는데, 입장료를 받지 않는다더라고요."

미나는 얼굴을 찡그렸다. 아미르가 자신을 위해 돈을 쓰려고 했다는 사실이 마음에 들지 않았다.

"그렇게 보지 않으셔도 돼요."

아미르가 크게 웃었다.

"늦었잖아요. 난 그저 시간을 아끼고 싶었을 뿐이에요."

미나가 어색하게 웃었다. 그건 사실이니까. 미나가 늦었고, 그가 여기까지 온 건 미나의 편의를 봐준 것이었다. 미나는 흘끔 시간을 보았다. 일이 생기면 20분 안에 다시 경찰서로 돌아갈 수 있었다.

두 사람은 박물관 정문을 지나 전시실로 걸어갔다.

"이런 데 흥미가 있어요?"

아미르가 전시 제목을 읽으면서 물었다.

"사이프러스의 역사?"

"흥미 없어요?"

미나가 되물었다.

"네, 조금도요. 하지만 이제부터 흥미를 느낄 수도 있죠. 프로필에도 썼지만 나는 일을 줄이고 다른 걸 좀 더 많이 해야 할 필요가 있으니까요. 그저 그 첫 번째 시도가 테라 코타 조각상을 감상하는 일인 걸 몰랐을 뿐이죠."

전시회에서 가장 눈에 띄는 작품은 수없이 많은 작은 조각상이 빼곡하게 들어차 있는 커다란 유리 전시관이었다. 미나가 틴더 관련 글에서 본 '물어봐야 할 질문' 가운데 하나를 써먹어 볼 완벽한 타이밍이었다. 이 많은 조각상 중에 가장 마음에 드는 건 뭐죠? 그 이유는요? 그러나 만약 아미르가 그런 질문을 하거나 피자에 어떤 토핑을 올리냐고 묻는다면 미나는 뒤도 안 돌아보고 떠나 버릴 것이다.

　미나는 조각상을 보려고 몸을 숙이고 있는 아미르를 흘끔 쳐다보았다. 전시관 반대편에 있는 그는 정말로 조각상에 흥미가 있는 것 같았다. 하긴 플로어볼 마니아만 아니라면 된 거지. 경찰서에는 플로어볼 마니아가 많아도 너무 많았다. 아니…… 아미르 같은 남자는 좀 더 멋있는 취미를 즐길 것 같았다. 예를 들면 패들테니스라든가.

　"분명히 일 말고도 하는 게 있을 것 같은데요?"

　미나가 말했다. 아미르가 웃으며 몸을 똑바로 세웠다.

　"음, 그렇긴 하죠. 어쨌거나 변호사니까요. 그럼, 일하지 않는 시간에 내가 하는 일을 추측해 볼래요? 힌트는 미나 씨의 편견이 정확하다는 거예요."

　"설마…… 골프를 치는 건 아니죠?"

　아미르는 끙 하며 당혹스럽고 부끄럽다는 표정을 짓더니, 총에 맞은 것처럼 두 손을 번쩍 들고 비틀거리면서 뒤로 물러났다. 미나는 또다시 웃지 않을 수가 없었다.

"한 번에 맞혔네요. 하지만 사실을 말하자면 나는 6학년 때부터 골프를 죽어라고 쳤어요. 내가 변호사가 될 거라는 걸 전혀 몰랐을 때부터요. 동료들도 골프를 치지만 대부분 다른 변호사들이 치니까 같이 치는 거예요. 나는 그 반대가 아닌가 싶어요. 골프 때문에 변호사가 된 거 같아요."

"그럴 수 있겠네요. 골프와 관련 있는 직업은 많지 않으니까요. 다른 선택의 여지가 없었겠어요. 안타깝네요."

미나가 대답했다. 아미르는 미나를 보고 웃었고, 두 사람은 다시 걷기 시작했다. 하지만 미나는 아미르의 말에 집중이 되지 않았다. 정신이 자꾸 딴 데로 새는 것은 전시회에 커다란 유리 전시관보다 인상적인 작품이 없기 때문이 분명하다. 그래서 그럴 것이다. 다른 이유는 있을 수가 없었다.

"미나 씨는 어때요? 경찰이잖아요. 나만큼 일이 많을 테고. 일이 없을 때는요?"

"얘기할 게 별로 없어요."

"오, 이런."

문득 걸음을 멈춘 아미르의 표정은 심각했다.

"우린 그걸 바꿔야 한다니까요."

잠시 미나는 대답할 말이 생각나지 않았다.

"그럼, 골프 이야기를 해 줘요."

그녀는 아미르가 추파를 던지고 있는 건지 고민하기 전에 재빨리 말했다.

"골프에 대해서 어떤 게 궁금해요?"

아미르는 미나의 반응에 놀란 것도 같았고, 조금은 재미있어하는 것도 같았다. 확실히 데이트를 어려워하는 남자는 아닌 듯했다.

"음, 아주 수학적이라는 거요. 샷의 높이와 홀까지의 거리를 계산해야 한다, 그게 다예요. 그런 계산은 어떻게 하는 거예요? 기본 공식이 있는 거예요? 아니면 물리적인 조건에 따라서 달라지는 거예요?"

골프에 집착하는 사람이 그렇게 많은 걸 보면 골프에는 모든 과학이 있는지도 모른다. 빈센트라면 그 원리를 설명하겠다고 벽에 벡터를 그려도 놀랍지 않을 것 같았다. 물론 빈센트가 골프를 칠 거라는 생각은 들지 않았다. 그래도 골프를 설명하는 방정식에 관해서는 불필요할 정도로 많이 알고 있을 게 분명했다.

아미르는 누가 봐도 당황한 표정을 지었다.

"음, 나는 골프채를 휘둘렀을 때 공이 얼마나 날아갈지 느낌으로 아는 것 같아요. 역풍이건, 순풍이건, 바람이 없든, 얼마나 높이 올라가든 말이죠. 하지만 의식적으로 뭔가를 계산하지는 않아요. 계산하고 싶어도, 어떻게 하는지도 모르는걸요. 나는 그저…… 치는 거예요. 그건 몸으로 익히는 거죠. 생각하는 게 아니에요."

미나는 아미르를 보았다. 그는 친절하고 배려심이 있었다. 계산적이지 않고 자연스러웠다. 대화를 할 때는 상대에게 주의를 기울였고, 서두르지 않았다. 아주 흥미롭다고는 할 수 없지만 충분히 그런 인생을 살고 있는 것 같았다. 재미있었다. 외모도 근사했다. 여자들이 함께 아이를 만들고 싶을 뿐 아니라 그 아이의 아버지가 되어 주기를 바랄 만한 독특한 남자였다. 그리고 불필요한 계산에는 조금도 관심이 없었다.

그래서 안 되는 거였다.

*

"왔네요. 안 올 줄 알았어요."

미나는 손으로 하품이 나오는 입을 막으며 오덴가탄에 있는 리토르노 카페 맨 뒤쪽 탁자에 앉았다. 이네스의 눈은 쳐다보지 않았다. 금요일 아침 7시였고, 카페 손님은 아직 많지 않았다.

미나는 어머니가 자신에게 무슨 이야기를 할지 고민하며 시간을 보내고 싶지 않았다. 그래서 아침 일찍 만나자고 했다. 분명히 이곳에 오려면 상당히 먼 거리를 이동해야 했을

50

텐데도 이네스는 거절하지 않았다.

미나는 이네스에게 어떻게 접근해야 하는지 몰랐다. 두 사람의 관계는 미나가 다른 삶을 살던 다른 시대에 존재했다.

물리적인 의미에선 이네스는 가족을 떠나지 않았지만, 가족을 버린 것은 맞았다. 그녀의 알코올 중독은 미나가 엘렌 할머니의 집에서 많은 시간을 보내야 했다는 것을 의미했다. 미나가 열다섯 살이 되고 엘렌 할머니가 돌아가셨을 때 미나는 어쩔 수 없이 이네스의 집에서 몇 년을 살아야 했다. 아니, 정확히는 이네스의 유령과 살아야 했다. 어머니는 거의 집에 없었으니까. 집에 있을 때도 어머니는 술에 취해 있었다.

미나는 독립할 수 있는 나이가 되자마자 집에서 나왔고, 다시는 어머니를 보지 않겠다고 결심했다. 그런데 나탈리가 태어났을 때 이네스는 평화 협정을 맺자며 연락해 왔다. 자신은 이제 멀쩡하다고, 올바른 할머니가 되고 싶다고 말했다. 그러나 그때는 미나가 중독의 고리에 갇혀 있었다. 약물 중독의 고리에.

나탈리를 그 애 아버지에게 두고 떠났을 때, 미나는 이네스가 손녀에게 연락하지 못하게 했다. 미나의 딸이 중독에서 중독으로 옮겨 가야 할 이유는 없었으니까.

그때부터 미나는 어머니의 소식을 1년에 한 번 정도밖에 듣지 못했다. 보통은 크리스마스 무렵에 연락이 왔다. 마지막

연락이 있은 후로 이미 몇 번의 크리스마스가 지나갔다. 미나는 더는 같은 사람이 아니었다. 아마 이네스도 마찬가지일 것이다. 두 사람은 어머니와 딸이라는 관계지만 서로에게 낯선 사람들이었다. 미나가 아는 한은 그랬다.

진실은, 어제 고작 두 시간 만난 아미르에 관해 아는 것이 자신의 어머니에 관해 아는 것보다 많다는 것이다. 또 만나자는 제안을 하지 않을 정도로는 눈치가 빨랐지만, 미나가 박물관 밖에 자신을 두고 떠날 때는 어쩔 수 없이 상처 입은 강아지 같은 표정으로 서 있던 남자보다 말이다. "당신 때문이 아니라 나 때문이에요"라는 말이 입에서 나올 뻔했지만 미나는 그렇게까지 상투적인 말을 할 수 있는 사람은 아니었다.

"좋은 아침이구나."

미나의 머릿속을 흐르는 생각을 끊으며 이네스가 말했다.

"어렸을 때 네가 정말 좋아하던 카페였는데, 여기. 기억나니? 여기 올 때마다 먹던……."

이네스가 계산대를 바라보며 손가락을 딱, 하고 튕겼다.

미나의 몸속에서 짜증이 치밀어 올랐다. 미나가 틀렸다. 이네스는 낯선 사람이 아니었다. 너무나도 익숙한 사람이었고, 그 존재만으로 수많은 기억을 떠오르게 하는 사람이었다. 머릿속에서 억누르기 위해 그 많은 시간을 낭비해야 했던 기억을 떠오르게 하는 사람이었다.

"튀긴 빵이요."

미나는 퉁명스럽게 대꾸하며 현재로 돌아왔다.

"그리고 내가 여기 온 건 할머니하고였어요. 그쪽이 아니라."

"튀긴 빵."

이네스가 손뼉을 치면서 되뇌었다.

"맞아, 그거야. 그런데 네가 틀렸어. 우리 여기 같이 왔었어."

미나는 대답하지 않는 쪽을 선택했다. 선택 기억은 중독자의 특징 중 하나임을 알고 있었다. 중독자의 DNA는 필요할 때마다 기억을 아름답게 강화하고 편집해서 각인해 둔다. 인생을 헤쳐 나갈 수 있도록 모든 것을 실제보다 훨씬 더 좋게 기억하는 것이다.

"뭐 마실래요?"

미나는 계산대로 걸어가면서 물었다.

"차로 부탁해."

이네스가 말했고, 미나는 고개를 끄덕였다.

"무슨 차든 좋아."

차라니. 그건 새로운 정보였다. 기억 속의 어머니는 엄청난 양의 커피와 연결되어 있었다. 블랙커피. 그리고 언제나 담배를 함께 피웠다.

이네스 것으로는 얼그레이 홍차를, 자신의 것으로는 에스프레소 더블 샷을 주문했다. 종이컵에 담아서. 미나는 유리

진열장에 있는 빵들을 바라보았다. 카페에는 지금도 튀긴 빵이 있었지만, 얼마나 많은 사람이 그걸 만졌을지 상상도 되지 않았다. 빵은 포기했다. 그리고 물티슈를 한 장 꺼내 탁자로 가져가기 전에 종이컵 가장자리를 닦았다. 이네스에게 그런 모습을 보일 필요는 없었다.

"시간이 별로 없어요."

자리에 앉으면서 미나가 말했다.

"한창 수사 중이거든요."

그녀는 빨갛게 튼 손을 감추려다 문득 분노가 치밀어 올랐다. 어째서 부끄러워해야 하는 거지? 이렇게 오랜 시간이 흘렀는데? 아니야. 미나는 거칠게 두 손을 탁자 위에 올려놓았다. 깨끗한 물티슈로 탁자를 닦고 싶은 충동을 꾹 눌러 참으면서.

"나탈리 때문에 부른 거지?"

이네스가 부드럽게 물었다. 미나의 손은 보지 못한 것 같았다.

"그 애 아버지가 많이 걱정하고 있어요. 이건 좋게 표현한 거고, 이제 조금만 더 있으면 그 사람이 가서 강제로 그 아이를 끌고 올 거예요. 난 그걸 막을 수 없어요. 그리고 솔직히 말하면, 나도 그래야 하는 거 아닌가 하는 생각이 들고요. 그렇게 불쑥 나타나면 안 되죠. 나탈리를 거기…… 숲에 가둬 놓아도 안 되고. 곧 그 애가 그쪽이랑 지낸 지 일주일이 돼 가요. 그건 옳지 않은 거 같아요."

이네스는 진심으로 웃었다. 눈가에 고운 잔주름이 잡혔고, 미나는 어머니가 정말 아름답다는 사실을 인정할 수밖에 없었다. 그리고 아주 건강해 보인다는 사실도. 마지막으로 만났을 때의 모습은 어디에도 없었다. 그때가 언제였는지조차 기억이 나지 않았다.

"내가 그랬잖아. 넌 언제나 드라마틱한 감각이 있다니까. 난 나탈리를 어디 가두지 않았어. 아이구 세상에, 그 앤 감옥에 있는 게 아니야. 방학이라 휴가를 보내고 있는 거란다. 그렇게 멋진 야외에서 시간을 보내는 것보다 방학을 잘 보낼 수 있는 방법이 있겠니?"

미나는 짜증스럽게 손을 저었다.

"제발 좀. 내 말이 무슨 뜻인지 잘 알잖아요."

"그래, 알아. 나도 놀리는 거 아니야."

이네스도 진지한 표정을 지었다. 그리고 찻잔을 들더니 조심스럽게 한 모금 마셨다.

"너희가 걱정한다는 것도 알아. 나랑 나탈리한테 며칠만 줘. 아직 서로 알아 가는 중이니까. 비밀은 안전하게 지킨다고 약속할게. 나탈리가 계속 물어보고 있지만, 비밀을 밝히지 않는 선에서만 대답하고 있어."

"확실해요?"

"확실해. 네가 나탈리의 아버지를 조금만 더 막아 준다면 나탈리가 고마워할 거야. 나도 그렇고. 그 애는 행복해. 우리 둘 다 행복해."

"알았어요."

미나는 주저하며 대답했다. 에스프레소는 한 모금도 마시지 않았지만, 곧장 자리에서 일어났다.

"이제 일하러 가야 해요. 며칠 정도는 더 있을 수 있게 노력해 볼게요. 나탈리를 위해서요. 하지만 날 실망시키지 말아요. 더는 실망할 것도 없지만요. 그쪽이랑 함께한 내 어린 시절은 정말 실망 그 자체였으니까. 가족이 아니라 알코올을 택할 때마다 우린 배신을 당했어요. 그러니 더는 실망할 일도 없어요."

"알고 있어."

여전히 부드러운 말투로 이네스가 대답했다. 미나는 또다시 짜증이 나기 시작했다.

고개를 끄덕이고 몸을 돌려 문을 향해 걸었다. 탁자 위 종이컵은 그대로 둔 채로.

*

"그 경찰은 더는 안 보는 줄 알았는데."

식탁 위에 올려놓은 마분지 상자 너머로 마리아가 빈센트를 쏘아보았다. 그녀는 주문지에 끼워 넣을 홍보 전단지의 테스트 인쇄물을 잔뜩 받아 왔다. 뉴스레터에 가입하고 다음 구매 시 *15퍼센트 할인을 받으세요!* 그 아이디어를 낸 사람이 누군지는 굳이 물어볼 필요도 없었다. 그때 레베카와 아스톤이 화음을 맞춰 목청껏 '라디오 가가'를 부르면서 집으로 들어왔다.

봄을 지나는 동안 레베카는 퀸 컬렉션을 발견했다. 좋게 표현하자면 빈센트가 느끼는 감정은 어리둥절함이었다. 켄 인형을 닮은 보이 밴드가 가득한 시대에 열일곱 살 아이가 퀸 같은 옛 밴드에 관심을 갖는 것도 놀라운데, 저렇게까지 좋아할 수 있다고? 물론 불만은 없었다. 아이들 덕분에 끊임없이 놀랄 일이 생기는 건 좋았다. 가끔은 조금 무서울 때도 있지만. 요즘 아스톤이 누나에게 홀딱 빠져 있다는 걸 생각해 보면 그 애도 퀸의 추종자가 된 것은 당연했다. '라디오 가가'는 막내가 가장 좋아하는 노래가 되었다. 레베카가 동생을 받아들이고 동생이 누나를 적극적으로 지지해 주는 모습은 감동적이었다. 그래도 빈센트는 두 남매의 강한 유대가 아무리 길어도 한 달쯤이나 가리라고 생각했다. 그 뒤로는 다시 투닥거리겠지. 지금은 두 아이 모두 행복하지만 말이다.

마리아와 빈센트를 본 아이들이 입을 다물었다.

"이런, 여긴 찬바람이 쌩쌩 불고 있네."

레베카가 말했다.

"가자, 아스톤. 다시 나가자. 가서 아이스크림 사 먹자. 여름 방학이잖아. 아니면 우유를 사 올까? 아침에 네가 우유 다 마신 거 맞지?"

"잠깐만. 레베카, 너랑 베냐민은 언제 엄마 집에 갈 거야? 너희 엄마가 여름 내내 일정을 몇 번 바꾸고 싶어 한 건 알았는데 아직 아무 연락이 없네."

"엄마 문자 못 받았어?"

빈센트와 울리카의 관계는 2년 전 곤돌렌 레스토랑에서의 사건이 있기 전부터도 최소한으로 축소되어 있었다. 그 사건 뒤로는 그저 문자만을 주고받았고, 그조차도 웬만하면 생략해 버렸다. 아이들이 자라면서 두 사람이 같이 상의해야 할 일도 많이 줄었는데, 그런 상황은 빈센트만큼이나 울리카도 고마워할 거라는 생각이 들었다. 그 때문에 아이들의 거주지가 혼란에 빠질 때도 있었다. 두 사람이 막 이혼했을 때는 아이들이 격주로 두 집을 오가며 생활하기로 했었다. 하지만 그런 상황은 오래가지 않았다. 얼마 전부터 아이들은 한곳에 자신들이 원하는 만큼 머물렀다. 빈센트로서는 신경 쓸 일이 늘어난 셈이지만, 이상하게도 그에게는 그 편이 훨씬 편했다. 그가 아이들이 마지막으로 울리카의 집에서 좋은 시간을 보냈던 게 언제였는지 기억 못 하기 때문일 수도 있다. 하지만 빈센트는 아이들이 그와 함께 집에 있는 게 좋았다. 특히 여행을 많이 다녀야 할 때는 더 그랬다. 가족이 있는 집으로 돌아와야 비로소 현실로 돌아왔다는 느낌이 들기 때문이었다.

"여기서 몇 주 더 보내기로 했어."

빈센트가 고개를 젓는 것으로 대답하자 레베카가 말했다.

"여름 방학이기도 하고. 베냐민은 어떨지 모르겠네. 이제 독립해야 할 때 아니야? 베냐민이 나가면 내가 그 방 쓸 거야. 화염 방사기로 소독만 해 주면. 가자, 아스톤."

"우유는 누나나 먹어."

아스톤이 항의했다.

"난 제일, 제일 큰 아이스크림 먹을 거야."

마리아는 레베카와 아스톤이 문을 닫고 나갈 때까지 현관문을 쳐다보고 있다가 몸을 돌려 다시 빈센트를 보았다.

"그 경찰 얘기 하고 있었지. 상담사가 한 말 기억 안 나? 우린 우리 사이를 악화할 일은 하면 안 돼. 그런데도 당신은 또 같은 일을 하고 있는 거야."

"하지만 그건…… 알았어."

빈센트는 입을 꾹 다물었다. 그도 상담사의 말을 정확히 기억하고 있었다. 그 말은 마리아의 질투와 관계가 있었고, 그 질투가 어떻게 두 사람의 관계를 망가뜨리는지 설명해 주었다. 우연인지는 몰라도 그 치료를 받은 뒤로 마리아의 질투심은 누그러졌다. 심지어 빈센트는 질투심이 완전히 사라졌을지도 모른다는 희망까지 품었었다.

그러나 미나가 나타나자마자 다시 제자리로 돌아와 버렸다.

"예인과 그 일이 있은 뒤부터는 미나하고 말 한 마디 주고받지 않았어. 월요일에 전화를 받았을 때는 나도 당신만큼이나 놀랐고. 그런데 이쪽 일을 하는 사람에 대해 의견을 듣고 싶다잖아. 서로 아는 사이일지도 몰라서. 그래서 전화한 거야. 미나는 자기 딸이 걱정돼서 그래. 그게 다야."

마리아는 콧방귀를 뀌며 상자를 봉했다.

"그러니까, 당신 트렁크 팬티에서 여자 향수 냄새가 나는 건 분명히 그 경찰하고는 상관이 없다는 거지?"

마리아의 목소리는 신랄했다.

"오늘 만난다는 것도 아무 문제 아니고?"

"첫째, 내 트렁크 팬티에서는 여자 향수 냄새가 나지 않아. 둘째, 이번 주에 빨래를 한 건 나야. 그러니까 정말로 그런 냄새가 났다고 해도 당신이 그 냄새를 맡았을 가능성은 없어. 하지만 이따 경찰서에 가는 건 맞아. 수사하는 데에 내 도움을 받고 싶어서 부른 거겠지."

마리아는 물러날 생각이 없었다. 그 사실은 빈센트가 말을 시작하며 마리아의 눈을 보았을 때 이미 알 수 있었다.

"당신이 왜 그렇게 빨래를 하겠다고 안달을 하는지 궁금했지. 내가 보기 전에…… 향수 냄새랑 자국을 지워 버려야 했을 테니까. 책상 위에서 했어?"

마리아의 말들과 함께 1년간의 치료는 이제 과거의 일이 되어 버렸다. 저런 말에 반격하면 안 된다는 걸 알고 있었지만, 아드레날린이 온몸을 돌고 있으니 빈센트로서도 어쩔 수 없었다. 이제는 그가 막을 수 없는 말들이 그의 입에서 튀어나왔다.

"당신이 케빈과 아무 사이가 아닌 것처럼 우리 사이도 아무것도 아니야. 겨우 15분 사이에 케빈이 당신한테 세 번이나 문자를 보내고 있기는 하지만 말이야."

빈센트는 마리아가 미처 대답하기 전에 몸을 돌렸다. 마리아의 입에서 나올 말을 듣기가 무서웠다.

*

경찰서 로비의 에어컨은 건물의 다른 구역에서보다는 제일을 잘 해내고 있었지만, 여전히 여름의 열기를 견딜 수 있을 정도는 아니었다. 열기를 막기에는 창문이 커도 너무 컸다. 로비에 서 있는 건 태양의 반대편에서 돋보기 아래에 있는 것과 같았다. 미나에게는 유리가 열기를 이기지 못하고 녹고 있는 것처럼 보였다. 이미 물티슈는 다 썼다. 주머니에서 휴지를 꺼내 이마를 닦고 넌더리를 내며 휴지를 가장 가까이 있는 쓰레기통에 던져 넣었다. 이제 곧 그 사람이 올 텐데. 끝내주는 상황이었다.

그런 생각을 한 순간 유리창 밖으로 부스스한 금발 머리카락이 나타났다.

빈센트가 경찰서 안으로 들어와 방문자 명단을 작성했다.

"미안, 늦었어요."

그리고는 검색대 옆에 서 있는 미나에게 다가오면서 말했다.

"마리아와 조금 말다툼이 있어서…… 음, 알고 싶어 할 만한 일은 아니에요."

"당신이 그렇다면 그런 거겠죠."

검색대를 열면서 미나가 대답했다. 계단으로 올라가기에는 너무 더워서 미나는 엘리베이터로 향했다. 지난번에 탔을 때는 괜찮았다.

"어떻게 돼 가고 있어요? 전에 말했던 거……."

빈센트가 조심스럽게 물었다.

"나탈리의 할머니가 갑자기 그 애의 가장 친한 친구가 되어 버렸어요. 그 애 아버지는 딸이 집에서 멀리 떠나 있는 걸 좋아하지 않지만, 그건 그 사람 문제고요. 그 사람은 유지해야 할 이미지가 있거든요. 내가 가장 걱정하는 건 이 일이 결국 나탈리를 울게 하는 걸로 끝날 수도 있다는 거예요."

나탈리의 아버지에 관해서 이렇게 많은 말을 해 본 적이 없었다. 빈센트는 무언가 묻고 싶지만 자제하는 듯했다. 감수성이라는 것을 조금 익힌 게 분명했다.

"내가 여기 온 건 공식적인 건가요, 비공식적인 건가요?"

그 대신 빈센트는 이렇게 물었다. 어쩌면 미나가 상상의 나래를 펴고 있는 것인지도 모르지만, 왠지 빈센트의 목소리가 상처 받은 것처럼 들렸다.

"먼저, 그건 내 의견이 아니었다는 걸 말해야겠어요. 난 언제나 당신에게 도움을 요청해야 한다고 생각했거든요."

"뭐가 당신 의견이 아니라는 거죠?"

"다른 사람들은…… 음, 그러니까 노바에게 조언을 구하는 편이 좋겠다고 생각하고 있어요. 단지 내가 그 사람을 잘 몰라서 그런다는 식으로요."

빈센트가 눈썹을 위로 추켜세웠다.

"나는 처음부터 그 사람이 우리한테 도움을 줄 수나 있을지 의심스러웠어요. 여기 와서 하는 말을 듣고 나서는 더 확신이 서지 않았고요. 그렇기는 해도 하나 정도는 맞는 거 같아요. 두 살인 사건을 가로지르는 특정한 패턴이 있다는 거요. 범인이 보이지 않는 규칙을 따르고 있는 것 같거든요. 노바는 그걸 의식이라고 부르는 걸 선호하긴 하지만요. 어쨌든 우리는 집단행동에 관해 횡설수설하는 자기 계발 멘토의 도움은 필요 없어요. 지금 필요한 건 사람의 심리를 이해하고 살인자의 행동이 의미하는 걸 해석해 줄 사람이에요. 우리에게는 빈센트가 필요해요."

"그렇군요. 노바는 분명히 아주 유능한 사람이에요. 적어도 그 사람의 분야에서는요. 외모도 아름답고요. 이렇게 말해도 되는지는 모르겠지만, 수사 팀에서 텔레비전에 세울 얼굴로는 노바가 더 낫죠."

미나는 걷다가 갑자기 우뚝 멈춰 설 뻔했다. 빈센트가 노바를 아름답다고 생각한다고? 그런 생각은 마음속에 간직하는 게 좋지 않나? 그렇다고 미나가 무슨 신경이 쓰인다거나 하는 건 아니었다. 당연히 조금도 아니었다.

"사실 지금 노바도 여기 있어요."

엘리베이터 안으로 들어가면서 미나가 말했다.

"또요. 지금 율리아랑 만나고 있을 거예요."

"인사를 할 수 있으면 좋겠네요."

미나가 엘리베이터 버튼을 누를 때 빈센트가 말했다.

"시간이 있으면요."

미나가 짧게 대답했다. 더 이상 말하고 싶지 않았다. 엘리베이터가 올라가는 동안 두 사람은 침묵했다.

"저기."

엘리베이터 문이 열리기 직전에 빈센트가 말했다.

"나는…… 다시 만나서 기뻐요."

미나는 고개를 돌려 빈센트를 보았고, 두 사람의 눈이 마주쳤다. 왠지 빈센트의 영혼을 곧바로 들여다보고 있는 것 같았다. 그곳에 마스터 멘탈리스트는 없었다. 대신 그 사람 자신을 보았다. 다른 이에게는 보여 주지 않았던 것. 그때 그녀에게만, 오직 그녀에게만 보여 주었던 그의 모습을 보았다. 마침내 빈센트가 이곳에 왔다. 미나는 평정심을 잃을 뻔했다.

"나도 당신을 만나서 좋아요, 빈센트."

미나가 낮은 목소리로 대답했다.

엘리베이터 문이 열렸고, 두 사람은 복도로 나갔다. 미나는 자기 사무실을 손으로 가리켰다.

"어딘지 기억해요."

"당연히 그렇겠죠. 그렇다고 내 사무실 면적에 대해 수적 측면에서 설명할 필요는 없어요. 우리한테는 의논해야 할 일이 많으니까요."

"내가 언제 그랬다고 그래요?"

빈센트는 짐짓 화난 척하며 말했다. 미나는 사무실 문을 열었다. 바닥에 있는 선풍기 두 대가 조금의 시원함도 만들지 못하면서 열심히 최고 속도로 돌아가고 있었다. 선풍기들이 해내고 있는 유일한 일은 사방으로 먼지를 퍼트리는 것뿐이었다. 이미 미나는 다량의 먼지를 들이마셨을 것이다. 하지만 어쩔 수가 없었다. 창문을 열면 거리에서 들어오는 먼지와 오염 물질까지 들이마셔야 할 테니, 상황은 더욱 나빠질 것이다. 빈센트는 이번에는 양복이 아니라 반소매 셔츠를 입고 있었지만, 그 역시 그녀만큼이나 땀을 흘리고 있었다.

"공식적인 건지 물었잖아요."

미나가 책상을 가리키며 말했다.

"대답하자면, 좀 더 두고 봐야 한다는 거예요. 그게 당신이 여기 와 있는 이유고요. 우리가 좀 더 명확하게 볼 수 있게 해주는 거."

그녀의 목소리는 의도한 것보다 너무 권위적이고 냉정하게 들렸다.

"도와줘요, 빈센트."

다시 조금 더 부드럽게 말했다.

"내가 볼 수 있게 도와줘요. 아니면 내 상상일 뿐인지 말해줘요. 당신이 나를 위해 그걸 해 줘야 해요."

미나 책상의 절반은 오시안의 배낭, 요세핀과 프레드리크가 준 사진, 현재 진행 중인 수사 기록 사본이 차지하고 있었다. 나머지 절반에는 릴뤼의 주머니에 들어 있던 물품을 찍은 사진을 확대한 사본과 보고서, 그 밖의 다른 사진들이 놓여 있었다. 미나는 어느 하나가 다른 것들보다 눈길을 끌지 않도록 신중하게 자료를 배치했다. 책상 위에 백 개는 되는 정보가 있었고, 그 정보를 배열하는 방법은 천 가지가 될 것이다. 지금 단계에서 빈센트가 특정한 방향으로 생각하게 만드는 것은 참사였다. 미나가 그를 이곳으로 부른 것은 빈센트가 스스로 도달하게 될 결론을 알고 싶기 때문이었다.

"이게 내가 말한 두 사건 기록이에요. 어떤 거 같아요?"

책상 앞으로 걸어간 빈센트는 턱을 쓰다듬었다. 미나가 잘못 들었는지도 모르지만, 왠지 빈센트의 한숨에서 행복이 느껴졌다.

"그러니까 두 사건에 연관성이 있는지를 살펴봐 달라는 거죠. 아닌가요?"

"지금 보고 있는 게 기밀 자료라는 건 말할 필요도 없겠죠. 하지만 맞아요. 당신이 살펴봐 줬으면 좋겠어요."

빈센트는 먼저 오시안과 릴뤼의 사진을 보았다. 아마도 비슷한 점이 있는지 살펴보는 것 같았다. 다음으로는 보고서를 훑어보았고, 또다시 사진을 보았다. 이번에는 아이들의 옷을 유심히 관찰했다.

"비슷한 납치 수법, 다른 사람들……."

빈센트가 중얼거렸다.

"가능성은 희박하지만, 그렇다고 불가능한 건 아니고. 음."

그가 아이들의 소지품을 손으로 가리켰다.

"이게, 그러니까 아이들이…… 오시안과 릴뤼를 찾았을 때 함께 발견한 것들이란 말이죠?"

미나는 고개를 끄덕였다.

"이 책갈피."

빈센트가 사진을 가리키면서 말했다.

"새것이네요. 릴뤼의 주머니에 들어 있던 다른 것들을 보면, 이건 릴뤼의 소지품일 수는 없을 것 같아요. 그리고 보고서에 적힌 대로라면 이 배낭은 오시안의 것이 아니고, 그렇다면 사후에 추가되었다는 건데."

역시 바로 찾아냈다. 그가 배낭을 집어 들었고, 책갈피를 살펴보았다.

미나는 숨을 참았다.

마이 리틀 포니 로고 주변을 커다란 눈을 가진 일곱 마리의 조랑말 캐릭터가 둘러싸고 있었다. 색색의 조랑말들은 모두 웃고 있었고, 앞에 있는 조랑말은 날개도 가지고 있었다.

릴뤼의 책갈피에도 그림이 그려져 있었지만, 훨씬 더 사실적인 그림이었다. 해변이 있고, 물가에는 혈통이 좋은 아라비아 순종 말이 서 있었다. 말의 뒷다리에는 하얗게 부서지는 파도가 부딪히고 있었다.

"말이 있네요. 두 곳 모두 말이 있어요."

미나가 숨을 내쉬었다. 빈센트의 입에서 나올 수 있는 그 많은 말과 그가 끌어낼 수 있는 그 많은 결론 중에, 실제로 그의 입에서 나온 말과 결론은 미나가 관찰한 결과와 동일했다. 그러나 릴뤼의 사건 정보는 1년 내내 경찰 손에 있었다. 미나는 벽에 걸린 시계를 보았다. 빈센트가 이러한 결론을 내는 데는 고작 90초밖에 걸리지 않았다.

"나도 정확히 같은 생각을 했어요. 그런데 이게 패턴일까요?"

"그렇게 말하기는 어려울 거 같아요."

배낭을 열면서 빈센트가 말했다.

"그보다는 우연에 가까워 보여요. 이런 물건을 사후에 추가했다는 것만 빼면요. 노바는 뭐라고 하던가요?"

"말에 대해서요? 모르는 것 같아요. 이걸 발견한 건 나밖에 없어요. 이제 당신까지 둘이고요. 노바는 물이 살인자에게 중요한 상징이라는 괴상한 가설을 세웠어요. 물이랑 3이 중요하대요. 그 사람은 숨은 지도자를 따르는 무리가 아이들을 죽였다고 생각해요."

"그러니까, 조직적인 범죄다."

빈센트가 눈썹을 추켜세웠다.

"그 말에 동의해요?"

빈센트는 미나 바로 옆에 서 있었다. 키스도 할 수 있을 정도였다. 진짜 키스 말고. 미나가 생각한 건 좀 더 은유에 가까웠다. 아주 가까운 건 아니었지만…… 아니, 그냥 그렇다는 거다. 미나는 얼굴을 찡그렸다. 난 도대체 어떻게 된 인간이지? 미나는 빈센트가 눈치채기 전에 마음을 다잡았다.

"아동을 살해하는 조직이라. 싸구려 소설에 나오는 이야기 같네요. 하지만 내가 너무 냉소적인 걸 수도 있죠. 일단 당신과 내가 찾은 것에 주목해 봐요. 패턴이 있다는 걸 확인하려면 세 가지 유사성이 있어야 해요. 노바의…… 물 가설인가 뭔가도 그렇고, 우리의 말도 그렇고요. 지금 우리에게는 두 가지밖에 없어요. 납치한 방법이 같다. 그건 우연일 수 있죠. 이 모든 걸 안정시킬 수 있는 게 세 번째 점이에요. 점 A에서 점 C까지 선을 긋는다고 생각해 봐요. 정확히 직선을 그으려면 두 점 사이에 있는 점 B가 필요하겠죠."

"그게 무슨 말이에요?"

빈센트는 배낭을 내려놓고 책갈피가 찍힌 사진을 잠시 들고 있었다. 그러다 사진을 두고 주머니에서 손수건을 꺼내 얼굴의 땀을 닦고는 다시 손수건을 주머니에 넣었다.

"걱정 마요."

미나의 표정을 본 빈센트가 말했다.

"집에 가서 염소 소독제로 살균할 테니까. 혹시 직접 처리하고 싶은 거라면……."

알고 있다는 표정으로 미나를 보며 빈센트는 주머니에서 손수건을 꺼냈다.

"그럼 사건을 도와주러 오자마자 쫓겨나는 사람이 되겠죠."

미나가 대답했다. 빈센트는 손수건을 주머니에 집어넣고 책상에 있는 소독제를 손에 발라 그녀를 안심시켰다.

"그러니까, 릴뤼와 오시안 사건에는 패턴이 있을 수도 있고 없을 수도 있겠죠. 이건 끔찍한 질문이긴 하지만, 혹시⋯⋯ 두 명뿐인가요? 같은 기간에 죽은 또 다른 아이는 없나요?"

"두 명도 너무 많은 거죠."

미나가 고개를 저으며 말했다.

"더 있었다면 우리에게 전달됐을 거예요. 아동 사망은, 특히 미해결 사건이라면 경찰이 긴장을 놓지 않고 전국적으로 수사하니까요."

미나는 컴퓨터 앞에 앉아 경찰 데이터베이스에 접속했다.

"혹시 다른 아이가 있는지 한 번 더 살펴볼 수는 있어요. 하지만 말했듯이, 그랬다면 우리가 알았을 거예요. 또 다른 아이는⋯⋯."

미나가 흠칫 놀라며 모니터를 노려보았다.

"젠장."

6개월 전의 사건이 미나를 뚫어지게 바라보고 있었다. 미나는 빈센트가 볼 수 있도록 모니터를 돌렸다.

"지난겨울에 네 살짜리 아이가 죽었어요. 이 사건, 기억해요. 우리 담당은 아니었지만요. 하지만 이 사건은 상황이 완전히 달라요. 납치가 아니에요. 이 애는, 빌리암 칼손은 벡홀멘에서 발견됐어요. 그뢰나 룬드 놀이공원 옆에 오래된 조선소가 있는 작은 섬 알죠? 드라이 독에 누워 있었대요. 마치 떨어져서 죽은 것처럼요. 그런데 가정 폭력 기록이 있었어요. 이웃이 아버지가 아이를 학대하는 것 같다고 신고한 기록이 있고, 아이의 몸에서도 반복적인 폭행 흔적이 나왔고요. 수사관은 빌리암이 절대로 드라이 독에서 넘어진 게 아니라고 확신했어요. 아버지가 아이를 학대한 혐의에서 벗어나려고 어설프게 수작을 부린 거라 생각했죠. 아이 아버지는 즉시 살인 혐의로 구속됐어요. 미심쩍은 부분이 없는, 명백한 사건이었어요. 릴뤼나 오시안과는 전혀 관계가 없고요. 하지만 이 아이도 죽었어요."

빈센트는 얼굴을 찡그리더니 허리를 숙여 미나의 뒤에서 모니터 화면을 보았다. 빈센트에게서 희미하게 향신료 냄새가 났다. 미나가 자신이 그리워하고 있음을 깨닫지도 못했던 냄새였다. 자기도 모르게 미나는 빈센트 쪽으로 아주 미세하게 가까이 다가갔다.

"이 아이를 죽인 범인이 아버지라는 걸, 경찰은 어느 정도나 확신하고 있는 거죠?"

"아주 많이요."

미나는 화면에 뜬 수사 기록 보고서를 가리키면서 대답했다.

"이 사건은 유례없이 빠른 속도로 법정에 갔어요. 지금 이 아이 아버지는 교도소에 있고, 학대 혐의를 대부분 시인했어요. 그 사람이 인정하지 않은 건 오직 아이를 죽였다는 것뿐이에요. 하지만 약물 중독이라는 기록이 있는 걸로 봐선, 약에 취했을 때 범행을 저질렀을 수도 있어요. 정말 끔찍한 일이죠."

두 사람은 빌리암 칼손에 관한 수사 기록을 읽었다. 그렇게 추운 겨울에 아이는 회색 티셔츠와 내복 바지만을 입고 있었다. 말은 물론 배낭도, 특이한 물건도 없었다. 그저 커다란 멍과 엄청난 비극만이 존재했다.

"그래도 모르는 거죠. 그 아버지가 인정하지 않았잖아요. 게다가……."

빈센트는 빌리암이 발견된 곳을 찍은 사진을 가리켰다. 그 작은 섬에는 드라이 독이 세 군데 있지만, 실제로는 한 곳만 사용됐다. 빌리암은 그 독에 있던 두 배 사이에 놓여 있었다. 사진에서 끔찍한 사건이 일어났음을 짐작하게 하는 것은 두 배 사이의 공간을 가로막고 있는 폴리스 라인뿐이었다.

"또 물이 가까이 있어요. 그건 노바의 가설에 힘을 실어 주는 거네요."

미나가 말했다. 빈센트는 고개를 끄덕였지만, 기분이 좋아 보이지는 않았다.

"그럴 수도 있죠. 독이 꽉 차 있지 않았던 게 다행이었네요. 아니었으면 발견하지 못했을 테니까요. 내 생각엔 가서 살펴보는 게 좋겠어요. 경찰이 현장에서 아무것도 찾지 못했다는 사실이 찾을 게 아무것도 없다는 뜻은 아니니까요."

"지금 우리가 일을 제대로 하지 않았다는 말이에요?"

미나가 장난스럽게 빈센트의 팔을 찰싹 때렸다.

"전혀 아니에요. 하지만 당시에 현장을 조사한 과학수사 전문가들은 특이한 걸 찾아야 할 필요가 없었잖아요. 물론 그땐 거기 있었다 해도, 아직까지 남아 있을 가능성은 아주 적다는 거 잘 알아요. 아마도 경찰이 정확한 결론을 내렸겠죠. 빌리 암은 아버지에게 맞아 죽은 겁니다. 이건 너무나도 약한 지푸라기라서 움켜잡는 순간 부스러져 가루가 될 수도 있어요. 그래도 이 사건이 정말로 오시안과 릴뤼하고는 관계가 없는지를 확인할 필요가 있다고 생각해요. 왜냐하면 만일……."

빈센트는 말을 끝맺지 못하고 주머니에서 손수건을 꺼냈다. 하지만 미나 쪽을 흘끔 보고는 다시 주머니에 넣었다.

모니터 화면을 쳐다보던 미나는 그렇게 더웠는데도 갑자기 한기를 느꼈다.

"우리 일단 팀원들과 먼저 상의해 봐요. 당장 회의를 소집할 수 있는지 볼게요. 지금쯤이면 모두 와 있을 거예요."

"우리라고요?"

깜짝 놀란 표정으로 빈센트가 미나를 쳐다보았다.

"돌아온 걸 환영해요, 빈센트!"

미나가 대답했다.

*

마지막 만남 이후로 수사 팀의 규모는 조금 더 커져 있었다. 새로 합류한 아담은 조각 같은 몸매에 키가 컸고, 생기 넘치고 영리한 눈의 소유자였다. 마치 미국 텔레비전 프로그램에서 곧바로 걸어 나온 것 같았다.

"안녕하세요, 빈센트입니다."

빈센트가 아담에게 손을 내밀며 말했다. 오른손을 붙잡은 아담의 힘찬 악수에 왼손에 든 머그잔에서 커피가 출렁이며 튀어나왔다.

"아담입니다. 말씀 많이 들었습니다."

정확하게 위아래로 세 번 움직이는 손동작, 눈 맞춤, 10도쯤 기울인 상체. 완벽한 악수였다. 단호하고 명확하지만 우월감은 전혀 없는 악수. 자신이 상황을 통제하겠지만 양쪽이 협력해 일을 처리해 나갈 것임을 알려 주는 악수. 빈센트는 회의실에 있는 다른 사람들을 둘러보았다. 크리스테르와 페데르는 고맙다는 듯이 고개를 끄덕여 인사했다. 페데르의 풍성한 수염이 함께 흔들렸다. 그에 반해 루벤은 노려보면서 팔짱을 끼는 것으로 인사를 대신한 것 같았다.

"루벤, 그때 보내 준 걸 감사할 기회가 없었네요. 나에게는 큰 의미가 있는 거였어요. 아, 미안하지만 가방을 내려놓고 싶은데, 이 커피 좀 들어 주실래요?"

빈센트가 재빨리 루벤에게 머그잔을 내밀었다. 루벤은 깜짝 놀라면서 잔을 받아 들었다. 루벤의 뇌가 그 머그잔을 받아 주고 싶은지를 생각하고 결정하기 전에 그의 프로그래밍된 반사 신경을 이용하는 전술이었다. 얼떨결에 머그잔을 받아 드는 바람에 루벤은 거절할 기회를 놓친 것이다.

사실 이 전술을 구사한 의도는 루벤의 팔짱을 풀어 그가 몸으로 보여 주던 거부감을 해제함으로써, 빈센트와 미나의 말을 좀 더 잘 받아들일 수 있게 하는 데 있었다. 팔짱을 푸는 가장 쉬운 방법은 무언가를 들고 있게 하는 것이고.

하지만 빈센트에게는 루벤에게 정말로 감사해야 할 일이 있었다. 2년 전 10월에 마지막으로 만난 뒤, 루벤은 빈센트에게 우편물을 보냈다. 빈센트 어머니의 죽음에 관한 신문 기사. 빈센트가 살인 사건에 연루되어 있음을 입증하는, 루벤이 제출한 증거 자료였다. 사실 그가 그 사건에 연루되어 있기는 했다. 팀이 생각한 방식대로는 아니었지만.

신문 기사 위에는 루벤이 쓴 쪽지가 클립에 끼어 있었다. *지금도 누가 이걸 보냈는지는 모르겠어요. 하지만 나는 필요 없어요. 다른 사람들도 다시 봐야 할 필요는 없을 것 같아요.*

태워 버리든 말든 당신이 마음대로 해요.

그때 빈센트는 감동했다. 그러나 기사를 보내 주었던 그때의 루벤은 지금 이 회의실에는 없는 것 같았다. 루벤은 그저 어깨를 으쓱해 빈센트의 말에 반응하더니 머그잔을 돌려주었다. 다시 말해서, 모든 것이 정상이었다. 빈센트가 이번 수사에서 큰 역할을 할 것 같지는 않았다. 이미 수사 팀은 노바에게 도움을 요청해 놓았으니까. 그러니 경찰들의 태도는 어느 정도 너그럽게 봐줄 수 있었다. 그래도 모든 경찰 팀이 루벤 한 명마다 그에 대응하는 아담을 한 명씩 배치할 수 있다면 행운일 거라는 생각이 들었다.

"다시 만나서 반가워요, 빈센트."

율리아가 말했다.

"당신과 미나가 현재 수사 중인 사건을 검토해 봤다고 들었어요. 물론, 당신이 우리와 함께한다는 걸 미리 알 수 있게 적절한 절차를 거쳐서 만났다면 더 고마웠을 거예요."

"어떤 걸 발견하게 될지 몰라서 말을 못 했어."

미나가 사과했다.

"먼저 확실하게 하고 싶었거든. 사실 아직 확실한 건 없어. 대신 빌리암 칼손의 사건을 자세히 들여다봤는데, 그 아이를 찾은 곳을 살펴봐야 할 것 같아."

"지난겨울에 자기 아빠한테 맞아 죽은 애?"

루벤이 앉은 자리에서 살짝 몸을 세우면서 물었다.

"그 애랑 우리 사건이 무슨 관계가 있는데?"

"내가 말해도 될까?"

아담이 끼어들었다.

"빌리암의 아버지, 요르겐 칼손은 이례적으로 신속하게 진행된 재판에서 살인죄에 대해 유죄를 선고받았어. 하지만 내가 기억하는 게 맞는다면, 요르겐 칼손은 살인 혐의를 끝까지 인정하지 않았어. 다른 모든 혐의는 주저 없이 인정했다는 걸 생각해 보면 조금 이상한 일이었지. 그런 전략이 자신에게 더 유리할 거라고 판단했기 때문에 그랬는지는 모르겠어. 게다가, 내가 세부적인 사항까지 정확히 기억하지 못하긴 하지만, 수사 초기에 그에게 유리한 증인도 있었어. 놀이터가 보이는 아파트에서 사는 할머니가 있는데, 그분이 빌리암을 데리고 간 사람은 요르겐이 아니었다고 증언했어. 하지만 요르겐이 알리바이를 입증하지 못했고, 할머니의 시력은 신뢰하기 어려웠기 때문에 결국 증거로는 채택되지 않았지."

"오시안과 릴뤼의 일을 생각해 보면, 그건 문제가 있어 보이네."

율리아가 말했다.

"요르겐 칼손이 혐의를 부인한 게 어쩌면 진실을 말한 건지도 모르겠어. 그렇다면 잘못 기소된 거고."

루벤이 다시 팔짱을 끼고 불쾌한 음식을 먹은 것 같은 표정을 지었다.

"요르겐 칼손은 누구하고도 상대가 안 되는 일급 악당이야. 지금 정확히 있어야 할 곳에 있는 거고."

루벤이 퉁명하게 말했다.

"맞아."

페데르가 동의했다.

"나도 그 사건 기억해. 그 애 몸 곳곳에 오랜 기간 동안 생긴 폭행 흔적이 있었어. 어렸을 때 그렇게 맞고도 그 나이까지 살아 있었던 게 기적이었지. 그 애 엄마도 분명히 남편한테 맞았을 거야."

보세가 낑낑거리며 페데르의 손을 핥았다. 아동 학대는 생각하는 것만으로도 페데르의 마음을 찢어지게 한다는 걸 아는 것 같았다.

"내가 보기에, 그 애는 아버지가 죽인 게 틀림없어."

루벤이 말했다.

"나도 거기 몇 번 출동했었어. 심지어 크리스마스이브에도 갔다고. 제기랄. 피가 얼마나 흥건했는지 몰라. 요르겐이 아내를 벽난로에 집어 던져서 부엌에 사방이 피바다였어. 빌리암은 선물 상자며 방울, 반짝이가 잔뜩 달린 크리스마스트리 뒤에 숨어 있었고, 그때 아마 세 살이었을 거야. 요르겐은 절대로 결백하지 않아. 그 자식은 가둬 놓는 건 물론이고 다시는 나오지 못하게 감방 열쇠까지 내다 버려야 해."

침묵이 내려앉았다. 빈센트는 회의실을 장식하고 있는 유일한 물건인, 정면으로 보이는 벽에 걸린 커다란 스톡홀름 지도에 시선을 고정했다. 그리고 루벤에게 들은 장면을 떠올리지 않기 위해 최선을 다했다. 하지만 늦었다. 빌리암의 사진에서 본 온몸의 멍들을 머릿속에서 애써 지우며 오래된 도시를 응시하는 빈센트의 눈에 눈물이 차올랐다. 아이의 몸은 고작 몇 년 전 아스톤의 몸과 너무나도 비슷했다.

크리스테르가 헛기침을 했다.

"이 문제는 나도 루벤과 같은 생각이야."

그가 조용히 중얼거렸다.

"요르겐 칼손은 개자식이지. 다시는 햇빛을 보지 못하게 해야 해. 본인이 자백한 것만으로도 꽤 오랫동안 감옥에 있어야 한다는 게 다행이지. 하지만 아담의 말도 생각해 볼 만해. 요르겐이 아들을 죽였는지는 확실치 않다는 거 말야."

"아담, 그리고 루벤. 두 사람이 지금 당장 빌리암의 어머니인 로비스를 만나 보는 게 좋겠어."

율리아가 말했다.

"빌리암이 모르는 사람에게 납치됐다고 주장한 이웃도 만나 보고, 그 사람 시력이 얼마나 안 좋은지도 알아봐. 오늘 안으로 끝내 주면 좋겠어. 그리고 월요일에는 할 교도소에 가서 요르겐을 만나 보고. 교도소에는 미리 연락해 둘 테니까."

루벤이 아담을 쳐다보았다.

"이번엔 좋은 경찰 역할 따윈 그만둬. 그 망할 자식한테는 쓸데없는 짓이니까."

아담이 단호하게 고개를 끄덕였다. 루벤의 말에 진심으로 동의하는 것 같았다. 율리아는 미나와 빈센트를 보았다.

"두 사람이 뭘 찾으려고 하는지는 모르겠어. 그래도 가서 현장을 살펴봐. 페데르랑 그의 긴 수염도 같이 데려가고. 페데르, 혹시 가다가 이발소 있으면 바로 들어가. 비용은 서에서 댈 테니까. 그리고 빈센트…… 이왕 여기 왔으니까, 가기 전에 우리가 구금하고 있는 사람을 만나 보고 갔으면 좋겠어요. 이름은 레노르 실베르예요."

*

"스웨덴에 온 지는 얼마나 됐어?"

아담은 속으로 깊은 한숨을 내쉬었다. 루벤의 질문에 대답하지 말까 고민했지만, 소소한 대화야말로 경찰차 안에서 시간을 보낼 때 꼭 필요한 요소임을 알고 있었다. 그저 다른 질문을 받았으면 하는 것뿐이었다.

"여기서 태어났어."

"아하, 그렇군."

침묵이 흘렀다. 자신의 대답을 듣고 사람들이 입을 다문다는 건 언제 겪어도 늘 놀라웠다.

"그럼 부모님은? 부모님은 어디 출신이셔?"

루벤이 물었다.

"우간다."

"아하, 우간다."

또 침묵이 흘렀다. 잠시 후 다시 루벤이 입을 열었다.

"젠장. 우간다에 관해서는 아는 게 하나도 없다는 걸 고백해야겠네."

"그렇겠지. 나도 우간다는 아는 게 없어."

자칫하면 루벤을 노려보게 될 것 같았다. 루벤에게는 왠지 아담을 짜증 나게 하는 면이 있었다. 뻔한 질문을 하기 때문만은 아니었다. 아담은 루벤 같은 경찰을 이미 여러 번 만났다. 근육에만 초점을 맞추고 두뇌는 중요하지 않은 경찰들 말이다.

"언제 탈출했지?"

"우리 부모님은 우간다에서 탈출하지 않았어. 어머니가 교수직 제안을 받고 오신 거지. 스웨덴에 도착한 뒤에야 임신했다는 걸 알았고. 하지만 아버지와 어떤 관계를 유지하는 건 원치 않으셨어."

"그렇군."

루벤이 고개를 끄덕였다.

"근데 아버지는? 궁금한 적은 없었어? 아버지하고 연락해 보려고는 안 했고?"

"아니. 꼭 그래야 할 이유가 있을까? 나는 어머니의 판단을 믿어. 어머니가 내 인생에서 아버지는 필요 없다고 결정했다면, 그게 최선의 판단이야."

"아!"

루벤이 갑자기 서글픈 표정을 지었다.

"그런 유형의 아버지였구나."

아담은 루벤을 흘긋 쳐다보았지만, 다시 시선을 도로로 돌렸다. 동료들의 사생활을 파헤치는 데에는 전혀 관심이 없었다. 특히 루벤의 사생활은.

로비스가 살고 있는 리스네의 높은 건물이 두 사람 앞에 나타났다. 아담은 경찰차를 주차장에 세웠다. 잔뜩 의기소침한 표정을 짓고 있는 루벤은 여전히 아무 말도 하지 않았다. 아담은 휴대폰으로 주소를 확인했다. 주차장 뒤로 출입구가 보였다. 아담이 루벤을 보면서 손짓했다.

"저기야. 저기가 빌리암의 부모가 아들을 마지막으로 봤다고 주장하는 놀이터야."

"그 애를 때려죽인 사람이 그 애 아버지가 아니라는 생각은 전혀 안 드는데."

루벤이 중얼거렸다.

"그 문제에 관해서는 왈가왈부할 생각 없어. 우리에게는 해야 할 일이 있으니까."

아담도 자신이 너무 날카롭게 말했다는 걸 알았다. 그러나 너무 쉬운 해결책만을 원하는 경찰들이라면 신물이 났다. 현실은 쉬울 때가 없었다. 현실은 복잡한 곳이었다.

두 사람은 세 층을 올라 로비스의 집이 있는 곳으로 갔다. 이웃집 밖에는 아이가 자고 있는 유아차가 있었다. 로비스 집의 문을 두드리자 아이는 몸을 뒤척이며 칭얼거렸다. 오랫동안 문이 열리지 않다가, 마침내 누군가 발을 질질 끌면서 현관으로 나오는 소리가 들렸다. 긴 침묵. 주저함. 문손잡이가 돌아가면서 천천히 문이 열렸다. 아주 조금만.

"누구세요?"

잔뜩 쉰 목소리였다. 문이 조금밖에 열리지 않았는데도 문틈으로 오래 묵은 알코올 냄새가 진하게 났다.

"경찰입니다. 빌리암 일로 여쭤볼 게 있어서 왔습니다."

"아, 이제야 빌리암 이야기가 하고 싶어졌나 보네요."

로비스는 현관문을 닫으려고 했지만, 아담이 문틈으로 발을 넣어 막았다.

"로비스 씨, 빌리암을 위한 일입니다. 들여보내 주세요."

다시 침묵이 흘렀다. 그리고 문이 열렸다. 로비스가 발을 질질 끌면서 집 안으로 들어갔고, 두 경찰이 그 뒤를 따라갔다. 집 안은 어두웠다. 빛이 전혀 없었다. 창문도 검은색 커튼으로 가려져 있었다. 공기에서는 악취가 났다. 쓰레기와 불쾌한 음식 냄새, 그리고 담배 냄새가 섞여 있었다. 아담의 뒤에서 루벤이 약하게 콜록거렸다.

"저기 앉아요."

거실로 들어간 로비스는 얼룩과 불에 탄 자국으로 덮여 있는 낡은 소파를 가리켰다. 소파 앞 탁자에는 담배꽁초가 넘쳐흐르는 재떨이와 빈 술병들이 어지럽게 놓여 있었다. 거실에 있는 장식품이라고는 벽에 걸려 있는 사진 액자 몇 개가 전부였다. 빌리암과 함께 있는 로비스. 요르겐과 함께 있는 로비스. 자부심 가득한 얼굴로 말 위에 앉아 있는, 아마 어린 로비스인 듯한 아이.

아담은 주저하지 않고 앉았다. 그의 곁눈으로 그냥 서 있을지 고민하는 루벤이 보였다. 아담은 루벤을 바라보았다. 두 사람은 살해된 아이의 어머니와 대화를 하려고 이곳에 왔다. 여러 겹 이불 밑에 놓아둔 완두콩 때문에 몸이 배겨 잠을 못 잤다는 동화 속 공주 흉내를 내려고 온 것이 아니다. 루벤은 살짝 얼굴을 찡그리기는 했지만, 아담의 의향을 알아챈 것처럼 소파에 앉았다.

"요르겐은요? 요르겐에게 무슨 일이 생긴 건 아니죠? 알잖아요. 그이는 거기 있으면 안 돼요. 그이는 빌리암을 죽이지 않았어요."

로비스는 떨리는 손으로 담배에 불을 붙여 깊게 한 모금 빨아들이더니 두 사람을 노려보았다. 그러고는 잔뜩 떨리는 손으로 두 사람에게 삿대질을 했다.

"그 남자아이 때문이죠! 그 사라졌다는 아이. 그래서 온 거야. 그 아이를 데려간 사람이랑 빌리암을 죽인 사람이 같은 사람이라서. 내가 그랬잖아요. 요르겐이 그런 게 아니라고 했잖아요."

"지금 단계에서는 아무 말씀도 드릴 수 없습니다."

아담이 두 손을 내밀면서 말했다.

"저희는 아드님이 사망했을 무렵의 상황을 다시 살펴보려고 왔습니다. 그래서……."

"나가요!"

로비스가 고함을 질렀다.

"알아보고 싶은 게 있습……."

아담이 헛기침을 했다. 담배 연기 때문에 목이 막히고 눈이 시렸다.

"나가!"

로비스가 벌떡 일어났다. 그 바람에 빈 보드카 병이 탁자에서 바닥으로 떨어졌다. 병은 조금 굴러가다가 멈췄다.

"나가라고 했어요. 지금 당장."

루벤이 일어섰고, 아담도 따라 일어섰다. 나중에 다시 돌아와야 할 것이다. 지금은 일단 로비스의 흥분을 가라앉혀야 했다.

두 사람 뒤에서 현관문이 거칠게 닫혔다. 실망한 아담이 고개를 저었다. 로비스와의 만남으로는 알아낸 것이 없었다.

두 사람은 두 곳을 더 찾아가야 했다. 증인의 집. 그리고 요르겐이 있는 교도소.

*

미나는 가는 길을 속속들이 알고 있었지만, 빈센트는 율리아가 두 사람을 크로노베리 구치소로 안내하는 동안 신기하다는 듯이 주위를 둘러보았다. 구치소는 효율을 위해 경찰서와 같은 건물에 있었다. 율리아가 설명했다.

"아까 얘기했지만, 그 사람 이름은 레노르 실베르예요. 불법 감금 및 미성년자 인신매매 혐의로 체포했어요. 지금까지는 자신은 오시안은 물론이고, 다른 아이들 사건과도 관계가 없다고 주장하고 있어요. 하지만 한 번 더 취조한다고 손해 볼 건 없으니까요. 음, 사실은 빈센트가 질문을 해 줬으면 해요."

빈센트가 걸음을 멈추고 얼굴을 찌푸렸다.

"지난번에도 말했지만……."

"알아요."

율리아가 빈센트의 말을 막았다.

"훈련받은 경찰도, 수사관도 아니라는 거. 그런 책임을 지게 할 수는 없죠. 지난번에 우리를 위해서 수고해 줬을 때 힘들었다는 것도 알고요. 그래도 결국 다 잘 해결됐잖아요. 나는 그저 당신이…… 그 사람과 대화를 해 줬으면 하는 거예요. 당신이 잘할 수 있는 일이니까."

세 사람은 취조실에 도착했다. 방에는 검은색 숫자로 번호가 표시되어 있었다. 공공건물에서 흔히 볼 수 있는 평범한 복도 풍경이었다. 그러나 그 문 뒤에서 기다리는 여인은 만날 때마다 미나의 피부에 소름을 돋게 했다. 그녀는 미나하고는 완벽하게 다른 인간이었다. 엄청난 자신감. 멋진 옷차림. 아름다움. 벌겋게 튼 손끝 대신 매니큐어를 칠한 긴 손톱이 있는 손가락. 무엇보다도 그 여자는 사이코패스일 가능성이 높은 인간이었다.

"좋아요. 한번 해 보죠. 하지만 아무것도 장담은 못 해요."

빈센트가 대답했다.

"그리고 내 방식대로 할 거예요. 혹시 펜 있어요?"

율리아가 빈센트에게 펜을 내밀었다. 멘탈리스트는 조심스럽게 한쪽 뺨에 작은 점을 그렸다. 눈에서 1센티미터쯤 밑으로 내려온 곳이었다.

"그건 왜 하는 거예요?"

율리아가 말했다.

"내 방식대로 하려고요."

율리아가 고개를 저었다. 빈센트는 이미 자기 방식대로 아주 먼 길을 가기 시작한 것이 분명했다.

"미나, 여기를 맡아 줘. 나는 위에 가서 상부에 다음 단계 작전을 설명해야 해. 레노르는 3번 취조실에서 기다리고 있을 거야."

율리아가 복도에서 사라졌다. 미나는 겨드랑이 밑으로 땀이 번지는 것을 느꼈다. 이건 지금 만나야 하는 사람과는 아무 상관이 없어. 그냥 지독하게 덥기 때문이지. 그녀는 생각했다.

미나는 심호흡을 하고 레노르 실베르를 보게 될 취조실의 문을 열었다. 레노르는 이렇게 더운 날 며칠을 붙잡혀 있었는데도 여전히 산뜻해 보였고, 멋진 옷을 입고 있었고, 깔끔하게 화장을 하고 있었다. 그녀는 취조실에 있는 세 의자 가운데 하나에 앉아 있었다. 탁자는 없었다. 아마도 빈센트가 좀더 쉽게 질문할 수 있도록 율리아가 미리 탁자를 치우게 한 것 같았다.

멘탈리스트를 본 레노르의 얼굴에서 웃음이 사라졌다.

"저 사람은 여기 왜 온 거죠? 텔레비전에서 본 적 있는데."

"빈센트는 몇 가지 질문을 좀 하려고 온 거예요."

미나가 레노르 앞에 있는 의자에 앉으면서 말했다. 그 즉시 기분이 약간 좋아졌다. 땀도 거의 흐르지 않는 것 같았다. 빈센트가 미나 옆에 앉았다.

"난 아무 말도 안 할 거예요."

레노르가 팔짱을 끼면서 말했다.

"변호사 없이는요. 지난주 금요일부터 잡혀 있었어요. 오늘은 수요일 맞죠? 사람을 이렇게 오래 가둬 둘 순 없을 텐데요."

"맞는 말이에요."

미나가 대답했다.

"그런데 레노르, 당신 집에서 찾은 아이 신원을 밝혔어요. 이민 온 지 얼마 안 됐고, 미드솜마크란센에 살고 있는 아이더군요. 당신이 그 아이를 팔려고 했다는 거 알아요. 5년 전에 그랬던 것처럼요. 이미 형을 줄이려는 사람들이 당신 짓이라고 자백했어요."

마지막 말은 거짓말이었다. 다른 사람은 없었다. 아파트에서 찾은 아이의 신원만 파악됐고, 사건은 다른 팀이 수사하고 있었다. 그러나 레노르가 팔짱을 끼고 팔을 붙잡은 손에 잔뜩 힘을 주는 것으로 보아 미나의 도박은 성공한 것 같았다.

"당신의 변호를 맡겠다는 변호사가 한 명도 없어요. 물론 국선 변호사가 배정되긴 하겠죠. 그런데 그 사람이 당신을 위해 최선을 다할 거라는 생각은 들지 않네요. 지금이 당신이 최대한 협조하고 있다는 걸 보여 줄 기회예요. 내 말 믿어요. 그러는 편이 훨씬 나을 테니까."

레노르는 몸을 똑바로 세우고 앉더니 두 손을 무릎에 올렸다.

"이 사람이 나한테 원하는 게 뭔데요?"

레노르가 물었다.

"그냥 간단한 게임을 할 거예요."

빈센트가 웃으며 말했다.

"내가 말한 단어를 듣고 제일 먼저 떠오르는 단어를 말하면 돼요. 오래 생각하지 말고요. 중요한 건 제일 처음 생각나는 걸 말해야 한다는 거예요. 아무리 이상한 단어라고 해도요. 시작해도 될까요?"

레노르는 한숨을 쉬면서 고개를 끄덕였다.

"좋아요. 그럼 시작하죠. 말."

"안장." 빈센트를 똑바로 쳐다보면서 레노르가 말했다.

"물."

"갈증."

"아이들."

"타인." 레노르는 멘탈리스트에게 시선을 고정한 채 다시 팔짱을 꼈다.

"죽음."

"삶."

"오시안."

"아일랜드."

"릴뤼."

"결혼식."

빈센트가 한쪽 눈썹을 추켜세웠다.

"릴뤼라는 웨딩드레스 전문점이 있어요."

"결혼할 거예요?"

미나가 물었다.

"당신이 알 바 아니에요. 다 끝난 거예요?"

"거의 끝났습니다."

빈센트가 대답했다.

"빌리암."

"스페츠*."

"죽이다."

"드라마."

"됐습니다. 잘해 주었어요."

빈센트가 일어났다.

"이 정도면 됩니다. 시간을 내 주어서 고마워요."

---

* 스웨덴의 배우 빌리암 스페츠

빈센트는 손을 내밀었고, 레노르는 자연스럽게 그 손을 잡았다. 그러자 빈센트가 불쑥 자신의 왼손을 레노르의 손목 아래에 넣더니 레노르의 손을 잡고 있던 오른손을 놓았다. 그 결과 레노르의 팔이 공중에서 빈센트의 손 위에 얹혔다. 그는 자신의 얼굴에 그렸던 점을 오른손으로 가리키면서 왼손을 부드럽게 움직여 레노르의 팔이 앞뒤로 흔들리게 했다.

미나는 그 모습을 홀린 듯이 바라보았다.

"레노르, 이 점을 봐요."

지금까지와는 완전히 다른 목소리로 빈센트가 말했다. 그의 목소리는 부드러웠지만 동시에 권위적이었다. 미나의 눈길도 저절로 빈센트의 점으로 향했다. 그가 만들어 낸 상황이 너무나도 독특해서, 이해할 수 있는 명령이라는 단순한 이유만으로 빈센트의 말을 따르게 된 것이다. 그 명령을 따르는 것이 아주 중요하다는 느낌이 들었다.

레노르의 초점이 흐릿해지기 시작했다. 팔의 움직임은 깨닫지 못하고 있는 것 같았다.

"이걸 보면서 당신의 생각도, 당신이 보고 있는 모습도 뿌옇게 흐려진다는 걸 깨달으세요. 갑자기 그렇게 됩니다. 시선이 흐트러지면 흐트러질수록 당신은 점점 더 생각할 필요가 없어집니다. 이제 생각하지 말고 의식 속에서 흘러갈 수 있게 내버려 두세요. 당신은 지금 당신을 아래로 끌어 내리는 커다랗고 친근한 바다에 있습니다……. 그 포근한 곳으로 계속 내려갈 수 있게 허락해 주세요……. 됐습니다."

빈센트가 들고 있던 팔을 놓자 레노르의 팔이 스르르 밑으로 내려갔다. 레노르의 머리도 앞으로 툭 떨어졌다. 레노르는 눈을 감고 있었다.

"좋습니다. 계속 가세요."

그가 레노르의 목에 손을 얹어 그녀의 몸이 기울어져 있는지 확인했다.

"조금 더 깊은 곳으로 내려가세요. 안전한 곳으로, 평온함을 느낄 수 있는 곳으로 가세요. 그곳에 도착했나요?"

레노르가 천천히 고개를 끄덕였다. 미나는 최면이라는 것을 진지하게 믿지도 않았고 빈센트가 레노르에게 하고 있는 일이 무엇인지도 알지 못했지만, 레노르는 정말로 최면에 빠진 것 같았다. 수사에 이용할 수 있는 방법은 아니겠지만 율리아가 빈센트의 개입을 허락했을 때 이것을 염두에 둔 것이 아닌가 하는 생각이 들었다.

"그럼 이제 다시 같은 질문을 할 거예요."

빈센트가 말했다.

"이번에는 가장 깊은 내면에 있는 자아가 찾아낸 답을 해야 해요. 알겠죠?"

레노르가 다시 고개를 끄덕였다. 소리는 없었다. 취조실에

서 들리는 것은 빈센트가 레노르 앞에 앉으면서 움직인 의자
소리가 전부였다.

"말."

"수탉."

레노르의 목소리는 선명했다. 미나가 최면에 걸린 사람들
이 낼 거라고 생각했던 목소리하고는 달랐다. 하지만 지금 레
노르는 분명히 다른 곳에 가 있었다. 일부러 그런 척하고 있
는 거라는 생각은 들지 않았다.

"물." 빈센트가 말했다.

"익사."

"오시안."

"대양."

빈센트가 미나를 흘긋 보았다. 미나는 고개를 끄덕여 계속
하라는 신호를 보냈다.

"아이들."

"돈."

"죽음."

"나."

"릴뤼."

"백합."

"빌리암."

"의지."

"죽이다."

"악몽."

빈센트가 다시 레노르의 손을 잡더니 팔을 앞으로 쭉 뻗게
했다. 빈센트가 손을 놓자 레노르의 팔은 허공에 떠 있었다.

"자, 이제 팔이 천천히 내려가는 걸 느낍니다. 당신도 더 깊
숙한 곳에 있는 생각으로 들어갈 수 있게 해 주세요."

레노르의 팔이 천천히 밑으로 내려갔다. 자신감에 차 있던
여인은 더 이상 없었다. 그녀는 어린아이 같은 표정을 짓고
있었다.

"손이 무릎에 닿으면 당신의 꿈을 보관한 곳의 문을 엽니다."

자신의 손이 무릎에 닿자 레노르는 얼굴을 찡그렸다.

"마지막으로 말해 준 단어에 관해 물어볼 게 있어요."

빈센트가 말했다.

"누군가를 죽여서 악몽을 꾼다는 건가요, 아니면 누군가를
죽이는 악몽을 꾼다는 건가요?"

"두 번째 거요."

레노르가 대답했다. 그녀의 목소리는 훨씬 음침하고 탁해
졌다. 목구멍 깊숙한 곳에서 새어 나오고 있는 것 같았다.

"하지만 내가 죽이면 악몽은 끝나요. 어둠이 끝나는 거예요."

"어둠 속에서 발견한 걸 죽이는 건가요?"

96

"맞아요."

"레노르, 어둠 속에는 무엇이 있죠?"

"울프. 삼촌이 있어요."

빈센트는 입을 다물고 미나를 보았다. 씁쓸한 얼굴이었다.

"이제 다섯부터 거꾸로 숫자를 셀 거예요."

빈센트가 말했다.

"다섯에 표면을 향해 헤엄쳐 올라오세요. 우리에게 돌아오는 겁니다. 넷을 세면 기분이 좋아지고 상쾌해질 거예요. 셋을 세면 선택할 수 있어요. 우리가 나눈 이야기 가운데 기억하고 싶은 게 있으면 기억해도 되고, 잊고 싶은 게 있으면 잊어도 돼요. 둘을 세면 깊이 숨을 들이마시고, 하나를 세면 다시 눈을 뜨세요."

눈을 뜬 레노르는 영문을 알 수 없다는 표정으로 주위를 둘러보았다.

"뭐예요? 우리, 무슨 말을 한 거예요?"

"아무 말도 안 했어요."

빈센트가 일어서면서 말했다.

"시간 내 줘서 고마워요. 이제 그만 괴롭혀 드려야겠네요. 아, 마지막으로 한 가지만 더 물어볼게요. 라이온 킹이 어디에서 자는지 아세요?"

레노르가 더욱더 이해할 수 없다는 표정을 지었다.

"뭐라고요? 그게 무슨 말이에요?"

빈센트는 대답하지 않고 취조실에서 나갔고, 미나도 빈센트의 뒤를 쫓아 나왔다. 문을 닫는 미나를 레노르가 혼란스러운 표정으로 쳐다보았다.

"라이온 킹이라고요?"

복도에서 미나가 물었다.

"최면을 끝낸 뒤에 기억 손실을 일으키려면 뇌가 방금 일어난 일이 아닌 다른 생각을 할 수 있도록 생각할 거리를 제공해 줘야 해요."

"그래, 뭘 좀 알아냈어요?"

"못 들었어요?"

빈센트가 놀란 얼굴로 미나를 보았다.

"나는 처음에 저 사람이 물을 익사와 연결하고, 오시안을 대양과 연결하는 게 조금 이상했어요. 그래서 그게 단서라고 생각했죠. 하지만 어쩌면 의미와 의미가 순수하게 연관된 단어를 떠오르게 한 걸 수도 있어요. 우리가 이미 물에 대한 이야기를 꺼냈으니까 저 사람의 다음 생각이 여전히 거기에 있다는 건 놀랍지 않아요. 그리고 릴뤼와 빌리암에 관해서는 물과 관계된 언급을 전혀 하지 않았죠. 말을 언급했을 때도요. 저 사람이 우리의 죽은 아이들과 관계가 있다는 생각은 들지 않네요."

미나가 고개를 끄덕였다. 그건 미나의 결론과도 같았다. 그래도 시도해 볼 가치는 있었다.

"그런데."

빈센트가 걸음을 멈춰 섰다.

"레노르는 아이들을 돈벌이 수단으로 봐요. 그래서 아주 심각한 공감 장애를 앓고 있을지도 모른다는 생각이 들었어요. 뇌에 생긴 생리적인 결함이죠. 편도체 기능 장애나 전두엽과 해마 사이의 시냅스 손상 같은 거예요. 나에게 묻는다면 심리적 방어 기제라고 대답할 거예요. 백합이라고 했죠? 레노르는 죽음에 집착해요. 어렸을 때 삼촌에게 학대를 당한 거예요. 그 울프라는 삼촌. 기억 속에 억눌러 놓았지만, 레노르의 내면에는 그 삼촌이 만들어 놓은 공간이 아주 커요. 아무래도 심리학자를 만나 보게 하는 게 좋을 것 같아요."

미나는 빈센트를 물끄러미 바라보았다. 아이들 이름을 빼면 빈센트는 레노르에게 고작 다섯 단어를 제시했다. 그게 전부였다. 그런데도 거의 일주일 동안 수사한 것보다 레노르 실베르에 관해 더 많은 것을 알아냈다.

"질문이 하나 있어요."

미나가 말했다.

"이제 페데르와 함께 벡홀멘으로 가야 하는데, 그냥 지나갈 수 없어서요. 라이온 킹은 어디서 자는 거예요?"

빈센트의 입술이 씰룩거렸다.

"심바 브랜드의 원목 침대에서요."

미나가 주먹으로 빈센트의 어깨를 쳤고, 빈센트는 고통에 울부짖었다.

*

나탈리는 사용한 장비를 모아 들고 천천히 헛간으로 걸어 갔다. 믿을 수 없을 정도로 피곤했다. 망치를 제자리에 올려놓고, 톱도 제자리에 돌려 놓았다. 칼은 질서를 정말 중요하게 생각했다.

똑같은 흰색 옷을 입은 내부 핵심 인원 몇 명이 함께 일을 했다. 모두 보수 작업에 열심이었다. 그런데 흰색 옷은 정말로 비실용적이었다. 일을 할 때마다 흰옷은 흙이 잔뜩 묻어 지저분해졌다. 특히 불에 탄 건물 잔해를 치울 때는 정말 더러워졌다. 무슨 건물이었냐고 물어봤지만, 아무도 대답해 주지 않았다.

몸을 쭉 뻗어 근육을 풀었다. 몸을 쓰는 일은 지금까지는 몰랐던 성취감을 느끼게 해 주었다. 그러나 아직 익숙해지지는 않았다. 나탈리에게는 그 나이 때 당연히 가졌을 법한 근력과 체력이 부족했다. 그건 헛간 문을 닫는 단순한 행동을 하는 이 순간까지 엄청나게 애를 써야 한다는 뜻이었다.

모니카와 칼이 나탈리와 사람들에게 일거리를 배정해 주었고, 그러면 사람들은 온종일 자기가 맡은 일을 했다. 그 때문에 서서도 잠이 들 수 있을 정도로 몹시 피곤해졌다. 이렇게까지 배가 고프지 않았다면 나탈리는 정말 선 채로 잠들었을 것이다. 사람들 사이의 분위기는 좋았다. 그 부분에 대해서는 불평할 일이 전혀 없었다. 하지만 생각했던 것과는 상당히 다른 여름 방학을 보내고 있는 건 맞았다.

나탈리는 이제 집이 된 건물로 다른 사람들을 따라 들어갔다. 많지 않은 수였는데도 아직 나탈리는 함께 일하는 사람들의 이름을 몰랐다. 흰색 옷차림에 언제나 웃고 있는 사람들은 놀라울 정도로 비슷비슷해 보였다. 숙소로 걸어가는 동안 계속 눈이 감겼다. 그녀의 잠자리가 된 간이침대에 누우면 정말 좋을 것이다. 그리고 이제는 정말로 아빠에게 연락해야 했다. 아빠한테 연락을 안 한 지 벌써…….

나탈리는 우뚝 멈춰 섰다.

언제였더라? 이곳에서의 날들은 한데 섞여 덩어리가 되어 버렸다. 지하철에서 이네스를 만난 날부터 며칠이나 지났는지 손가락으로 꼽아 보았다. 1주? 아니, 2주인가? 생각하는 것만으로도 머리가 아팠다. 일단 쉬자. 하지만…… 쉬고 난 뒤에는 아빠에게 연락할 것이다.

그러려면 먼저 휴대폰을 충전해야 했다. 도대체 어디로 가야 충전기를 찾을 수 있을까?

"나탈리? 나탈리? 어디 가는 거니?"

다 왔다. 몇 미터만 가면 침대가 있었다. 그러나 할머니의 목소리에는 무언가 특별히 원하는 것이 있는 것 같았다. 나탈리는 몸을 돌려 할머니를 보았고, 흠칫 놀랐다. 나탈리처럼 이네스도 흰색 옷을 입고 있었지만 티셔츠와 바지가 아니라 긴 가운 차림이었고, 어깨에는 녹색 띠를 두르고 있었다.

"무슨 일 있어요?"

나탈리는 간신히 물었다.

"이제는 너도 욘의 가르침을 제대로 알아야 할 시간이 되었어. 나랑 같이 가자."

할머니는 나탈리의 손을 잡고 평소 식사 공간으로 쓰는 방으로 데려갔다. 너무 피곤해서 할머니를 떨쳐 낼 힘이 없었다. 식탁으로 쓰는 탁자는 벽에 기대어 세워져 있었고, 가대로 지탱하는 긴 나무판자가 내려와 있었다. 사람들은 모두 손으로 나무판자를 잡고 어깨를 나란히 한 채 서 있었다. 이네스가 나탈리에게 다른 사람들 옆에 서라고 손짓했다. 이네스가 나무판자 끝으로 걸어가 자리를 잡는 동안 나탈리는 반대쪽 끝에서 칼 옆에 섰다.

"존재하는 것은 고통이고, 고통은 정화한다." 이네스가 말했다.

"존재하는 것은 고통이고, 고통은 정화한다." 사람들이 복창했다.

"우리는 저마다 다른 고통을 겪고 있습니다."

이네스는 계속해서 말했다.

"고통은 이 세상을 선명하게 볼 수 있도록 도와줍니다. 오늘 우리는 입회자를 맞이했습니다. 나의 손녀 나탈리입니다. 우리 아이의 고통은 육체적인 것이 아니라 영적인 것이지만, 그럼에도 실제로 존재하는 고통입니다. 오늘 우리는 우리에게 온 나탈리를 환영하고, 고통을 두려워하지 않음을 자신에게 상기시켜 줄 것입니다. 고통은 우리를 두렵게 하지 않습니다. 명료하고 명확하게 합니다."

이네스는 승마용 채찍을 들고 가장 가까이 있는 백발의 60대 남자에게 다가갔다. 남자는 긴장한 채 온몸에 힘을 주었다.

"존재하는 것은 고통이고, 고통은 정화한다." 나탈리의 할머니가 말했다.

"존재하는 것은 고통이고, 고통은 정화한다." 남자가 나지막하게 복창했다.

이네스가 남자의 손가락을 향해 채찍을 내리치는 순간, 채찍이 휘파람을 불면서 나무를 때렸고 채찍 소리가 메아리처럼 방 전체에 울렸다. 남자는 감전된 것처럼 온몸을 부르르 떨었지만, 나무판자 위에 고정된 그의 손은 조금도 움직이지 않았다. 남자의 손가락 위로 성난 채찍이 선명한 빨간색 자국을 남겼고 남자의 눈에는 눈물이 고였다. 나탈리는 지금 이게 무슨 상황인지 이해해 보려고 했다. 벌을 받는 걸까? 아니, 그런 것 같지는 않았다. 할머니는 조금도 화가 난 것 같지 않았다. 방에 모인 사람들은 거의 신앙심에 가까운 경이로움에 싸여 있는 것 같았다. 온몸에 힘을 주던 남자의 얼굴은 일그러졌지만, 곧 입가에 희미한 미소가 떠올랐다. 그리고 다음 사람에게 향하는 이네스를 보며 고개를 숙였다.

"존재하는 것은 고통이고, 고통은 정화한다."

다시 채찍을 들어 올리며 이네스가 말했다.

너무 피곤하고 배가 고파서 제대로 생각할 수가 없었지만, 할머니에게 맞고 싶지는 않았다. 채찍은 정말 아파 보였다. 나탈리는 고통을 느끼고 싶지 않았다.

"두려워할 것 없어."

칼이 나탈리에게 속삭였다.

"고통은 지나가. 하지만 고통이 너에게 주는 건…… 약속할게. 이 뒤로는 전혀 다른 눈으로 세상을 보게 될 거야."

이네스는 늘어선 사람들을 지나 계속 걸어왔다. 채찍으로 맞은 다섯 사람은 서로 끌어안은 채 웃다가 울기를 반복하고 있었다. 나탈리가 아는 건 나무판자를 짚고 있는 손을 떼면 너무 피곤해서 쓰러질 수도 있다는 것뿐이었다. 다른 사람들은 모두 너무나도 행복해 보였다. 나탈리도 그들처럼 행복해지고 싶었다.

바로 옆에서 채찍이 공중을 갈랐고, 총알처럼 칼의 손을 때리기 전 칼이 깊이 숨을 들이마시는 소리가 들렸다. 그리고 이네스가 나탈리에게 몸을 돌렸다. 칼이 무겁게 숨을 내쉬며 고개를 숙였다. 칼의 손가락에 난 붉은 자국 위로 피가 배어나왔다.

"안녕, 우리 아기."

이네스가 나탈리의 얼굴에 흘러내린 머리카락을 뒤로 넘겨 주었다.

"진실에 온 것을 환영해."

채찍이 손가락을 강타하는 순간, 나탈리의 뇌 어딘가에서 폭발이 일어났다. 마치 누군가가 손가락에 불을 붙이거나 말벌 집 안으로 손가락을 밀어 넣은 것 같았다. 이네스는 여전히 두 손으로 나무판자를 짚고 있는 나탈리를 끌어안았다.

"거부하지 마."

이네스가 속삭였다.

"그 고통을 관찰해 봐. 고통을 받아들여. 고통을 들여다봐."

나탈리는 이네스의 말처럼 해 보려고 노력했지만, 너무 아팠다. 너무나도 아파서 아무 생각도 할 수 없었다. 그저 가능한 한 멀리 그 고통을 보내 버리고만 싶었다.

"충격을 받은 거야."

이네스가 나탈리의 귀에 대고 말했다.

"하지만 그 고통이 어디에서 오는 건지 알아내야 해."

나탈리는 다시 노력했다. 너무, 너무나도 아팠다. 그게 정말로 뜻하는 게 뭐지? 이 아픔은 무슨 의미가 있는 거지? 그건 오직 뇌로 전달되는 신호일 뿐이잖아. 나탈리는 어른들이 와인을 분석하는 것처럼 이 고통의 구성 성분을 분석해 보려고 했다. 다른 맛을, 다른 향을, 다른 감각을 찾아내려고 애썼다. 그러자 갑자기 고통이 참을 수 있을 만큼 완화됐다. 여전히 끔찍하게 아팠지만 처음처럼 아프지는 않았다. 이를 꾹 다문 채 입으로 공기를 내뱉었다. 확실히 무언가가 선명해졌다. 뇌에서 방출한 아드레날린이 불러온 선명함이었다. 중요한 것과 중요하지 않은 것을 구별할 수 있었다. 할머니가 욘의 가르침이라고 한 것이 무엇인지 이해할 수 있었다.

이네스가 나탈리의 손을 들어 누군가 나무판자 위에 둔, 얼음물이 담긴 양동이에 넣었다. 상처를 달래 주는 물조차 너무나도 자극적이라, 나탈리는 참지 못하고 울기 시작했다. 할머니가 옳았다. 고통은 정화한다. 지금까지 나탈리는 너무나도 큰 고통을 짊어지고 다녔다. 미처 깨닫지 못했던 고통을 너무나도 많이 안고 다녔다. 할머니가 나탈리를 가슴에 꼭 끌어안았고, 나탈리는 흐느껴 울었다.

"그래, 그래."

할머니가 나탈리를 달랬다.

"우리가 항상 너를 돌봐 줄 거야. 약속할게. 이제 너도 우리가 되었어."

*

페데르는 벽에 기댔다. 표면이 거친 벽이었다. 4미터쯤 되는 드라이 독의 깊이가 햇빛을 어느 정도는 막아 줄 것이라고 기대했지만 헛된 기대였다. 독에는 수리하고 있는 것으로 추정되는, 금속 트러스 위에 올라가 있는 배가 세 척 있었다.

"맞습니다. 지난겨울에 있었던 일은 정말 비극이었어요."

페데르 앞에 서 있는 남자가 말했다.

"그러니까, 그 꼬마 아이 말입니다."

벵트라는 남자가 벡홀멘 부두 협회 대표로 나와 있었다. 빌리암을 발견한 사람은 아니었지만 경찰에 신고한 사람이기는 했다.

"1년 내내 여기서 선박 작업을 하는데, 대부분은 여름에 들어오고 머무는 기간도 일주일 정도밖에 안 됩니다. 다른 계절이었다면 갑문을 열 때 시신이 바다로 쓸려 가 버렸을 겁니다. 하지만 겨울에 있던 그 배는 선체 겉 판자를 새로 깔아야 했거든요. 그래서 한 달 정도 여기 있어야 했어요. 애를 발견한 것도 그 배 선원입니다. 정말 끔찍했죠. 생각해 보세요. 배수리를 하려고 머문 곳에서 하필이면…… 아무튼, 경찰에서 선원들을 용의자로 두고 조사하는 바람에 일정보다 훨씬 늦게까지 머물러야 해서 올 한 해 일정이 엉망이 된 건 분명하죠. 그래도……."

"겉 판자라고요?"

페데르가 벵트의 말을 끊고 물었다. 벵트는 배에 관해 전혀 모르는 사람을 만났을 때 보여 주려고 준비한 듯한 표정으로 페데르를 바라보았다.

"나무로 만든 배를 보신 적이 있습니까? 옆에 판자를 댄 배는 보신 적 있으시죠? 그 판자를 선체 전체에 대는 겁니다. 그게 겉 판자입니다."

페데르는 고개를 끄덕였다. 그러고는 아주 먼 곳에 있는 무언가를 발견한 척하며, 햇빛이 스며들지 않는 부두 모퉁이에 있는 미나 쪽으로 가기 위해 서둘러 그 자리를 벗어났다.

빈센트는 뒷짐을 진 채 배들 사이를 부지런히 돌아다니면서 주변을 살피고 있었다. 선글라스를 쓰고 있는데도 그가 얼마나 집중하고 있는지를 알 수 있었다. 빈센트는 50년대에 이미 유행이 끝나 버린 뿔테 선글라스를 쓰고 있었는데, 그에게 그 선글라스는 믿기 힘들 정도로 잘 어울렸다.

회의실에 빈센트가 들어왔을 때 페데르는 놀랐다. 그가 수사에 참여할 거라고 말해 준 사람은 없었다. 당연히 미나의 아이디어였을 테지만 율리아도 받아들였다. 지난번 수사 때 빈센트는 큰 도움이 되었다. 그걸 부정할 수는 없었다. 또다시 수면에 관한 강연을 들어야 하는 것만 아니라면, 빈센트가 살펴본다고 해서 문제가 될 것은 없을 것이다.

물론 페데르는 빈센트가 찾으러 다니는 것이 무엇인지 짐작도 되지 않았다. 벵트가 언급한 것처럼 배가 나갈 때마다 독은 물에 잠겼다. 배는 일주일에 한 번씩 독에서 나간다고 하니, 무언가 남아 있었다고 해도 벌써 오래전에 물에 씻겨 사라졌을 것이다.

"특별히 찾는 거라도 있어요?"

수염을 긁으면서 페데르가 큰 소리로 물었다.

페데르와 아네트는 수염을 그대로 놔둘 것인가, 깎을 것인가로 계속 토론하고 있었다. 아네트는 수염이 남편보다 자신을 더 많이 긁었을 거라며, 그 때문에 계속 발진이 생긴다고 투덜거렸다. 그래도 사진을 찍으면 훨씬 섹시해 보인다는 사실은 인정했다. 앞으로 집에서는 사진으로만 존재하는 게 좋을지도 모르겠다는 생각이 들었다.

빈센트는 고개를 저으며 페데르와 미나가 서 있는 곳으로 걸어왔다.

"그냥 저기서 어떤 느낌이 나는지 알아보고 있었어요. 장소 자체가 단서일 수도 있으니까요. 하지만 잘 느껴지지 않네요. 어떤 맥락도 찾지 못했어요. 살인자들이 물과 관계가 있다는 노바의 추측이 옳을지도 모르겠어요. 어쨌든 여기는 부두니까요. 그래도 그 추측은 너무…… 일반적이라는 생각이 듭니다. 너무 모호해요. 스톡홀름은 어디에나 물이 있잖아요. 그러니까 물을 언급하는 건 별다른 의미가 없죠. 으음, 빌리암은 다른 두 사건과 관계가 없다는 루벤의 말이 맞을 수도 있다고 생각해요. 빌리암의 아버지가 아들을 죽이고 사고가 난 것처럼 꾸몄을 수도 있죠. 빌리암은 점 B가 아니에요. 패턴이 보이지 않아요."

"루벤이 그 말을 들으면 좋아하겠네요."

미나가 말했다.

"우린 다시 원점으로 돌아왔고요."

페데르가 한숨을 쉬었다.

"그런데, 여자들은 수염을 무성하게 기른 남자를 더 매력적으로 생각한다는 독일 연구 결과가 있다는 거 아세요?"

빈센트가 말했다.

"어, 아니요. 그런데 그 연구는 어쩌면……."

대답을 하던 페데르는 자신이 또다시 수염을 긁고 있다는 걸 깨달았다.

"수염 얘기가 나와서 말인데, 아미르도 수염을 길렀어요?"

빈센트가 다 안다는 듯한 표정으로 미나를 보았다. 페데르
는 빈센트가 하는 말을 이해할 수 없었지만, 살인이라도 저지
를 것 같은 표정으로 빈센트를 쳐다보는 미나는 그 말이 무슨
뜻인지 아는 것 같았다.

"비록 다른 연구들은 대부분 그와는 반대인 결론을 얻었지
만요."

미나의 반응에 아랑곳하지 않고 빈센트가 말을 이었다.

"뉴질랜드의 바너비 딕슨은 수염에 관해 수많은 연구를 했
어요. 영국의 닉 니브와 케리 실즈도 그렇고요. 그 사람들은
짧은 수염은 매력을 줄 수도 있지만, 그보다 더 길게 수염을
기르는 남자들은 매력을 잃는다는 결론을 내렸죠. 가장 재미
있는 건 독일인들이 남들과 다른 연구 결과를 얻은 이유를 설
명하는 부분이에요. 그들은 수염이 얼굴의 많은 부분을 가려
줘서, 여자들이 남자들의 실제 생김새를 마음껏 상상할 수 있
기 때문이라고 했어요."

페데르는 아네트에게 독일인의 피가 흐르고 있을지도 모
른다는 생각이 들었다. 수염에 대한 아네트의 태도뿐 아니라
두 사람이 맺고 있는 관계의 특성도 그것으로 설명이 될 것
같았다. 빈센트는 자신이 대답을 듣지 못했다는 사실을 눈치

채지 못한 것 같았다. 그는 다시 말을 하기 시작했고, 그 무엇
도 빈센트를 막을 수 없었다.

"하지만 경찰로서의 당신 역할을 고려하면 아마 가장 중요
한 연구 결과는 수염이 화난 것처럼 보이게 한다는 딕슨의 결
론일 거예요. 위험한 사람처럼 보이고 싶은 거라면, 옳은 길
로 가고 있는 거예요."

그늘에 서 있던 미나가 씁쓸하게 웃었다.

"지금 루벤 생각을 하고 있죠?"

빈센트가 미나를 보면서 고개를 끄덕이고는 계속 말했다.

"물론 네덜란드의 트웬테 대학교에 제출된 흥미로운 석사
논문에 따르면 취업 면접 시 아주 길게 수염을 기른 얼굴은
말끔하게 면도한 얼굴만큼이나 긍정적인 효과를 불러일으키
지만, 그 중간 길이의 수염은 부정적인 효과를 나타낸다고 해
요. 그러니까 이직을 생각하고 있는 거라면 좋은 전략을 구사
하고 있는 거예요. 물론 당신의 수염이 지저분한 개의 털보다
더 많은 인간 병원성 박테리아를 보유하고 있다는 사실을 받
아들여야 하겠지만요. 몇 년 전에 스위스의 방사선과 의료진
이 발견한 사실에 따르면……."

빈센트는 문득 입을 다물었다. 그가 박테리아를 언급했을
때 미나는 공포에 질려 두 눈을 휘둥그레 떴다. 미나다운 반
응이었다. 페데르는 더 이상 회의 시간에 미나 옆에 앉는 걸

허락받지 못할 것임을 직감했다. 그가 수염을 깎기 전까지는 두 사람 사이에 의자가 적어도 두 개는 놓여 있어야 할 것이다. 문제는 이런 사실을 알게 된 뒤에 크리스테르의 개, 보세가 페데르보다 더 환영을 받게 될 것인가였다. 늘 이렇게 일을 엉망으로 만들어 버리는 망할 빈센트처럼 말이다. 미나가 이발소부터 들르라고 등을 떠밀기 전에 그녀의 생각을 딴 데로 돌리는 건 이제 페데르의 몫이었다.

"특별히 해야 할 얘기가 없다면."

페데르가 침묵을 뚫고 말했다.

"우리 세쌍둥이가 '멜론' 노래를 부르는 영상이 있는데, 한번 보실래요?"

주머니에서 휴대폰을 반쯤 꺼낸 페데르의 눈에 잔뜩 인상을 찡그리고 있는 미나가 보였다. 페데르는 한숨을 쉬고 다시 휴대폰을 주머니에 넣었다. 도대체가 수염은 합리적인 대화 주제이면서 햇살 같은 아이들이 나오는 동영상은 대화 주제가 못 된다는 게 말이 돼? 아이 없는 사람들이 보이는 전형적인 태도였다. 저 사람들은 도통 이해를 못 했다.

"이번 주에는 이미 보여 줬잖아. 지난주에도, 지지난주에도. 진짜로 루벤이 과장하는 게 아니야. 지난겨울인가 언제인가, 노래 경연 대회 이후로 너무 많이 봤어."

그래서 뭐? 같은 영상을 몇 번 봤다고 세쌍둥이에게 질린다는 건 말이 안 된다. 하지만 페데르는 복종했다. 그리고 아이들의 귀여움을 조금이라도 보여 줄 수 있는 동영상은 아주 많았다. 다행히 미나도 더는 수염 이야기 때문에 고통스러운 표정을 짓지 않았다.

멘탈리스트가 갑자기 얼굴을 찡그리더니 다시 빌리암이 발견된 드라이 독으로 돌아갔다. 그는 페데르와 미나에게도 따라오라고 손짓했다.

"왜 그래요?"

미나가 물었다.

"빌리암을 발견한 곳을 찍은 사진이 모두 이 각도로 찍혔다는 걸 깨달았어요. 여기 서서 카메라를 들고 있다고 상상해 봐요. 그리고 렌즈를 통해 보일 만한 걸 말해 줘요."

"그게 무슨…… 알았어요. 해 볼게요."

미나가 대답했다.

"일단…… 빌리암이 누워 있던 콘크리트 바닥이 보여요. 몇 미터 떨어져 있는 바위가 보이고, 4미터쯤 뻗어 있는 벽이 보이고요. 그 벽에는 자동차 타이어들이 걸려 있어요. 아마 배가 독으로 들어올 때 바위에 긁히는 걸 막으려고 저래 놓은 거 같아요. 벽 위에는 빨간색 난간이 있어요. 빨갛게 칠한 건물도 있고요."

"약간 아래로 내려가요."

빈센트가 말했다.

"바위 표면이 난간과 만나는 곳으로."

"좋아요. 내가 꼼꼼하지 못했네요. 위에서 아래로 1미터쯤 되는 곳까지는 콘크리트가 발라져 있어요. 독의 위쪽 단면은 요. 그 콘크리트 위에 네모나게 칠을 하고 이름을 적었어요 …… 알타스케르, 선빔, 파나마, 아프로디테."

미나가 빈센트를 보았다.

"저기 정박하는 배들 이름인 거 같아요."

빈센트가 고개를 끄덕였다.

"지금 묘사한 내용은 경찰 사진에서 볼 수 있는 모습과 정확히 일치해요. 그럼 이제 우리가 본 적이 없는 모습을 한번 보죠. 빌리암을 찍었을 때, 카메라 뒤에는 뭐가 있었을까요?"

"무슨 말인지 모르겠어요."

"다른 쪽으로 돌아 봐요, 미나. 뭐가 보이죠?"

미나가 빈센트의 말대로 했다. 페데르도 미나의 시선을 따라갔다. 미나만큼이나 페데르도 빈센트의 말이 이해되지 않았다.

"똑같아요. 콘크리트 바닥, 바위 벽, 또 콘크리트, 배 이름, 난간. 건물은 없지만요. 저쪽 벽만큼 배 이름이 많지는 않아요."

미나가 대답했다.

"좋아요. 그럼 이제 빌리암이 여기 누워 있다고 해 보죠. 우리 발밑에요. 빌리암이 들어가는 구도로 사진을 찍는다면 벽에 적힌 이름이 몇 개나 사진에 들어갈까요?"

미나가 엄지와 검지로 사각 틀을 만들어 눈앞에 댔다.

"두 개네요. 예라하고 H로…… 시작하는 거. H로 시작하는 배 이름이 물에 지워졌어요. 잘 안 보이는데, 아마 마지막 글자는 O 같아요. 아니다. 예라는 사진에 들어가지 않을 거예요. 저 이름이 사진에 찍히려면 벽 전체를 다 찍어야 해요. 그러니까, 사진에서 보일 이름은 저 H로 시작하는 배뿐이에요."

페데르는 큰 소리로 웃지 않을 수가 없었다.

"배치고는 아주 끝내주는 이름이네."

미나와 빈센트가 영문을 모르겠다는 표정으로 페데르를 보았다. 빈센트가 이해하지 못한다는 사실은 놀랍지 않았지만, 미나도 당혹스러워한다는 건 놀라웠다.

"저게 뭔지는 당연히 알아봐야 하는 거 아니에요?"

페데르가 말했다.

"좋아, 물이 글자를 몇 개 지운 건 맞아요. 그래도 배 이름을 알아보는 데는 전혀 문제가 없어요. 저건 1970년대에 남아프리카 공화국에서 경찰과 군대가 사용했던 악명 높은 장갑차의 이름이에요. 지뢰를 처리하려고 맞춤 제작한 거죠. 제작이라고는 했지만 사실은 영국 육군에서 더 이상 사용하지 않는 트럭을 개조한 거예요. 지독하게 무겁고, 이동할 때는 앞이 거의 보이지 않아서 장갑차라기보다는 탱크에 가까운 거였어요. 하지만 제 역할은 했죠. 전쟁터에서도 활약했고. 누가 장갑차를 향해 발포하지만 않았다면요. 지뢰 제거는 훌륭하게 했을지 몰라도 총알에는 약했거든요. 저 이름을 쓰는 배는 무겁게 무장하지는 않았음 좋겠네요. 그랬다가는 가라앉을 테니까."

미나와 빈센트는 여전히 서로의 얼굴만 쳐다보았다.

"뭐야? 두 사람은 특별히 관심 있는 분야 없어요? 내 삶이 세쌍둥이로만 채워져 있는 건 아니라고요."

마지막 말이 완전히 진실한 것은 아니었다. 그가 남아프리카에서 일어난 전쟁 다큐멘터리를 방영하는 디스커버리 채널을 보게 된 이유는, 아이들과의 레슬링 경기가 그의 패배로 끝나자 세쌍둥이가 아빠의 배 위에서 그대로 잠들었기 때문이었다. 혹시라도 일어나면 세쌍둥이가 깰지도 몰라서 움직일 수가 없었고, 텔레비전은 조금 떨어진 곳에 있었기 때문에 끌 수도 없었다. 그래서 페데르는 한 시간 동안이나 그 다큐멘터리를 보아야 했고, 얼마 후 아네트가 집으로 돌아오고 나서야 구출될 수 있었다.

빈센트는 벵트를 불러 반쯤 지워진 배의 이름을 가리키며 말했다.

"저 배는 언제 여기에 있었죠?"

모자를 쓰고 있으면서도 손을 들어 햇빛을 가린 벵트는 잠시 생각했다.

"글쎄요."

확실하지는 않은 말투였다.

"여기 드나드는 배를 모두 기억하는 건 아니지만, 저런 배가 왔던 기억은 나지 않는데요. 아마도 짓궂은 10대 아이들이 써 놓고 간 게 아닌가 싶습니다."

"내 생각은 달라요."

빈센트가 페데르를 보면서 말했다.

"남아프리카 공화국 육군이 장갑차 이름을 지을 때 트로이 전쟁에서 영감을 받았다는 거 아세요?"

또 이렇게 됐군. 전쟁사 전문가라고 하는 자들의 말이 다 옳다는 확신은 하지 말았어야 했는데. 다큐멘터리에서는 고대 그리스의 전투는 전혀 언급하지 않았다.

"트로이라고요?"

페데르는 잠시 시간을 벌려고 일부러 되물었다.

"나무로 뭘 만들어서 안에 병사들을 숨겼던 그 전쟁 말이에요?"

"정확해요. 당신이 말한 저 장갑차 이름, 그러니까 누군가 빌리암이 발견된 곳 위에 적어 두고 간 그 이름이 그리스어 단어거든요. 히포."

빈센트는 미나가 콘크리트 벽에서 반쯤 사라진 단어를 확인할 수 있도록 몇 초간 기다렸다가 말을 이었다.

"히포는 말이라는 뜻이에요."

*

루벤은 아파트 밖에 있는 공터를 가로질렀다. 살아 있는 빌리암이 마지막으로 목격된 놀이터는 텅 비어 있었다. 뜨거운 열기 때문에 그 누구도 야외 활동을 하지 않았다. 사람들은 해변으로 달려가거나 선풍기를 틀어 놓고 안락한 실내에 머물렀다.

"더위에는 강하겠네?"

반소매 경찰 셔츠 밑단으로 이마에 흐르는 땀을 닦으면서 루벤이 물었다.

"내가 왜 강해야 하지?"

몇 걸음 앞에서 걸어가던 아담이 되물었다. 두 사람은 로비스의 이웃이 살고 있는 건물 입구를 향해 걷고 있었다.

"음, 왜냐하면, 어…… 아, 아니야."

루벤은 아담을 따라잡기 위해 속도를 냈다. 아담은 바보 흉내를 내고 있거나 진짜 바보인 게 분명했다. 확실히 이상한 질문은 아니었잖아? 어쨌거나 아담처럼 검은 사람들은 아프리카의 열기와 햇빛을 좀 더 잘 견딜 테고, 루벤처럼 북쪽에 살던 하얀 사람들은 길고 추운 겨울을 더 잘 견딜 테니까. 아무리 생각해도 자신이 한 질문에 인종 차별적인 요소는 없었다. 그저 생물학적인 호기심만 있었을 뿐.

유아차를 미는 30대 여인이 두 사람에게 다가왔다. 유아차 한쪽에 달린 햇빛 가리개가 아이는 보호해 주었지만, 그녀는 아주 더워 보였다. 그런데 갑자기 그 여인이 두 사람 앞을 막아섰다. 아담은 유아차에 부딪히지 않으려고 급하게 걸음을 멈췄다.

"한마디 해야겠어요."

여인이 말했다.

"알겠습니다."

루벤이 앞으로 나가면서 물었다.

"무슨 일이신가요?"

"1년 뒤면 우리 막시밀리안이 어린이집에 가야 해요."

여인이 유아차에 타고 있는 아이를 가리키며 말했다.

"예전엔 빨리 그때가 왔으면 좋겠다고 생각했어요. 하지만 지금은 아니에요."

여인은 정말로 찌를 듯이 루벤을 향해 손가락을 거칠게 내밀었다.

"아이들이 계속 어린이집에서 납치되고 있는데, 당신들은 아무것도 안 하고 있잖아요."

여인은 루벤의 경찰복 가슴 주머니에 붙은 문장을 손가락으로 쿡 눌렀다.

"부끄럽지도 않아요? 내가 당신이라면 그만뒀을 거야. 아니, 차라리 기차에 뛰어들었을 거예요. 테드 한손 말이 맞아. 경찰은 손가락 하나 까딱하지 않고, 이민자들은 코앞에서 아이들을 데려가는 세상에서 우리 막시밀리안을 자라게 할 수는 없어요."

여인은 가늘게 뜬 눈으로 아담을 흘겨보았다.

"그래야 하는 이유도 명확하고요."

"아이들 사건과 '이민자'가 관계가 있다고 생각할 근거는 없습니다."

어색하게 웃으면서 루벤이 대답했다.

"당신들이야 그렇게 말하겠지."

날카롭게 대꾸하며 여인은 유아차를 끌고 앞으로 나갔다.

"테드가 이기면 당신과 저 흑인은 경찰복을 벗어야 할 거예요."

어깨 너머로 뒤를 돌아보면서 여인이 소리쳤다.

루벤은 여인이 놀이터 끝에 있는 모퉁이를 돌아 사라질 때까지 눈을 떼지 않는 아담을 흘긋 쳐다보았다.

"B호실이라고 했지? 주소가?"

아담이 물었다. 그러고는 몸을 돌려 가장 가까이 있는 건물 입구로 걸어갔다. 루벤은 고개를 끄덕였다.

"맞아. 7층 B호실. 근데……."

"잊어버려. 이번이 처음도 아니고, 마지막도 아닐 거야."

"이런 일, 자주 당해?"

"너는?"

루벤은 고개를 저었다. 건물 안으로 들어갔지만 내부도 여름 열기의 맹공을 맞고 있었다. 계단통 밑에서 손으로 쓴 글씨가 두 사람을 맞았다. 엘리베이터 고장.

"제기랄."

루벤이 계단을 올려다보면서 말했다.

7층이라니. 제기랄. 7층이나 올라가야 하다니.

"우리가 경찰에게 필요한 자질을 갖추고 있는지 확인해 볼 수 있을 것 같군."

아담은 쓸데없이 경쾌하게 말하고는 계단을 힘차게 뛰어 올라가기 시작했다.

루벤은 이 순간 지금까지 그랬던 것보다 훨씬 더 아담이 마음에 들지 않았다. 그게 가능한지는 모르겠지만. 일곱 층을 올라가자 심장이 마비될 것 같았다. 온몸에 있는 모공이 다 축축해졌고, 목에서는 거친 숨소리가 흘러나왔다. 하지만 정말 만족스럽게도 아담도 땀에 젖었고, 아주 불편해 보였다. 루벤이 거둔 작은 승리였다. 어쨌거나 승리는…… 승리였다.

초인종을 누르자 안에서 발을 질질 끌며 나오는 소리가 들렸다. 나이를 가늠할 수 없는 작고 메마른 피부의 여인이 문을 열더니 안전 고리 밑에서 두 사람을 올려다보았다.

"무슨 일이요? 뭘 팔러 온 거면 안 사요. 예수한테도 관심 없고, 하나뿐인 신의 아들을 구하는 일에도 관심 없어."

"경찰입니다."

아담이 신분증을 내밀면서 말했다. 루벤은 자신도 신분증을 보여 줄까 고민했지만, 그럴 힘이 없었다. 7층까지 올라온 뒤로 루벤의 팔과 다리는 그에게 복종하지 않았다.

"경찰이라고? 그렇구먼. 일단 들어와요."

현관문을 닫은 여인은 안전 고리를 풀더니 두 사람이 집으로 들어올 수 있도록 다시 문을 열었다. 루벤의 심장이 찡 하고 울렸다. 집 안에서는 루벤 할머니의 집에서와 같은 냄새가 났다. 어디선가 들려오는 시계 소리는 어렸을 때 할머니 집에서 늘 듣던 바로 그 소리였다. 루벤에게 언제나 괜찮다고 말해 주는 그 소리였다.

"커피 마시려오?"

조사서에 이름이 비올라 베리라고 적혀 있는 여인이 두 사람을 데리고 천천히 부엌으로 들어갔다. 부엌으로 다가갈수록 시계의 똑딱 소리는 더 커졌다. 소리의 근원은 부엌 구석에 있는 근사한 구스타비안 모라 벽시계였다.

"달라르나에서 오셨나요? 저희 할머니는 엘브달렌에서 오섰어요."

루벤이 말했다.

"엘브달렌? 그럼 이웃이라고 할 수 있겠네. 나야 거기서 산 건 아주 오래전 일이지만, 그래도 뭐. 난 열아홉 살 때 스톡홀 름으로 왔어요. 물론 그게 몇 년도였는지 그대들처럼 잘생긴 총각들에게 알려 줄 생각은 없어."

여인은 두 사람에게 윙크를 하고는 이미 요란한 소리를 내고 있는 커피메이커로 향했다.

"그 남자아이 때문에 온 거 맞지?"

그러고는 파란색 꽃이 뒤덮인 뢰스트란드 브랜드의 잔 세 개에 커피를 따랐다.

여인이 바삐 움직이며 부엌 가장 안쪽에 있는 찬장에 다녀 오자 식탁에는 비스킷도 놓였다. 루벤은 주저했다. 건강을 생 각하는 게 맞았다. 이제는 아버지가 됐으니까. 다시 7층 아래 로 내려갈 때 뇌졸중으로 쓰러지고 싶지는 않았다. 그러나 아 담이 비스킷을 먹고 있으니, 루벤도 먹어도 된다. 아담이 마 음껏 비스킷을 먹으면서도 식스 팩을 만들 수 있다면 루벤도 충분히 할 수 있을 것이다.

"그 남자아이 맞습니다. 그래서 왔어요. 여러 번 증언하셨 다는 거 알고 있습니다. 그 후로 시간이 흘렀다는 것도 알고 요. 그래도 빌리암이 사라졌던 날 목격하신 내용을 다시 한번 듣고 싶어서 왔습니다."

"그러니까, 이제 그 애 아빠가 범인이 아니라고 생각하게 된 거야?"

비올라가 두 사람을 뚫어지게 바라보며 물었다. 그녀는 각설탕을 이에 물더니 평온하게 커피를 몇 모금 마셨다. 루벤의 할머니도 저렇게 커피를 마셨다. 루벤은 침을 꿀꺽 삼켰다.

"아직 수사에 관해서는 말씀드릴 수가 없습니다."

아담이 또다시 수제 비스킷을 집어 들면서 말했다. 루벤도 한 개 더 먹었다.

"그래, 당연히 그렇겠지. 하지만 로비스가 자기네 놈팡이는 그런 짓을 하지 않았다고 떠들고 다닌다는 건 알아. 어쨌든, 내가 뭘 알겠수? 여기 사는 사람들은 모두 그 인간이 아내랑 아이를 어떻게 대했는지 아는데. 여기 벽은 두껍지가 않으니까. 경찰들이 내가 하는 말을 못 믿겠다고 해도, 난 내가 본 게 있으니 어쩔 수 없지."

"그러니까 그날 아침에……."

아담이 비올라가 말을 할 수 있도록 거들었다.

"음, 그렇지. 아주 이른 아침이었는데, 빌리암이 혼자서 그네를 타고 있었어. 그건 조금도 이상할 게 없었지. 그 애는 주말이면 늘 아침 일찍 놀이터에 나와서 혼자 놀았으니까. 그런 식으로 조금은 평화와 평온을 얻었던 게 아닌가 싶어."

"빌리암을 본 것이 정확히 몇 시였는지 기억할 수 있을까요?"

"정확히 기억한다고, 몇 번이나 말했잖수. 난 발코니에 앉아서 라디오 음악 퍼즐을 풀려고 하는 중이었어. 보통 10시나 11시에 시작하는데 그날은 일찍 시작해서, 바로 라디오를 켰다오. 정확히 9시 30분에. 그때 빌리암에게 다가가서 말을 거는 남자를 봤어."

"남자라고요? 혼자였나요?"

"맞아, 혼자였어. 젊고 잘생긴 남자였지. 그런 짓을 하기에 딱이더구먼. 눈에 띄는 특징이 전혀 없었거든. 짙은 색 재킷을 입었고, 머리는 짧게 깎았어. 금발이었고. 너무 멀어서 얼굴은 제대로 안 보였지만, 크게 눈에 띄는 특징은 없는 얼굴이었어."

"무례하게 굴려는 건 아니지만, 정말로 여기에서 저 놀이터 끝까지가 보이시나요?"

루벤이 물었다.

"당연히 아니지. 요즘에는 시력이 그다지 좋지 않아."

비올라가 크게 웃었다.

"그래서 쌍안경을 쓰는 거야. 그걸 쓰면 공원 저 끝에 있는 아파트 안까지 다 보인다니까."

루벤도 크게 웃으며 아담을 흘끔 보았다.

"그 남자가 빌리암과 얼마나 오래 이야기를 나누던가요?"

루벤이 물었다. 그러면서 손가락에 침을 묻혀 체크무늬 방수 식탁보에 떨어진 비스킷 부스러기를 모았다.

"그렇게 오래는 아니야. 1, 2분쯤. 별로 대수롭게 생각하지는 않았어요. 라디오에서 문제가 시작되고 있었고, 그 남자는…… 그러니까, 별로…… 위험해 보이지 않았어. 근사하게 웃는 남자였는데. 여기서도 그건 보이더군."

"그런 다음에는요?"

아담이 비올라를 바라보면서 커피를 마셨다. 아담의 커다란 손과 섬세한 컵은 어딘지 모르게 어울리지 않았다.

"그 남자가 빌리암의 손을 잡고 함께 가 버렸어. 그러려고 놀이터에 왔구나 싶었지. 로비스의 친구나 친척인 줄 알았거든. 누구든 그 사람들을 도와주러 온 거라고 생각한 거야. 그 가족에게 필요한 게 한 가지 있다면, 그건 그들을 도와줄 사람이라는 걸 신은 아실 테니까. 크고 강한 남자는 어리석은 짓을 할 리 없다고. 아마, 내가 그랬으면 하고 바란 걸 거야. 로비스가 마침내 정신을 차렸구나 하고."

"그럼 그 뒤로는 두 사람을 다시 보지 못한 건가요? 빌리암과 그 남자를?"

"못 봤어. 다시는 못 봤어. 그때 이 이야기를 경찰한테 하려고 했지. 그 애 아버지가 한 짓이 아니라고 말하려고 했어. 하지만 아무도 들으려 하지 않더라고."

비올라는 고개를 저었다. 그러고는 비스킷이 담긴 쟁반을 두 사람 앞으로 밀면서 하나 더 먹으라고 했다. 루벤은 배를 두드리며 거절했다.

"아니에요. 충분히 먹은 것 같아요."

"저도 그렇습니다."

아담이 일어서면서 말했다.

"이제 가 봐야겠네요. 대접해 주셔서 감사합니다."

"내가 좋아서 한 거지."

벌써 식탁을 치우기 시작하면서 비올라가 대답했다.

"이젠 찾아오는 사람이 많지 않으니까. 앞으로도 한참 없을 테고."

비올라가 현관문을 닫았는데도 루벤에게는 시계 소리가 들려왔다. 그는 비올라의 마지막 말을 생각했다. 그리고 집에 가는 길에 할머니를 보고 가야겠다고 결심했다.

셋째 주

새로운 한 주가 시작되었다. 지난주는 새로 모은 정보를 취합하는 것으로 한 주를 마무리했지만, 사실 별다른 정보는 없었다. 미나는 주말 동안 아무 일도 하지 않고 휴식을 취하려고 노력했다. 휴식이 필요하다는 건 알았다. 하지만 주말이 끝나기도 전부터 초조해서 미칠 것만 같았다. 생각이 다른 일들에 갇히지 않으려면 움직여야 했다. 일을 할 필요가 있었다. 밀다가 지금 하는 일을 마칠 때까지 기다리라고 하긴 했지만, 월요일 아침 일찍 밀다 요르트를 만나러 국립법의학연구소를 방문하는 것은 그래서 너무 즐거웠다.

미나는 호기심을 장착하고, 몸을 숙여 밀다가 하는 일을 열심히 관찰했다. 밀다의 조수 로케가 도구를 건네자 밀다는 엄청난 집중력을 발휘해 작업대에 있는 시신을 살피기 시작했다. 서른다섯 살쯤 되어 보이는 여자였다. 금발의 날씬한 여자의 몸에는 오래되어 보이는 상처들이 나 있었다. 로케가 메스를 시신의 목에 깊게 찔러 넣더니 느리지만 안정된 동작으로 치골까지 쭉 갈랐다. 메스를 놓은 로케는 갈비뼈 절단기를 들어 갈비뼈를 가르기 시작했다. 부검 과정은 미나를 전혀 괴롭히지 않았다. 미나는 무엇 때문에 밀다가 사무실이 아닌 부검실에서 만나자고 했는지를 알았다. 멸균된 부검실만큼 미나가 편하게 느끼는 곳은 많지 않았다.

"사인이 뭐예요? 아직 모르는 거예요?"

미나의 말에 밀다는 그렇다와 아니다를 동시에 품고 있는 것처럼 고개를 까닥였다. 이제 갈비뼈가 완전히 열려 내부 장기가 보였다.

"병원에 도착했을 때 이 사람 남편은 아내가 계단에서 떨어졌다고 했어요."

밀다가 대답했다.

"몇 시간 뒤에 사망했는데, 남편의 주장에 말이 되지 않는 부분이 많은 거예요. 무엇보다 목에 진하게 멍이 든 것도 그렇고. 그래서 지금 목의 기관들을 모두 꺼내 보려고 해요."

밀다가 가까이에서 볼 수 있도록 로케가 뒤로 물러났다. 지금까지는 조수가 담당하는 부분이었지만, 이제 밀다가 직접 살펴보고 싶은 단계에 이른 것이리라고 미나는 짐작했다.

"이해가 안 돼서 묻는 건데…… 왜 가슴을 여는 거예요? 목의 기관을 살펴보겠다면서?"

부검을 하는 밀다는 작품을 창조하고 있는 예술가처럼 보였다. 미나가 본 이 예술가는 혼자 작업할 때 큰 소리로 슐라거 음악을 따라 부르는 걸 좋아했다.

"보면 알겠지만."

밀다가 메스로 작업을 하면서 대답했다.

"여기, 내부 기관을 붙잡고 있는 근육과 인대를 풀어 주고 있어요."

밀다의 손이 여인의 머리 쪽으로 이동했다.

"여기가 가장 힘든 부분이고요."

그녀의 손이 극도로 신중하게, 아주 부드러운 동작으로 조금씩 움직였다.

"이제 목의 근육과 피부를 분리할 거예요. 정말 어려운 작업이에요. 무엇보다도 피부에 구멍을 내지 않는 게 중요해요."

"구멍을 내지 않고 분리한다는 걸 어떻게 알아요?"

밀다의 작업에 매혹된 미나가 물었다.

"몰라요. 그냥 경험과 감으로 하는 거지."

밀다는 몸을 세우고 허리를 쭉 폈다. 메스를 내려놓고 오른손을 여인의 턱 밑에 넣었다. 손으로 부드럽게 잡아당기자 혀와 목이 갈비뼈 안으로 내려왔고, 다른 장기들과 함께 한꺼번에 들어 올려질 수 있는 상태가 되었다.

"이 부엘라*!"

경쾌하게 일회용 장갑을 벗은 밀다가 번쩍이는 금속 작업대 위 시신 옆에 가지런히 놓여 있는 장기를 가리키며 말했다.

---

* Et voilà. '자, 봐요'라는 뜻의 프랑스어

"5분 뒤에 다시 시작할 거야. 잠시 쉬고 올래? 미나랑 상의할 일이 있어."

밀다가 로케에게 말했다. 조수는 조심스럽게 부검실에서 나갔고, 웃으며 조수가 나가는 모습을 보고 있던 밀다는 고개를 저었다.

"당신이어서 하는 말인데, 난 저 친구가 정말 이해가 안 돼요. 로케 말이에요. 재산이 넉넉하거든요. 나이도 젊고. 유산을 상속받았나 봐요. 원한다면 남은 인생을 비디오 게임만 하면서 지낼 수도 있단 말이죠. 그런데도 아침이면 누구보다 먼저 오고, 저녁에는 가장 늦게 떠나요. 자기 일에 엄청난 재능도 있고요. 그래서 난 이제 그걸 소명이라고 부르기로 했어요. 내가 저 친구만큼 가진 게 많았다면, 똑같은 선택을 했을 거라는 생각이 들지 않아요."

"당신은 일하지 않을 때도 부검하는 꿈을 꿀 것 같은걸요."

미나가 웃으며 말했다.

"당신은 최고잖아요. 본인도 그걸 알고 있고요."

"고마워요."

옆에 있는 장기를 보고 고개를 끄덕이며 밀다가 대답했다.

"뭐가 보여요?"

미나가 장기 가까이 얼굴을 댔다.

"부딪힌 것 같은 상처요?"

"정말 미나는 눈썰미가 좋네요. 맞아요. 부딪힌 게 분명한 상처예요. 후두뿐 아니라 설골, 갑상샘 모두 그렇죠. 예전에 생긴 상처들도 있고요. 이제 남편이 곤란한 상황에 처했다는 결론을 내려도 되겠어요."

"세상에. 그래도 덕분에 빌리암 이야기를 할 수 있겠네요. 알고 있겠지만, 그 애 아버지가 살인죄로 수감되어 있어요."

"맞아요. 그때 우리가 알아낸 사실을 생각해 보면, 이해할 수 있는 일이에요."

밀다가 종이컵에 물을 따르면서 말했다.

"우리는 그 순간에 확보한 사실만을 처리할 수 있으니까."

"누구도 그런 이유로 비난하지는 않을 거예요. 밀다의 말처럼, 지금은 빌리암의 죽음을 다른 각도로 볼 수 있는 새로운 정보를 찾았어요. 그래서 루벤과 아담도 오늘 빌리암의 아버지를 만나러 갔고요. 잠시 시간을 내서 빌리암의 부검 보고서를 다시 살펴봐 줄 수 있을까요?"

밀다는 물을 마시고 고개를 끄덕였다.

"아주 꼼꼼하게, 샅샅이 살펴봤어요. 빌리암의 죽음과 릴뤼와 오시안의 죽음에 몇 가지 유사점이 있더군요."

"어떤 거요?"

"음, 외부로 드러난 상처는 빌리암이 두 아이보다 많아요. 아무래도 오래 학대를 당했으니까 폐에 그 자국이 남아 있는 게 놀라운 일은 아니에요. 오랫동안 갈비뼈가 눌렸을 테죠.
하지만 릴뤄와 오시안의 폐에도 같은 흔적이 있다는 건 흥미
로워요. 안타깝게도 세 아이에게 같은 흔적이 있을 수 있는
이유는 생각이 나지 않지만요."

"잠깐만, 그게 무슨 소리예요? 오시안의 폐에도 눌린 흔적
이 있다고요? 그 얘기는 왜 안 했어요?"

밀다가 놀란 표정으로 미나를 보았다.

"부검 보고서에 썼잖아요."

미나는 속으로 자신에게 욕을 했다. 아주 중요한 정보였는
데, 그걸 수사 팀이 놓친 것이다. 미나가 놓친 것이다. 오시안
의 부검 보고서를 읽지 않은 것은 부검 보고서를 검토한 사람
이 누가 됐건, 정말 크게 혼이 나야 할 사안이었다. 아니, 지금
은 그런 생각을 할 때가 아니다. 늦게 알았다고 해도 이건 정
말 중요한 정보였다.

"그러니까 세 아이의 죽음이 확실히 연결되어 있다는 건가요?"

미나가 물었다. 따지는 것처럼 들릴지도 모른다는 사실은
신경 쓰지 않았다.

"내부 흔적만 있었다면 그런 결론을 쉽게 내리지는 못했을
거예요. 말했듯이, 빌리암은 어쨌든 그런 흔적이 있을 법했잖
아요. 그런데……."

밀다가 잠시 말을 멈추고 미나를 보았다.

"섬유가 있었어요. 빌리암의 목에도. 릴뤼와 오시안의 기도에 들어 있던 그 섬유요. 기도에 섬유가 들어 있다는 건 특이한 사실은 아니에요. 평생 수많은 미세 물질이 우리 목에 들어가 쌓이니까요. 하지만 세 아이의 목에서 나온 섬유는 모두 동일한 모직 섬유였어요. 같은 섬유가 나왔고, 모두 이상하게도 폐에 내부 출혈이 있었다면……."

그 정도 증거로 세 사건이 확고하게 연결되어 있다는 결론을 내릴 수는 없었다. 아직은 아니었다. 어떤 요소가 특정한 의미가 있는 것인지, 그저 우연에 따른 결과인지를 알아내는 건 언제나 어려웠다. 그러나 미나는 이미 온몸으로 느끼고 있었다. 계속 찾아다녔던 것을, 어떤 패턴을 발견했음을 느끼고 있었다.

마침내 단서를 찾았다.

"그게 어떤 섬유인지 자세히 알아봐야겠어요."

미나가 애써 흥분을 감추며 말했다.

"안타깝게도 그건 내 전문 분야가 아니에요. 하지만 국과수에서 알아봐 줄 수 있을 거예요."

로케가 희미한 담배 냄새를 풍기며 부검실로 돌아왔다. 그는 작게 흥얼거리면서 손을 씻었다. 미나도 아는, 산나 니엘센의 노래였다.

"여기서 일하면 이렇게 됩니다."

미나가 자신의 행동을 보고 있다는 것을 깨달은 로케가 변명하듯이 말했다.

휴식 시간은 끝났다.

"가기 전에 한 가지만 더 물어볼게요."

미나가 말했다.

"빌리암에 관해서 더 해 줄 말이 있나요?"

"이 사회에서 활개치고 다니면 안 되는 사람들도 있어요."

밀다가 건조하게 말했다.

"요르겐 칼손은 감방에서 썩게 내버려 둬야 해요."

그녀는 옆에 있는 상자에서 새 일회용 장갑을 꺼냈다.

"고마워요. 편하게 일하세요."

미나가 대답하고, 부검실에서 나오기 전에 밀다의 조수에게 고개를 끄덕여 인사했다.

부검실 문이 닫히는 사이 미나의 주머니에서 진동이 느껴졌다. 휴대폰을 꺼내 발신자를 확인했다. 나탈리의 아버지가 다시 딸을 찾으러 가려 하고 있었다. 위치 추적기로는 확인할 수 없었지만, 남자의 문자로 미루어 볼 때 나탈리가 아직 집에 가지 않은 게 분명했다. 이제 나탈리의 아버지가 헬리콥터에 뛰어들어 그 애를 데리러 가는 것은 시간문제였다.

*

루벤은 시계를 풀어 회색 플라스틱 쟁반 위에 휴대폰과 함께 나란히 놓았다. 그리고 바지 주머니를 한참 뒤진 후 겨우 열쇠 꾸러미를 찾아 쟁반에 올려놓았다. 하품이 나오려는 입을 손으로 눌러 막았다. 월요일은 왠지 다른 요일보다 정신을 차리기까지 걸리는 시간이 좀 더 긴 것 같았다. 그러나 그는 주말 내내 이곳에 와서 임무를 완수할 순간만을 기다렸다.

"망누스가 주말이 끝나자마자 오실 거라고 하더군요."

할 교도소 방문자들을 출입시키는 일을 맡은 교도관이 말했다.

"망누스요?"

"망누스 스벤손이요. 저희 소장님입니다. 여러분의 상사인 율리아 팀장이 금요일에 전화 주셨다고 하던데요. 혹시 무장하셨나요? 총기는 저기 캐비닛에 두고 들어가서야 합니다."

교도관은 벽에 고정된, 커다란 자물쇠가 달린 캐비닛을 가리켰다. 루벤은 고개를 저었다. 무기는 없었다.

두 사람은 교도소에 정복을 입고 갈지 고민했지만, 요르겐에게서 솔직한 답변을 끌어내려면 사복을 입고 편하게 방문하는 것이 좋겠다는 결론을 내렸다. 루벤이 기억하는 대로라면 요르겐은 공권력의 권위에 위축되는 사람이 아니었다. 그의 판결이 오심이었을 수도 있음을 생각해 보면 놀랄 일은 아니었다. 그렇다고 해서 요르겐이 쓰레기 같은 인간이라는 사실이 바뀔 리는 없겠지만, 법이라는 수레가 잘못된 방향으로 굴러가는 건 결코 바람직한 일은 아니었다.

루벤과 아담은 에어로크 역할을 하는 작은 방에 교도관과 함께 서 있었다. 방에는 두고 갈 물건들을 자세하게 적은 지시 사항이 붙어 있는 사물함이 여러 개 있었다. 할 교도소는 보안 이 철저한 곳이었고, 어떤 일이든 운에 맡기는 법이 없었다.

"전문 장비를 가지고 오실 거라는 통지도 받지 못했습니다. 그러니 혹시라도 가져오셨다면 제 승인을 받으셔야 합니다."

"무기도 없고, 장비도 없습니다. 그냥 대화만 해 보려고요."

아담이 대답했다. 교도관이 고개를 끄덕이고 두 사람을 방 끝에 있는 금속 탐지기로 데려갔다. 루벤이 금속 탐지기를 통 과한 건 스페인의 팔마로 휴가를 갔을 때가 마지막이었다.

"한 분씩 차례로 통과해 주세요. 칼손은 오른쪽 두 번째 면 회실에서 기다리고 있습니다."

교도관이 말했다.

"올해 가장 암울한 패키지 휴가를 보내고 있는 거 같네."

금속 탐지기를 통과하면서 아담이 중얼거렸다. 루벤도 금 속 탐지기를 통과했고, 두 사람 모두 복도로 나왔다.

"요르겐이 다른 곳도 아니고 여기에 있는 이유가 뭘까?"

아담을 따라잡으며 루벤이 말했다.

"알아보니까 할 교도소는 탈옥할 위험이 있거나 다른 곳으로 빼돌려질 위험이 있는 재소자를 수감하는 곳이라고 하던데. 갱단이나 조직범죄자 같은 놈들 말이야. 요르겐 칼손은 조직하고는 거리가 먼 사람 같았는데."

아담은 어깨를 으쓱했다.

"유치장에 있을 때 탈출 시도를 했다고 들었어. 기소 사유를 생각하면, 요르겐에게 두 번 기회를 주고 싶지는 않았겠지."

면회실 앞에 도착해 문을 열었다. 탁자 앞에 요르겐 칼손이 앉아 있었다. 중간 길이쯤 되는 머리카락은 뒤로 넘겨 빗었고, 루벤이 본 그 누구보다 빈약한 콧수염을 기르고 있었다. 근육이 드러나 보일 정도로 마른 몸은 문신으로 덮여 있었다. 저렇게 허약해 보이는 사람이 그런 식으로 가족을 공포에 몰아넣었다니, 루벤은 이해할 수가 없었다. 물론 그도 가정 폭력에 반드시 불룩 튀어나온 이두박근이 필요한 것은 아님을 알고 있었다.

"왜 오신 거요?"

요르겐이 팔짱을 끼면서 물었다.

"저는 아담입니다. 이분은 루벤이고."

의자에 앉으면서 아담이 말했다.

"경찰입니다. 물론 아시겠지만요. 아드님이 사라졌을 때의 일을 듣고 싶어서 왔습니다."

"사라졌다라."

요르겐이 입술을 일그러뜨리며 웃었다.

"아주, 내가 그놈을 죽을 때까지 때렸다고 우기더니만 사라졌다니, 흥미로운 단어 선택이야. 뭐, 불만은 없어. 여기 음식이 로비스가 만들어 준 그 쓰레기보다 훨씬 나으니까. 그래도 로비스가 남자 후리는 법은 잘 알지. 그래 봐야 애새끼를 내세워서 지 몫을 챙기는 년이지만."

요르겐은 루벤이 기억하는 것보다 훨씬 더 불쾌한 인간이었다. 벌떡 일어나 저 능글맞게 웃는 얼굴을 주먹으로 한 대 치고 싶었다. 깊이 숨을 들이마시고 애써 마음을 가라앉혔다. 요르겐은 의도적으로 저러는 건지도 모른다. 어떤 버튼을 눌러야 할지 찾고 있는 것이다. 아이를 내세워 여자의 몫을 챙긴다고 표현하다니. 루벤은 요르겐에게 자신이 얼마 전에 아이를 찾았다는 사실은 절대로 말하지 않을 것이다.

"당신에게 불리한 증거가 입증이 되지 않고 있습니다."

아담이 말했다.

"그래서 다른 가능성을 조사해 봐야 합니다. 그러려면 당신 도움이 필요합니다."

이제는 아담이 버튼을 누를 차례임이 분명했다. 그리고 그는 옳은 버튼을 눌렀다. 요르겐이 눈을 반짝이며 몸을 앞으로 내밀었다.

"좋아, 그러니까 내가 당신네를 도우면 그들이 선고를 철회

하고 나는 여기서 나간다, 그런 절차로군. 내가 더 이상 이 똥통에서 버틸 필요가 없다는 거지."

"마음대로 생각해요."

루벤이 차갑게 말했다. 이 개자식의 기분을 좋게 해 주고 있다는 사실이 너무 싫었지만, 달리 선택의 여지가 없었다.

"밥은 먹을 만하다고 했지만, 내 똥은 누가 닦아 주는 것보다 내가 직접 닦는 게 낫지. 뭔 소린지 알죠?"

아담이 고개를 끄덕이며 요르겐 쪽으로 몸을 기울였다. 아담의 입에서 몰래 작당 모의를 하는 듯한 목소리가 흘러나왔다. 마치 그와 요르겐이 은밀한 비밀을 나누는 것 같았다.

"우리를 도와주면 살인죄는 취하될 겁니다."

아담이 낮은 목소리로 말했다.

"다른 건 약속할 수 없지만 자유를 되찾을 뿐 아니라 제대로 정착도 하게 될 거라는 건 확실히 말할 수 있습니다."

루벤은 속으로 웃을 수밖에 없었다. 아담의 목소리는 그의 말에 빠져들게 했다. 그리고 아담이 거짓말을 하는 것도 아니었다. 완전히는 말이다. 살인죄로는 기소되지 않을 테니까. 하지만 빌리암과 로비스에게 가한 폭력만으로도 법정에서는 요르겐에게 수년의 징역형을 선고할 것이다. 루벤은 요르겐이 법률 상식을 주로 텔레비전에서 얻었기만을 바랐다.

"그러니 선고를 깰 수 있게 도와주시죠."

아담이 다시 의자에 등을 기댔다.

"당신이 아니라면 놀이터에서 빌리암을 데려간 사람이 누군지 말해 주십시오."

요르겐은 팔짱을 풀더니 아담처럼 등을 의자에 기댔다.

"전혀 모르겠는데."

"전혀 모르면 안 될 텐데요."

루벤이 대꾸했다.

"우리는 당신 친구가 빌리암을 벡홀멘으로 데리고 가서 당신이랑 둘이 아이를 죽을 때까지 때렸을 거라 생각하고 있거든요. 그런데 나는 당신이 그보다는 더 똑똑할 거라고 생각해요."

요르겐의 윗입술에 땀이 한 방울 맺혔다. 요르겐은 성긴 콧수염 위쪽을 엄지와 검지로 닦았다. 이곳 에어컨도 경찰서보다 나을 것이 없었다. 이 세상에서 최소한으로는 정의가 실현되고 있는 모양이었다.

"집이 아닌 곳에서는 그 꼬마를 때린 적이 없어요, 알겠어요?"

요르겐이 말했다.

"내가 그 정도 멍청이는 아니니까. 빌리암이 사라졌을 때 나는 거기 없었어요. 누가 데려갔는지는 몰라. 취조받을 때마다 그건 이미 말했다니까."

루벤은 탁자를 세게 움켜잡았다. 이 망할 자식은 어떻게 아빠를 사랑하는 것 말고 다른 건 아무것도 하지 않았을 아이를 때렸다는 말을 저렇게 아무렇지도 않게 할 수 있는 거지? 그렇게 작은 아이를 때렸다는 말을? 더 끔찍한 건 집에서만 학대한 것을 자신이 똑똑해서 한 행동이었다고 말하는 것이었다. 정말 그 어느 때보다도 루벤은 주먹을 휘두르고 싶다는 유혹을 참아 내야 했다.

"맞습니다. 그때 당신은…… 여러 가게를 둘러보고 있었다고 하셨죠."

아담이 루벤을 흘끔 쳐다보면서 말했다.

"아무도 그 말을 입증해 주지 못해서 참 유감입니다. 그걸 입증해 준 사람이 있었다면 여기 있지 않아도 됐을 텐데요."

요르겐의 눈이 좌우를 재빨리 살펴보더니 손으로 뒤통수를 쓸어내렸다.

"좋아, 좋다고. 당신이 이겼어. 그 여자 때문에 아무 말도 안 할 계획이었지만, 여기서 6개월을 썩었으니 이제는 해도 되겠지. 수시 집에 있었어요. 그 집에서 토끼처럼 짝짓기를 했지. 알겠어요? 수시 이야기는 하기 싫어. 수시는 로비스의 친구거든. 아니지, 그보다 더한 관계지. 절친이야. 수시는 절대 이런 이야길 경찰한테는 안 할 거야. 그랬다가는 무슨 일이 벌어질지 아니까. 수시 집에서 돌아오니까, 헤, 그때 진짜 섹스를 한 냄새가 지독하게 났는데 말이야. 아무튼 빌리암은 사라지고 없었어요."

루벤은 한숨을 쉬었다. 감옥에 갇혀 있으면서도 요르겐은 타인을 자기 마음대로 할 수 있다고 확신하는 것이다. 아담이 수첩을 꺼내 수시의 주소를 물었다. 하지만 루벤은 그 뒤의 대화를 제대로 들을 수 없었다. 그저 요르겐의 가느다란, 땀에 젖은 콧수염만이 눈에 들어왔다. 저 얄미운 콧수염을 뜯어내고 싶었다. 아담이 무슨 말인가를 더 하고 일어섰다. 루벤도 따라서 일어났다.

"필요한 건 얻은 것 같네."

루벤은 아담이 수첩을 흔들면서 하는 소리를 들었다. 그러나 수시에게서 얻을 수 있는 유용한 정보는 하나도 없을 것임을 직감했다. 요르겐은 진실을 말한 것이다. 그는 누가 아들을 데려갔는지 모른다.

"바로 연락해 봐야겠어."

루벤은 면회실에서 나가려고 몸을 돌렸다. 가능한 한 빨리 나가고 싶었다.

"당신들이 알아야 할 게 한 가지 더 있어요."

갑자기 요르겐이 두 사람의 등에 대고 말했다.

"나는 빌리암을 사랑했어. 그거 알아요? 그 녀석이 내 전부였지."

문손잡이를 돌리던 루벤의 손이 문득 멈췄다. 이제 더는 참을 수가 없었다. 내부에서 무언가가 폭발했다.

루벤의 마음의 눈 앞으로 빌리암의 시신을 찍은 사진이 떠올랐다.

다른 사람이 볼 수 없는, 옷으로 가려지는 부분에만 선명하던 멍 자국이 생각났다.

아이를 때리고 위협하며 문신을 새긴 근육질 팔을 끊임없이 쳐드는 요르겐이 떠올랐다.

그 녀석이 내 전부였지.

아이를 보호하려다 공포에 질려 일그러진 로비스의 얼굴이 떠올랐다.

그러다가 갑자기, 아스트리드가 떠올랐다. 루벤의 아스트리드.

빌리암보다 고작 몇 살 더 많을 뿐인 아스트리드.

내 똥은 누가 닦아 주는 것보다 내가 직접 닦는 게 낫지. 뭔 소린지 알죠?

빌리암.

주먹질.

아스트리드.

몸을 돌린 루벤은 재빨리 요르겐에게 다가가 그의 머리카락을 움켜잡았다.

"아악! 이게 무슨⋯⋯."

요르겐이 고함을 질렀다. 하지만 그 소리는 루벤의 손에 짓

눌러 탁자에 얼굴을 박으면서 사라지고 말았다. 루벤에게서 풀려난 요르겐은 목이 터져라 비명을 질렀지만, 루벤은 속이 시원했다. 요르겐의 머리에서 묻은 기름기를 바지에 닦은 루벤이 몸을 돌려 아담을 보았다. 아담은 충격 받은 표정을 하고 있었다.

복도를 걷는 동안 아담은 아무 말도 하지 않았다. 금속 탐지기를 통과하고 소지품을 돌려받았다. 아담은 여전히 말이 없었다. 루벤은 열쇠와 휴대폰을 챙겼다.

"아, 그런데."

루벤이 교도관에게 말했다.

"면회실에 CCTV를 달아야 할 것 같아요. 가 보시면 알겠지만 요르겐 칼손이 발을 헛디더서 머리를 부딪혔어요. 녹음 장치라도 있었다면 그렇게 자해를 한 이유를 알 수 있었을 텐데요. 치료를 받아야 할지도 모르겠어요. 하지만 서두를 필요는 없을 것 같네요."

*

"단서를 찾은 것 같아!"

밀다와 만나고 돌아오는 길에 경찰서 정문에서 뛰어나온 루벤 때문에 미나는 하마터면 들고 있던 카푸치노를 쏟을 뻔

146

했다. 간신히 카푸치노를 지켜 냈다. 유일하게 믿고 마실 수 있는 커피를 사려고 그 먼 거리를 다녀온 걸 생각하면 정말 다행이었다. 미나는 커피를 한 모금 마셨다.

사실 커피 맛은 율리아가 수사 팀 모두 할인 받을 수 있게 해 놓은 모퉁이 카페가 더 나았다. 그러나 커피를 만드는 사람이 커피 잔을 만질 때마다 불쾌해서 몸을 떨어야 하고, 그 때문에 결국 커피를 마시지 못한다면 맛이나 할인은 아무 소용이 없었다. 에스프레소 하우스에는 빌레가 있었다. 빌레는 미나의 특별 요구 사항을 잘 알고 있어서 미나가 카페에 들어오면 언제나 새 팩에서 종이컵을 꺼내 주었다. 그가 없는 날이면 미나는 커피를 사지 않고 그대로 몸을 돌려 나왔다. 빌레가 없을 때 테이크아웃 컵을 쓰는 위험은 감수할 수 없었다. 하지만 오늘은 빌레가 근무하는 날이었기에, 미나는 김이 나는 카푸치노를 소중하게 들고 카페에서 나올 수 있었다. 잘못했으면 온몸에 뒤집어쓸 뻔한 카푸치노를 말이다.

"왜 그렇게 급한 거야?"

루벤의 뒤를 따라 걸으면서 미나가 물었다.

"아담이랑 할 교도소에 간 거 아니었어?"

정문 앞에 경찰차가 한 대 서 있었다. 그제야 미나는 루벤이 들고 있는 자동차 열쇠를 보았다.

"이제 막 돌아왔어."

성큼성큼 운전석으로 걸어가는 루벤이 대답했다.

"아담은 보고서를 쓰고 있어. 그런데 이게 더 중요해서. 가면서 말해 줄게. 타."

미나는 잠시 주저하다가 조수석 문을 열었다. 좌석에 비닐 커버를 씌우는 호사는 미나의 차에서만 누릴 수 있었다. 이렇게 누구나 탈 수 있는 차를 타는 건 언제나 일종의 시련이었다. 그러나 정상적인 삶을 살아가려면 치러야 하는 대가이기도 했다. 아니, 정상과 비슷한 삶을 살려면 치러야 할 대가였다. 미나가 자신의 청결 강박에 완전히 굴복했다면 경찰로서 살아갈 수 없었을 것이다. 미나는 자신의 일을 사랑했다. 월급도 사랑했다. 다리 밑에서 노숙하지 않고 멀쩡한 집의 집세를 낼 수 있는 상황도 사랑했다. 미나는 부르르 몸을 떨었다. 하지만 더 나쁠 수도 있었다는 생각을 하니 차에 올라탈 수 있었다. 다행히 차 내부는 경찰차치고는 깨끗했다.

"아까도 말했지만, 단서가 나온 거 같아."

루벤이 차를 출발시키면서 말했다.

"스베아베겐에 있는 마우로 메예르의 식당에서 한 손님이 화장실에 숨겨진 아이 옷을 여러 벌 발견했대."

"아이 옷이라고?"

"오시안하고 같은 사이즈야."

"확실한 증거 같지는 않은데."

조심스럽게 카푸치노를 한 모금 마시면서 미나가 대답했다.

"그냥 손님 중에 누가 화장실에서 아이 옷을 갈아입힌 걸 수도 있어. 잘은 모르지만, 입고 있던 옷에 뭔가를 쏟은 거지. 젖은 옷을 가져가기 싫어서 그냥 놔두고 갔을 수도 있잖아."

루벤은 고개를 저으면서 차가 건물에 스칠 뻔할 정도로 아슬아슬하게 모퉁이를 돌았다. 잠시 고민하다가, 미나는 문 위에 있는 손잡이를 움켜잡았다. 그리고 깊이 숨을 들이마시고 천천히 내뱉으면서 제대로 호흡하려 애썼다.

"오시안의 부모님에게 옷 사진을 보냈어. 오시안의 옷이래. 게다가, 이름표가 붙은 옷도 있었어."

미나가 입을 앙다물었다. 지난번 방문 때 릴뤼의 아버지에게서 받은 인상과 지금 들은 정보를 연결하기가 힘들었다. 미나가 만난 마우로는 아내가 발을 담그고 있는 수영장에 얼음을 부어 주고 다정하게 아내의 어깨를 마사지해 주던 사랑스러운 남자였다. 그러나 미나는 수년의 경험을 통해 밖으로 드러난 모습이 실제 내면을 말해 주는 것은 결코 아니라는 사실을 알고 있었다.

그것은 자기 자신을 돌아볼 때마다 언제나 되뇌는 진리이기도 했다.

"오시안의 옷이 어떻게 거기 가 있을 수 있는지 모르겠어."

미나가 얼굴을 찡그렸다.

"오시안을 찾았을 때 옷을 입고 있었잖아."

"음, 내가 아이를 기른다는 게 어떤 건지는 잘 모르지만, 그 나이 때 아이는 어린이집에 갈 때 여벌의 옷을 더 보내지 않나?"

루벤이 약간 경직된 목소리로 말했다.

"요세핀과 프레드리크는 오시안이 사라진 날 갈아입을 옷으로 어떤 옷을 보냈는지는 기억나지 않지만, 그 옷들일 수도 있다고 했어. 아까 말했듯이 이름표가 달린 옷도 있었고. 아이들 옷이 섞이지 않도록 이름표를 단대."

미나는 루벤을 물끄러미 바라보았다. 도대체 언제 루벤이 아이들과 어린이집 일상을 꿰뚫고 있는 전문가가 된 걸까? 아이라면 내가 더 잘 안다는 응수가 입에서 튀어 나가기 전에 미나는 입술을 지그시 깨물었다.

루벤은 길가에 차를 붙여 식당 밖에 세워 둔 또 다른 경찰차 뒤에 댔다. 경찰이 방해 받지 않고 조용히 일할 수 있도록 식당은 손님을 모두 내보냈고, 출입이 금지되어 있었다. 정면에 걸려 있는 이탈리아 국기는 이 식당이 어떤 요리를 전문으로 하는지 알려 주었다. 식당의 정체성을 의심하는 사람도 식당 문턱을 넘자마자 풍겨 오는 토마토와 바질 냄새를 맡으면 그 의심을 떨칠 것이다. 미나는 침을 꿀꺽 삼켰다. 해마다 엄청나게 많은 식당이 보건 관리국의 검사를 통과하지 못한다는 사실을 알고 있었다. 필요한 청결 기준을 준수하고 있는지 미리 확인하지 못한 식당은 그녀에게 불편한 점이 너무 많았다. 그나마 이곳에 식사하러 온 것이 아니라는 게 다행이었다.

"이쪽으로 오시죠."

정복을 입은 여자 경찰이 입구에서 두 사람을 맞으며 말했다.

미나와 루벤은 식당의 가장 뒤쪽에 있는 두 개의 문 앞으로 따라갔다. 한 문에는 여자 그림이, 다른 문에는 남자 그림이 그려져 있었다. 아이 옷은 여자 화장실에서 발견됐다. 두 사람은 화장실 밖에 서서 내부를 들여다보았다. 과학수사 팀이 지문을 채취하고 있었다. 미나는 변기의 물탱크를 덮고 있어야 할 세라믹 뚜껑이 사라졌음을 알아챘다.

"그러니까 그 옷이 저기……."

미나가 변기를 가리키면서 말했다.

"내가 알기로는, 변기 물탱크에서 그 옷을 발견했대."

루벤이 대답했다. 미나는 메슥거리려는 속을 꾹 눌러 참았다.

"도대체 식당 화장실에 들어와서 변기 물탱크 뚜껑을 열어보는 손님이 어디 있어? 혹시 마약을 숨기려고 했던 거 아냐?"

식당 화장실 변기 안을 들여다볼 생각을 한 것은 물론이고 뚜껑을 들어 올리기까지 하다니, 생각만으로도 충분히 토할 것 같았다. 루벤은 고개를 저었다.

"아니, 이번에는 아니야. 70대 할머니가 손자를 데리고 들어갔는데, 뚜껑이 제대로 닫혀 있지 않아서 똑바로 닫으려고 했대. 그러다가 물속에 뭔가 들어 있는 걸 본 거야. 마침 언론 보도에서 마우로에 관해 읽었고, 릴뤼와 오시안이 살해당한 것도 알고 있었대. 그래서 경찰에 전화한 거야."

"진짜 미스 마플이네."

미나가 두 눈썹을 추켜세우면서 말했다.

"아니야, 스웨덴 사람일걸."

루벤이 대답했다.

"미스 마플은 소설 주인공이야. 그…… 아, 아니야."

작가 이름을 말해 줘도 루벤의 반응은 전혀 달라지지 않을 것 같았다.

"마우로는 뭐래?"

그 대신에 미나는 루벤에게 식당으로 돌아가자고 고갯짓 하며 물었다.

"직원들 말이 부부가 같이 쇠데르휴큐세트 병원 분만실에 갔대. 한 시간 전에 진통이 와서. 마우로를 데리고 올 차가 대기하고 있어."

"조금 기다려 줘야 하지 않을까?"

미나가 말했다.

"출산하는 아내 옆에 있는 거라면 지금 당장 도망치거나 하지는 않겠지."

미나는 식당 로고가 찍힌 셔츠를 입은 어린 소녀에게 걸어갔다. 소녀는 식탁에 앉아서 앞에서 펼쳐지고 있는 상황을 휘둥그레 뜬 눈으로 지켜보고 있었다.

"안녕하세요. 미나 다비리 형사입니다. 앉아도 될까요?"

곁눈으로 부엌문 옆에 숨어 있는 두 직원에게 다가가는 루벤이 보였다.

"그럼요."

소녀는 어깨를 으쓱하면서 대답했다.

"이게, 이게…… 무슨 일이에요?"

상냥해 보이는 사람이었지만 요즘 젊은 세대의 일원답게 뚱한 표정을 짓고 있었다. 불안한지 도톰한 입술을 조금 벌리고 있었는데, 미나는 소녀가 그 입술을 다물 능력이 있는지, 아니면 언제나 반쯤 열린 채로 조금은 놀란 표정을 짓고 있을 수밖에 없는 건지 궁금했다.

"미안하지만, 먼저 이름부터 물어봐도 될까요?"

"파울리나. 파울리나 요세프손이에요."

"고마워요. 많은 말을 해 줄 수는 없어요. 질문은 내가 해야 해요. 그래도 될까요?"

"그럼요."

소녀가 다시 어깨를 으쓱했다.

"사장님은 여기 언제까지 있었죠?"

"마우로 씨요? 오늘 아침까지 계셨어요. 언제나 가장 먼저 오세요. 사장님은 정말 좋은 분이세요. 그냥, 그 말을 하고 싶었어요. 제가 만나 본 최고의 사장님이세요. 정말 좋은 분이에요."

"그럴 거 같네요."

미나가 고개를 끄덕였다.

"언제 떠났죠?"

팔꿈치로 식탁을 짚으려다 마지막 순간에 음식물 부스러기와 버터 자국을 보고 멈췄다. 점심 손님이 빠져나간 뒤 파울리나에게는 식탁을 치울 경황이 없었던 게 분명했다.

"한 시간쯤 전에요. 아내분이 전화를 했어요. 진통이 시작됐다고. 그래서 집으로 가셨어요. 병원으로 가셨는지도 몰라요. 어쨌든 가셨어요."

"너무 뻔한 질문 같기는 한데, 혹시 사장님에게 요즘 이상한 점은 없었나요? 평소 같지 않은 모습이 보였다든가?"

"그게…… 남자아이가 사라졌다는 뉴스가 나온 뒤로 조금이상해 보이기는 했어요. 하지만 그렇게 이상한 건 아니었어요. 릴뤼 일을 생각하면 당연하잖아요. 아직 1년밖에 안 됐으니까."

"그럼, 그 남자아이가 죽었다는 뉴스가 나왔을 때는 어땠나요? 사장님이 어떻게 반응했죠?"

"아파서 못 온다고 전화를 하셨던 거 같아요. 한 번도 그런

적이 없었거든요. 그런데 그럴 수밖에 없을 거 같아요. 릴뤼에게 일어난 일을 생각하면, 정말로 사장님이 안됐어요. 사장님 전 부인은 정말 미친 사람이에요. 가끔 여기 와서 고함을 지르고 악을 쓰며 울어요. 영문을 모르니까 손님들은 당황하고요. 정말 이상한 사람이에요. 완전히 미쳤어요."

미나는 고개를 끄덕였다. 파울리나의 묘사는 율리아와 페데르가 설명해 준 예뉘의 모습과 일치했다. 그러나 미나는 누군가가 고함을 치고 울부짖는다고 해서 반드시 그 사람이 틀린 것은 아니라는 것도 알고 있었다.

"화장실은 얼마나 자주 청소하죠?"

미나는 자신이 질문하면서도 왠지 대답을 듣고 싶지 않았다.

"매일 치워요. 사장님이 매일 와서 청소하는 분을 고용했어요. 사장님한테는 청결이 아주 중요해서요."

매일 청소한다고? 하지만 그 같은 사실이 의미하는 건 아무것도 없었다. 아무리 청결을 중요시하는 사람이라고 해도 변기 물탱크 뚜껑 밑에 있는 곳까지 청소하지는 않을 테니까. 거기까지 청소를 한다면 과학수사 팀이 모으고 있는 지문을 분석할 때 그 사실을 중요하게 반영해야 할 것이다. 많은 사람이 사용하는 공공장소에서 지문을 채취하는 건 악몽일 테지만 말이다.

루벤이 다가와 이제는 떠날 시간이라는 듯이 고개를 끄덕이며 말했다.

"율리아와 통화했어. 데리러 갈 거야."

"누구를 데리러 가요?"

처음으로 얼굴에 걱정을 드러내며 파울리나가 물었다.

"사장님을 잡으러 가는 건 아니죠?"

"아까 말한 것처럼 지금으로서는 해 줄 수 있는 말이 많지 않아요."

미나가 일어서면서 대답했다.

"하지만 도와줘서 고마워요."

식당 밖에는 호기심 어린 사람들이 잔뜩 몰려 있었다. 사람의 본성은 결코 구경거리를 놓치는 법이 없었다. 이제 경찰들은 언제나 휴대폰으로 동영상을 찍는 사람들을 맞닥뜨려야 했다. 미나는 사람들 속에서 낯익은 얼굴을 발견했다. 《엑스프레센》의 기자가 벌써 소식을 듣고 와 있단 말이야? 루벤도 기자를 발견했다. 두 사람은 서둘러 차를 향해 걷기 시작했다. 무언가가 미나에게 혼돈에 직면했음을 말해 주었다. 폭풍 전야였다.

*

빈센트는 베냐민의 방문을 두드린 뒤에 들어갔다. 아들의 방이 요즘에는 아주 깔끔하다는 사실이 놀라웠다. 아들은 의자에 파묻힌 채 컴퓨터 앞에 앉아 숫자를 들여다보고 있었다.

"워해머 게임 매뉴얼이 아니라 주식을 공부할 거라고는 생각도 못 했다."

빈센트가 웃으며 말했다.

"강의가 없는 시간엔 뭘 하니?"

"닫아야 할 포지션이 몇 개 있어."

화면에서 눈을 떼지 않은 채 베냐민이 대답했다.

"몇 분만 기다려 줘."

빈센트는 고개를 끄덕이고 방을 둘러보았다. 침대는 아직 정리하지 않아서 앉을 만한 상태가 아니었다. 그래서 벽에 기댄 채 베냐민이 주식 거래를 끝내기를 기다렸다. 아들이 데이트레이딩에 관심을 갖게 된 것은 놀라운 일이 아니었다. 정말 놀라운 것은 주식을 하면서 어떻게 법학 공부까지 할 수 있는가였다. 하지만 베냐민은 성인이다. 그러니 스스로 결정을 내릴 수 있다. 빈센트는 그저 입을 꾹 다물고 잘 되기만을 바랄 뿐이었다.

"할 말 있어?"

베냐민이 일어나면서 물었다.

"그래. 내가 2년 전에 참여했던 경찰 수사 기억하지? 다시 미나를…… 수사 팀을 돕기로 했거든. 그러니까, 새로운 사건이 생겨서. 그래서 종일 거기 가 있었고, 곧 또 가야 해."

베냐민이 크게 웃었다.

"진짜? 아빠한테 누나가 또 있었어? 아빠 가족들은 진짜 완전히 미쳤다니까."

빈센트는 고개를 저었고, 베냐민은 침대로 다가가 침대보를 넓게 폈다. 고맙다는 눈길로 아들을 보며 빈센트는 침대 위에 앉았다.

"이번에는 아빠의 형제가 등장하는 일은 없을 거야. 다른 가족도 물론이고. 약속해. 그런데 지난번 사건처럼 암호나, 그게 아니면 적어도 패턴이 있는 거 같아. 문제는 정말로 그런 규칙이 존재하는 건지, 내 희망 사항인지를 모르겠다는 거야. 너, 노바라고 들어 봤어?"

다시 의자에 앉은 베냐민이 의자를 빙글빙글 돌리기 시작했다.

"다 알걸. 맨날 인스타그램에 동영상 올리는 사람이잖아."

"그렇구나. 그 사람이 경찰에게 이번 사건이 사이비 종교 단체와 관계가 있거나 적어도 그런 단체와 같은 방식으로 구성된 조직이 저지른 일이라고 했대. 경찰도 그렇게 생각하는 거 같고."

미처 깨닫지 못했었는데, 아들 책장의 선반을 차지하고 있던 도색된 피규어들이 사라지고 없었다. 대신 그 자리를 난해한 법률 용어를 제목으로 달고 있는 책들이 채우고 있었다.

"왜 사이비 종교 단체에서 했다고 생각하는 거지? 그건 너무 극단적인 거 같은데?"

"여러 사람이 저지른 극단적인 행동이기 때문일 거야. 혼자일 때는 절대 하지 않을 일을…… 누군가의 지시가 있으면 할 수 있다고 생각하니까. 게다가 살인을 저지른 방법도 어느 정도는 의식적인 측면이 있어. 노바의 말에 따르면."

"그러니까, 또 살인이 일어난 거야?"

베냐민의 얼굴이 창백해졌다.

바보 같았다. 이런 말을 하려고 들어온 건 아니었다. 하지만 적어도 피해자가 아이들이라는 말은 하지 않을 것이다. 그런 사실을 베냐민이 굳이 알아야 할 필요는 없으니까.

"그래, 그런 거 같아. 게다가 더 끔찍한 건, 피해자가 세 명이라는 거야. 세 사람이 납치되고 살해됐어."

"아빠 생각은 어떤데? 정말로 사이비 종교 단체에서 그런 거 같아?"

빈센트는 잠시 입을 다물었다. 그리고 고개를 저었다.

"그렇게까지 복잡하게 설명할 필요는 없을 거 같아. 넌 오컴의 면도날이라는 말을 많이 쓰잖아. 그 범죄 뒤에 동일한 사람이 있다고 생각하느냐고? 맞아, 그렇게 생각해. 하지만 그 사람이 꼭 사이비 종교 교주일 필요는 없어. 그저 겉으로는 무해해 보여도 사실은 폭력적인 행동을 부추길 수 있을 만큼 설득력을 가진 사람이기만 하면 돼. 현실을 다른 관점으로 보게 해서 사람들이 행동에 나설 수 있도록 하는 건 그리 어려운 일이 아니야. 게다가 납치범들은 자기들이 납치한 사람들이 죽을 걸 몰랐을 수도 있어."

"그러니까 그냥 장난 같은 거에 참여하고 있다고 생각할 수도 있다고?"

베냐민의 질문에 빈센트는 고개를 끄덕이고 어깨를 으쓱했다.

"사이비 종교가 끔찍한 건 수많은 문을 열 수 있다는 거야. 옴 진리교의 교주 아사하라 쇼코는 도쿄 지하철에서 사린 가스를 방출해 열두 명을 죽였어. 나중에 병원에서 죽은 사람까지 포함하면 열세 명이야. 그는 피해자들이 열반에 이를 수 있도록 업보를 내려놓고 자유롭게 해 준 거라고 주장했어. 현실을 그런 식으로 보면 그는 잘못한 게 하나도 없는 거야. 선을 행한 사람이지 살인자가 아닌 거야."

"그러니까, 사이비 종교 신자들은 그 사람들처럼 다른 사람을 죽이는 게 악한 짓이 아니라 피해자에게 좋은 일을 하는 거라고 믿는다는 거야?"

두 눈을 동그랗게 뜨고 베냐민이 물었다.

"그래. 그리고 스웨덴에는 그런 파괴적인 사이비 종교가 아주 많아. 하지만 자기네 모임 밖에서 그런 폭력적인 행위를 하는 사람들 이야기는 들어 본 적이 없어. 그래서 우리가 특정한 토끼 굴에 뛰어들기 전에 미친 사이비 교주가 있다는 생각은 일단 밀어 두고 누가, 혹은 무엇이 이런 납치 사건을 기획하고 있는지 알아보고 싶어."

베냐민이 고개를 끄덕이더니 다시 컴퓨터로 몸을 돌렸다. 그리고 지난번에도 보았던 것 같은 형식의 스프레드시트를 열면서 말했다.

"그러니까 무슨 암호나 패턴이 있다는 거지?"

"바로 그거야."

침대보 밑에 뭉쳐 있는 이불 위에서 조금 더 편안한 자세를 잡으려고 몸을 움직이면서 빈센트가 말했다.

"사라진 사람들이 72시간 뒤에…… 살해당했다는 거 말고…… 공통점은 두 가지밖에 없어. 우선 가장 중요한 건, 세 사람 모두 물가에서 발견됐다는 거야. 물론 물 위에 세운 도시에서 그건 그렇게 놀라운 일은 아니지. 노바는 그게 상징일 수 있다고 생각해. 그 말이 맞을지도 몰라. 하지만 나는 아직 판단을 유보하고 있어. 그리고 시신에 연결 고리가 있다는 걸 발견했거든. 그게 뭐냐면…… 바로 말이야."

빈센트는 베냐민이 웃을 거라고 생각했지만, 베냐민은 아무 반응 없이 그저 아버지에게 들은 정보를 컴퓨터에 입력했다. 문제를 해결하려고 집중하고 노력하는 아들이 자랑스러웠다.

"72시간, 물."

베냐민이 말했다.

"그리고 말. 살아 있는 말이야, 게임 말이야?"

"둘 다 아니야. 그건, 사실…… 근데 뭐라고? 게임 말이라니?"

"체스 말 같은 거 말이야. 체스 말의 기사도 사실은 말을 묘사하는 거잖아. 왕의 성을 지키는 기사들은 대부분 말을 타고 있으니까. 스웨덴어, 덴마크어, 노르웨이어, 독일어 같은 언어들은 그 말 이름을 보드 위를 움직이는 방식을 따서 지어. 하지만 스페인어나 이탈리아어처럼 그냥 말이라고 부르는 언어도 많아. 러시아어도 그랬던 거 같고. 내가 착각한 게 아니라면 시칠리아어로는 당나귀야. 기사라는, 말과 관계없는 단어를 쓰는 건 영어뿐일걸."

빈센트는 아들을 물끄러미 보았다.

"나한테 위키피디아냐고 혼내는 친구가 있어. 왜 그런 말을 하는지 지금까지 이해를 못 했거든. 이젠 알겠다. 넌 도대체 그런 걸 어떻게 다 알고 있는 거야?"

"재미있으니까 기억하는 거지."

베냐민이 대답했다.

"아빠도 알잖아."

빈센트가 고개를 끄덕였다. 정말로 잘 알았다. 빈센트의 마음 한편은 베냐민이 자기 아들이라는 사실이 엄청나게 자랑스러웠다. 그런데 베냐민이 처음에 한 말에 무언가가 있었다…… 게임 말에 관한 거…… 아, 세상에.

"네가 뭔가를 찾아낸 것 같아."

빈센트의 목소리가 의욕적으로 바뀌었다.

"게임 말에 관한 거 말이야. 사이비 종교를 배제해도, 이번 사건은 극단적인 행동과 관계가 있는 거야."

베냐민은 놀란 얼굴로 컴퓨터에서 눈을 떼고 빈센트를 보았다.

"무슨 말인지 전혀 모르겠어."

"로버트 제이 리프턴이 누군지 아니?"

베냐민은 미간을 찌푸리더니 잠시 생각했다.

"알 거 같아. 세뇌와 원리주의를 연구하는 정신과 의사지?"

빈센트가 고개를 끄덕였다. 역시 빈센트의 아들다웠다. 그러나 중국의 심리 통제술에 대한 리프턴의 이론에서 기술 몇 가지를 빌려 공연에서 쓴다는 말은 하지 않는 게 좋겠다는 생각이 들었다.

"리프턴은 원리주의 운동에 참여한 사람들은 대부분 얼마 되지 않아 그 운동이 자신들이 생각했던 것과는 다르다는 걸 깨닫게 된다고 했어. 하지만 그때는 이미 벗어날 수가 없어. 갇히는 거지. 그 사람들은 정신을 완전히 무너뜨리지 않으려고 원리주의 운동의 의지와 자기 개인의 의지를 일치시킨다는 선택을 하게 돼. 그 사람들이 다른 사람을 유혹하고 조작하는 일에 가장 열성적인 구성원이 되는 건 그래서 아주 자연스러운 거야. 그 때문에 자기 스스로 자신의 의지를 지운다는 대가를 치르게 되지."

"그거랑 말이랑 장기 말이 무슨 관계가 있는 건데? 아니면 살인자들과 관련이 있나?"

베냐민이 스포티파이 앱을 열어 플레이리스트를 검색했다. 빈센트가 아들과 함께하는 시간이 끝나 가고 있었다.

"리프턴은 고의적으로 자신의 의지를 완전히 제거하는 전략에 이름을 붙였어. 폰의 심리학. 폰은 자신을 희생할 수 있는 게임 말이잖아. 체스에 있는. 네가 자세히 설명한 것처럼 말도 포함되고."

빈센트는 머릿속에서 이어질 듯 이어지지 않는 연관성을 생각해 내려고 애썼지만, 아무 소용이 없었다. 아들 방에서 나가면 서재로 가서 카펫 위에 누워 생각을 정리하고 분석해야겠다. 조금이라도 운이 따라 준다면 그 퍼즐은 빈센트의 무의식 속에서 스스로 맞춰지기 시작할 것이다.

베냐민은 이미 인터넷으로 '폰의 심리학'을 검색해 내용을 읽어 나가기 시작했다.

"이 글을 보면…… 리프턴은 그냥 게임 말이 되는 게 아니래."

눈을 가늘게 뜨고 모니터 화면을 보면서 베냐민이 말했다.

"게임 자체를 하는 데도 엄청난 전문가가 된다고 해. 그 게임을 사이비 종교라고 생각해 본다면, 단체에 부합하지 않는 신자를 죽이는 것과 관계가 있는 게 아닐까? 게임을 충분히 잘하지 못하는 사람을 죽이는 거지. 살인자와 말은 다른 게임 말들, 그러니까 다른 구성원들에게 게임에 최선을 다해야 한다는 일종의 신호를 주는 건지도 몰라. 그렇지 않으면 그들도 같은 일을 당하게 된다는 걸 알려 주는 거지."

빈센트는 눈을 감고 벽에 머리를 기댔다.

"흥미로운 가설이기는 한데, 안타깝지만 아주 그럴듯하지는 않아. 두 가지 이유로 말이야. 첫 번째는 범죄 현장에서 발견한 말은 게임이나 체스의 말이 아니라는 거야. 두 번째는…… 그게…… 베냐민, 살해된 사람들은…… 사이비 종교의 신자들이 아니었어."

"그걸 아빠가 어떻게 알아?"

아주 가까이 다가갔다. 하지만 여전히 퍼즐 조각은 맞추어지지 않았다. 아직 그 어디에도 이르지 못했다. 어딘가에 빈센트로서는 상상도 할 수 없는 가장 끔찍한 일을 주저 없이 저지르는 사람이 있었다. 빈센트는 깊이 숨을 들이마셨다.

"희생자들은 모두 다섯 살이니까."

*

'산모 병동'이라고 적힌 문을 통과해야 한다니, 미나는 기분이 이상했다. 왠지 먼 옛날의 희미한 기억 속에 들어와 있는 것 같았다. 지금이 현실임을 알려 주는 것은 냄새뿐이었다. 그 냄새는 미나의 머릿속에서 기억을 번쩍이게 해 주었다. 이 세상 다른 그 무엇도 줄 수 없는 기쁨과 고통이 뒤섞인 기억이었다.

"저 비명 들려?"

불편한지 몸을 떨면서 루벤이 말했다.

"두 명이 시간을 맞춰서 비명을 지르고 있나 봐. 이런 곳은 방음 장치를 좀 더 제대로 해야 하는 거 아니야? 망할 유령의 집 같잖아. 세상에."

미나는 루벤의 말에 대답하지 않고 접수대로 걸어갔다. 잠시 실랑이를 하고 경찰 배지를 보여 준 뒤에야 두 사람은 들어와도 된다는 허가를 받았다. 내키지는 않았지만 루벤이 옳았음을 인정할 수밖에 없었다. 사방에서 출산의 고통과 뒤섞인 비명이 들려오는 긴 복도로 걸어 들어가는 기분은 너무나도 기이했다.

"몇 호실이야?"

루벤이 물었다.

"5호실."

"여기네."

5호실이라고 적힌 병실 문의 손잡이를 밑으로 내리면서 루벤이 대답했다. 그러나 병실에는 아무도 없었다.

"벌써 집에 갔나? 아이가 태어났다고 해도, 이렇게 빨리 간다고?"

"아니, 루벤. 그렇게 빨리 가진 못해."

미나가 비웃었다.

"날카롭게 분석해 보면 말이지, 두 사람은 휴게실에 갔을 거야."

"여기 휴게실이 있어?"

깜짝 놀란 루벤이 되물었다.

"그럼. 산모 병동에는 모두 스타벅스가 들어와 있어. 병원과 공항은 스타벅스의 주요 타깃이거든."

"정말?"

루벤의 휘둥그레진 눈이 훨씬 더 커졌다.

"우와, 너는 정말 완전히…… 아니, 설마. 지금까지 산모 병동에 한 번도 온 적이 없어? 커피랑 샌드위치 같은 게 있는 흔한 휴게실에 가 본 적도 없고? 그래도 근무하면서 한 번은 와 보지 않았어?"

"한 번도 온 적 없어."

루벤이 대답했다. 왠지 그의 얼굴에 갑자기 슬픔이 어린 것 같다는 기분이 들었다.

"저기야."

미나는 간이 주방과 소파, 텔레비전이 있는 조금 큰 방을 가리켰다.

"안녕하세요."

휴게실에 들어가면서 미나가 인사했다. 그녀는 불편한 기분을 느꼈다. 마우로와 세실리아는 이제 막 새 생명을 이 세상으로 맞아들였다. 지금 두 사람은 아주 지쳤을 테지만, 그만큼 아주 행복할 것이다. 그 행복한 순간을 미나와 루벤이 침입해 부수려 하고 있었다. 미나는 옆에 있는 플라스틱 요람을 보았다. 성별을 알 수 없는 아기가 강보에 싸여 똑바로 누워 있었다. 아기 옆에는 부드러운 플러시 천으로 만든 코끼리 인형이 놓여 있었다.

"안녕하세요."

깜짝 놀란 마우로가 대답했다.

"여긴 무슨 일로 오셨습니까?"

마우로는 병원에 경찰이 올 거라는 생각은 조금도 하지 않은 게 분명했다. 어두워진 표정으로 마우로가 일어섰다.

"무슨 일이 있나요?"

"다른 곳에서 말씀드리고 싶은데요."

미나가 세실리아를 흘긋 보면서 대답했다. 흰색 환자복을 입고 있었는데도 세실리아는 이제 막 아기를 낳은 산모답지 않게 활기차 보였다.

"아닙니다. 무슨 말을 하든, 우리 두 사람이 모두 들을 수 있는 곳에서 해 주시죠."

미나가 루벤에게 눈짓으로 의견을 물었고, 루벤은 고개를 끄덕였다. 이윽고 미나가 이유를 설명하려는데 미처 말을 꺼내기도 전에 마우로와 세실리아의 얼굴이 하얗게 질렸다. 두 사람은 미나 뒤에 있는 텔레비전을 뚫어지게 쳐다보고 있었다.

미나가 고개를 돌려 텔레비전을 보았다. 화면에 예뉘가 있었다. 예뉘는 마우로의 식당 앞에 서서, 미나가 보았던 《엑스프레센》의 기자에게 뭔가 이야기하고 있었다.

"무슨 소린지 잘 안 들려."

마우로가 소리를 치고 리모컨을 향해 달려갔다. 그가 리모컨 버튼을 누르자 휴게실 가득 예뉘의 목소리가 퍼졌다. 그녀는 잔뜩 화가 난 표정으로 카메라를 응시하며 말하고 있었다. 시꺼먼 눈으로 엄청난 증오를 뿜어 내고 있는 예뉘의 목소리에 미나는 소름이 돋았다.

"난 그 인간 짓일 줄 알았어요."

예뉘는 한 음절, 한 음절에 잔뜩 힘을 주어 강조하면서 말했다.

"나만이 유일하게 알고 있었다고요. 그 자식이 숨기고 있는 걸 꿰뚫어 본 사람은 나뿐이에요. 나는 그 인간이 우리 릴뤼에게 무슨 짓을 했는지 알아요. 내가 지켜 주지 못했어요. 우리 딸이 나를 용서해 주기만을 바랄 뿐이에요. 그런데 이제는 그 자식이 다른 가족도 망가뜨렸어요. 정말 사악한 놈이란 말이에요. 이제는 전 세계가 그 자식의 실체를 알게 되겠죠."

예뉘의 눈에는 승리했다는 확신이 가득 담겨 있었다. 그녀는 눈 한 번 깜빡이지 않았다. 마우로의 몸이 떨렸다. 루벤이 그의 앞으로 다가가 팔을 잡았다.

"함께 가 주셔야겠습니다."

요람 안에서 아기가 칭얼대기 시작했다.

*

나탈리는 간이침대에 누워 몇 미터 위 천장과 만나는 나무 들보를 바라보았다. 나탈리가 도와서 완성한 구조물이었다. 나탈리의 몸은 둥둥 떠올라서 나무 들보 위로 올라가 둥지를 틀 수도 있을 것 같았다. 끊임없이 느껴지는 허기는 이제 예전만큼 힘들지 않았다. 더 많이 먹어서가 아니다. 그저 배고픈 상태에 익숙해진 것이다. 배도 별로 아프지 않았다. 그 대신에…… 가벼워진 것 같았다. 감각이 조금 더 예민해진 것 같았다. 이곳에 오기 전에 먹던 음식들은 나탈리의 몸을 가득 채워 마음을 짓누르고 있었던 것 같았다.

하지만 이제 더는 아니다.

나탈리는 날아오를 수 있다.

그보다 더 큰 생각들은 붙잡을 수가 없어서 계속 나무 들보 사이로, 다른 생각들이 올라가 버린 곳으로 떠나보내야 했다. 나탈리에게는 깊이 생각하는 능력이 있었다. 그러나 왜 복잡한 생각을 해야 하는지 이해할 수가 없었다. 지금은 이네스와 함께 있다. 나탈리는 안전하다. 그것만 알면 되는 것이다. 큰 생각들은 이전 삶과 관계가 있었다. 저 너머에 있는 세상과 관계가 있었다.

하지만 저 너머에 있는 세상은 더 이상 중요하지 않았다. 이제 저 너머의 세상은 존재하지 않는 것과 같았다. 존재하는 곳은 지금, 이곳에 있었다. 이 장소. 이 사람들. 그리고 할머니와 함께.

거즈를 두른 손가락을 보았다. 거즈 밑에 아직 빨간 자국이 있을지 궁금했다. 사라졌다면, 할머니가 또 다른 빨간 선을 만들어 줄 시간이 된 것이다. 그렇지 않다면 할머니처럼 잘 늘어나지 않는 고무줄을 받게 될 수도 있다. 나탈리는 사람들이 자신을 싫어하게 되는 것도, 나탈리가 제 역할을 해내지 못한다고 생각하는 것도 싫었다. 나탈리는 이곳의 일원이었다. 이 사람들은 정말로 많은 사랑을 나탈리에게 주었다. 나탈리가 할 수 있는 최소한의 보답은 그 사랑을 되돌려 주는 것이었다.

지금까지 나탈리의 삶 전체는 보호라는 거품 속에서 존재했다. 그건 현실이 아니었다. 삶이 아니었다. 그냥 있는 것뿐이었다. 그러나 지금은 진짜 삶을 살아가고 있다. 일어서려고 하자 시야의 가장자리가 흐릿해지더니 어지러웠다. 다시 침대 위에 털썩 누워서 생각들을 천장 위로 날려 보냈다. 분명히 하려고 했던 일이 있었는데, 그것이 무엇인지 기억이 나지 않았다. 하지만 이젠 괜찮다. 알아야 할 것은 모두 이네스가 말해 줄 테니. 할머니는 나탈리에게 가장 좋은 것이 무엇인지 알았다. 할머니는 모든 진리를 품고 있었다.

*

빈센트는 세심하게도 미나와 수사 팀을 만나러 가기 직전까지 옷을 입지 않았고, 그래서 옷이 땀에 젖을 시간이 없었다. 주말에 공연을 하는 동안 무대 의상도 더는 특별히 신선한 냄새가 나지 않는다는 걸 알아챘다. 어제 세탁소 문이 열리자마자 그 옷들도 드라이클리닝을 맡겼다. 게다가 미나는 공연에 오는 관객들보다 훨씬 민감했다. 아주 잠깐이라도 냄새를 없앨 수 있게 주머니마다 가루 세제를 넣어 갈까 고민하기도 했지만, 곧 자신이 무의식적으로 주머니에 손을 넣을 수도 있다는 생각에 그건 기각했다.

경찰서 로비 출입구에서 만난 미나는 오랫동안 보아 왔던 그 어떤 표정보다도 난감해 보이는 얼굴을 하고 있었다. 이런 상태라면 빈센트가 주머니에 가루 세제를 넣어 왔어도 눈치채지 못했을 것 같았다.

"어서 와요, 빈센트."

미나의 목소리는 암울했다.

"무슨 문제가 있는 거예요?"

"세상에."

검색대를 통과시켜 주면서 미나가 대답했다.

"그냥 모른 척하는 법은 없는 거예요?"

"미안해요, 내 말은 패들테니스 연습이 잘되고 있냐는 거예요."

미나가 살며시 웃었다.

"좀 낫네요. 사실은 맞아요. 우울한 일이 있어요. 어제 오시안 사건 용의자를 구금했어요. 지난여름에 있었던 릴뤼 사건에 연루되었다는 혐의도 함께 받고 있는 사람이에요."

빈센트는 복도를 걷는 동안 효율적으로 움직이는 미나의 몸동작을 감탄하며 지켜보았다. 결코 망설이지 않는 치밀함이 드러나는 움직임이었다. 저런 움직임을 몸에 익히려면 아주 오랜 시간 노력했을 거라는 생각이 들었다.

"그래도 잘된 거네요."

빈센트가 말했다.

"한 주의 시작이 아주 좋은데요. 우리의 예상한 것과 다른 인물인가 본데, 조직범죄라고 한 노바의 말이 맞는 건가요? 두뇌를 찾은 거예요?"

"바로 그게 문제예요."

미나가 대답했다.

"모든 게 다 미심쩍어요. 마우로 메예르는 지금 정신을 못 차리고 있어요. 그가 정말로 이 모든 사건의 배후라면, 그는 내가 본 최고의 배우일 거예요. 마우로가 범인이라는 증거는 우리 둘이 찾은 그 어떤 증거보다 강력해요. 당신도 이 사실을 알아야 할 거 같아서요. 이틀 전에 당신이 팀에 설명해 주었을 때는 다들 귀를 기울일 거라고 생각했거든요. 그런데 지금은 어떻게 반응할지 모르겠어요. 윗선에서 우리가 노바를 데려온 게 잘못이라고 생각한다는 소리도 들었어요. 우리가 마우로에게 집중했으면 한대요."

또다시 빈센트는 믿기 어려운 이론을 주장하는 괴짜 멘탈리스트가 될 처지에 놓인 것이다. 플뤼 세 숑*. 변한 줄 알았는데 상황은 늘 그대로이다. 하지만 그래도 자신은 괜찮다는 걸 빈센트는 깨달았다. 그냥 괜찮은 정도가 아니다. 자신이

---

* Plus ça change. 무언가가 변해도 그 근본은 변하지 않는다는 뜻의 프랑스어

틀렸어도, 자신이 발견한 연결 고리가 존재하지 않는 패턴이 라는 사실이 밝혀진다 해도 전혀 상관이 없었다.

그런데 미나가 마우로 메예르라고 했다. 왠지 익숙한 이름 이었다. 분명히 얼마 전에 접한 적이 있었다. 어디서 들은 걸 까? 그래, 불과 며칠 전에 어디선가 들어 본 이름이었다. 그리 고 그 이름을 말하는 누군가의 목소리도 기억에 남아 있었다. 미나의 목소리였다. 그와 미나……. 빈센트의 눈이 휘둥그 레졌다.

"마우로라니, 릴뤼의 아버지 말인가요?"

"내가 복잡하다고 했잖아요. 이리 와요. 모두 기다리고 있 어요. 크리스테르에게 선풍기 달라고 하는 거 잊지 말고요."

*

회의실의 열기 때문에 온 방의 공기가 희미하게 번쩍이고 있었다. 한낮은 최악이었다. 미나는 회의실에 들어가 다른 사 람들 옆에 붙어 앉아 있을 자신이 없어서 그냥 문턱에 서 있 었다. 빈센트만 아니었다면 어떤 핑계든 대고 떠나 버렸을 것 이다.

크리스테르가 들고 있는 전동 선풍기가 엄청나게 요란한 소리를 냈다. 테이블에 놓인 비닐봉지에는 새로 사 온 미니

전동 선풍기가 열 개쯤 들어 있었다. 선풍기는 너무 쉽게 망가져서 크리스테르가 계속 채워 놓아야 했지만, 확실히 도움이 되긴 했다. 크리스테르는 사방을 둘러싼 열기에 괴로워하는 빈센트에게 전동 선풍기를 한 개 내밀었다.

루벤의 겨드랑이에서 배출되는 땀은 연한 빛깔의 셔츠를 넓게 적시고 있었고, 심지어 율리아조차도 열기 때문에 상당히 불편해 보였다.

"빌리암 사건 조사를 이렇게 빨리 마무리해 줘서 고마워."

율리아가 루벤과 아담을 보면서 말했다.

"그런데, 어제 일찍부터 요르겐 칼손을 만나고 온 게 다행이었어. 두 사람이 나온 뒤에 사고가 있었나 봐. 심각한 부상을 입어서 얼굴을 꿰맸다고 하네. 정확히 무슨 일이 있었던 건지 모르겠지만, 교도관들 말이 가족을 학대한 남자들은 감옥에 있는 동안 왠지 모르게 균형을 잃고 넘어지는 일이 자주 있다고 하더라고. 그게 무슨 뜻인지 알겠어?"

율리아는 입을 다물고 루벤과 아담을 바라보았다. 루벤은 기침을 했고, 아담은 천장으로 시선을 돌렸다.

미나는 이제 차례가 왔음을 알았다. 자신과 빈센트의 차례. 그러나 어디부터 시작해야 할지 알 수가 없었다.

"우리가 다른 걸 발견한 것 같아."

마침내 미나가 빈센트를 흘끔 보고서 입을 열었다.

"우리는, 그러니까…… 빈센트하고 나 말이야. 마우로 카드가 아주 강력하다는 건 알아. 우리 생각은 아직 추측일 뿐이라는 것도. 빈센트가 나한테 말했던 것처럼 실존하는 패턴을 찾는 것과 희망 사항으로 억지 패턴을 만들어 내는 것 사이에서 균형을 잡아야 해. 물론 우연일 가능성도 배제할 수는 없지만, 우리가 하려는 얘기가 우연일 가능성은 높지 않다고 생각하고."

"지금 '우리'라고 한 거야?"

루벤이 빈정거렸다.

"그냥 빈센트의 생각 아닌가? 누가 들어도 빈센트가 한 말 같은데. 게다가 아직 설명도 안 했잖아."

"우리 둘이 패턴을 찾았어. 빈센트가 더 많은 걸 찾아냈고. 빈센트?"

"크음, 맞는 말이에요."

멘탈리스트가 헛기침을 했다.

"여러분이 노바에게 의견을 물었고, 노바가 살인자들의 의식적인 측면을 이야기했다고 들었어요. 3일이라는 간격, 각기 다른 납치범들. 그런 요소들로 보아 한 명의 연쇄 살인범이 아니라 조직의 구성원들이 살인자일 가능성이 더 크다고요. 그건 다시 말해서 이 사건들이 어쨌든 조직범죄일 수 있다는 뜻이죠. 그리고 우리는 세 시신에서 한 가지 패턴을 발견했어요."

"세 시신이라뇨?"

루벤이 반박했다.

"시신은 둘뿐이에요. 아직 빌리암을 죽인 살인자가 누구인지는 모르지만, 그 애는 당신이 제시하는 패턴과는 상관이 없다는 걸 상기해 줘야겠네요. 마우로가 오시안과 릴뤼를 죽였을 가능성이 크다는 것도 알고 있죠? 마우로는 빌리암과 아무런 연관도 없고요."

"그렇다면 내가 말하는 내용이 마우로에 대한 여러분의 의견을 뒷받침하는 근거가 될 수도 있겠네요. 어쩌면 완전히 다른 방향을 가리킬 수도 있고요. 미나가 말한 것처럼, 우리가 하려는 이야기는 추측일 뿐이에요. 하지만 더 많은 걸 알아낼수록 우리는 세 아이가 연결되어 있다고 추론할 수밖에 없었어요. 미나와 나는 오시안과 릴뤼, 그리고 심지어 빌리암까지 연결되어 있는 고리를 또 하나 찾았어요. 오시안과 릴뤼의 경우는 미리 확인했지만, 빌리암의 경우는 금요일에 드라이 독에 가 보기 전까지는 언급하고 싶지 않았어요. 함께 갔던 페데르도 그걸 봤죠. 그래서 나는 우리가 중요한 걸 찾았다고 확신하게 됐어요."

"빙빙 돌려 말하는 건 이제 그만둬요. 도대체 뭘 찾았다는 거예요?"

루벤이 말했다.

"말이에요."

회의실에 모인 사람들의 입이 배고픈 아기 새처럼 크게 벌어졌다. 잠시 후 루벤이 큰 소리로 웃기 시작했고, 애써 웃음을 참는 페데르의 수염이 위아래로 까닥였다. 미나는 아무도 모르게 한숨을 내쉬었다. 조금 더 설득력 있게 말할 수도 있었을 것이다. 그러나 그런 이유로 빈센트를 비난할 수는 없었다. 미나 자신도 빈센트의 말을 완전히 믿고 있다는 확신이 서지 않았으니까.

"진짜 말을 말하는 건 아니에요."

빈센트가 헛기침을 하고 이어 갔다.

"릴뤼는 누군가가 주머니에 집어넣어 놓은 듯한 책갈피를 가지고 있었어요. 순종 아랍 말이 그려진 책갈피였죠. 오시안에게는 그 애 것이 아닌 마이 리틀 포니 배낭이 있었고요. 빌리암을 발견한 곳에는 누군가가 벽에 히포라고 적어 놓았어요. 히포는 그리스어로 말이고요. 이건 우연이라고 하기에는 너무 이상한 일이에요."

"그렇다면 누군가가 '그 아이들은 말이다'라고 하고 싶었다는 게 당신 주장이에요?"

루벤이 더욱더 크게 웃으면서 응수했다.

"이런, 이런."

크리스테르가 빙그레 웃었다.

"그럼 우린 살인자를 찾으려고 이 도시에 사는 열 살짜리 여자아이들을 일일이 신문하고 다녀야 한다는 거야?"

루벤이 갑자기 웃음을 멈추었다.

"그게 무슨 쓸데없는 일반화예요? 열 살짜리 여자아이들이 모두 말에 미쳐 있는 것도 아닌데."

거친 말대꾸에 깜짝 놀란 크리스테르가 순간 손에 들고 있는 전동 선풍기가 고장 났다는 사실도 알아채지 못한 채 루벤을 쳐다보았다. 미나는 루벤이 왜 저러는지 이해할 수 없었다. 요즘 루벤은 너무 이상했다.

"그렇게 단순한 문제가 아니에요."

빈센트가 계속 말했다. 그리고 마커로 화이트보드에 글을 쓰기 시작했다.

"아이들 살해에 의식적인 요소가 있다는 노바의 추정이 맞다면, 말은 살인자들에게 중요한 상징일 수도 있어요. 철기 시대부터 말을 숭배하는 종교들이 있었어요. 말을 왕이나 전사 같은 신성한 존재로 여겼죠. 말 숭배는 유명한 종교 신화에서도 찾을 수 있어요. 그리스 신화에서 포세이돈은 최초의 말을 만들었고, 북유럽 신화의 로키는 암말로 변해서 세상에서 가장 빠른 말, 슬레이프니르를 낳았죠. 하지만 글쎄요. 그것이……."

빈센트는 갑자기 말을 멈추고 허공을 보았다. 미나도 빈센트의 시선을 따라갔다. 그는 벽에 걸린 지도에서 완벽한 사각형 안에 모여 있는 스톡홀름의 중심부를 보며 생각에 잠긴 듯했다. 잠시 후 빈센트는 다시 회의실로 돌아왔다.

"말 숭배는 오늘날에도 있어요. 남아시아 지역을 비롯해서 말이죠. 그러니 놀랄 일도 아니에요. 결국 말은 어떤 장애도 없는 자유를 나타내는 보편적인 상징이니까요."

빈센트는 입을 다물고 다시 지도를 보았다. 그리고 살짝 주름이 질 정도로 이마를 찡그렸다. 그는 평소와 달랐다. 미나는 빈센트를 도와야 할 것 같았다. 무언가 이상했다.

"그러니까…… 당신과 노바의 의견대로라면, 우린 어린아이들을 살해하면서 말을 숭배하고 물을 중요시하는 사이비 종교를 추적해야겠군요."

루벤이 비꼬듯이 말했다.

"그게 마우로 메예르를 조사하는 것보다 훨씬 더 그럴듯하게 들리네요. 빈센트, 머리에 전자파를 너무 많이 맞았나 본데 은박지 갖다줄 테니까 모자 하나 만들어서 쓰고 다녀요. 세상에. 솔직히 말해서, 그냥 커피나 한잔하러 왔다든가 미나를 만나러 왔다고 해도 되잖아요. 이런…… 헛소리 말고요."

미나는 두 뺨이 빨개지는 걸 느꼈다. 그러나 루벤의 말 때문에 동요하기는 싫었다. 고개를 들자 마음을 꿰뚫어 볼 것 같은 아담의 눈과 마주쳤다. 미나의 뺨은 더욱더 빨개졌다.

"그게 무슨? 아니에요."

빈센트가 멍하니 대답했다.

"우리가 다루는 게 그런 거라고는 결코 생각하지 않아요. 내 말은 그냥……."

빈센트는 또다시 입을 다물고 스톡홀름 지도 앞으로 걸어 갔다. 그리고 팔을 들어 집게손가락을 지도 위에서 십자가를 긋듯이 움직였다.

"당신 말이 전적으로 맞다고 해도, 우리 수사하고는 전혀 관계가 없어요."

루벤이 대답했다.

"우리는 지금 마우로 메예르를 수사하고 있으니까. 전 아내가 딸의 살인범으로 지목했고, 이제는 오시안의 살인 용의 자가 된 사람이요. 마우로와 빌리암은 당신의 상상 외엔 아무 연관이 없어요."

"왜 빈센트가 한 얘기를 우리한테 빨리 말하지 않았어? 드라이 독에 간 건 지난주 금요일이었고, 오늘은 화요일이잖아. 그 정보는 중요하지 않다고 생각한 거야?"

율리아가 미나에게 물었다.

"아니, 중요하다고 생각했어. 하지만 그 말을 했다가는 지금 이런 반응만 얻게 되지 않을까 했던 거야."

미나가 대답했다.

"혹시 또 다른 공통점이 있을지 몰라서 밀다와 함께 빌리암의 부검 보고서를 살펴봤는데, 공통점은 또 있었어. 오시안과 릴뤼, 빌리암의 목에서 같은 섬유가 나왔어. 폐에도 비슷한 흔적이 남아 있었고. 아직 그 섬유의 출처도, 폐에 반점이 남은 이유도 밝혀내지는 못했어. 하지만 전체적으로 봤을 때 세 사건이 무관하다고 하기에는 우연의 일치가 너무 많아."

회의실에 침묵이 감돌았다.

"젠장."

루벤이 정적을 깨뜨렸다.

"그럼 결국 빌리암도 같은 사건이란 말이야? 마우로가 연쇄 살인범이야?"

"폰의 심리학."

지도 옆에서 빈센트가 중얼거렸다.

"잠깐만."

화이트보드로 돌아간 멘탈리스트는 마커와 긴 자를 집어들었다. 그리고 지도 옆 벽에 의자를 하나 가져다 놓았다. 그러더니 의자에 올라가 자와 마커로 빠르게 지도를 가르는 수직선을 일곱 개 그리고, 다시 수평선을 일곱 개 그렸다.

"전에도 그러더니, 지도에 무슨 문제 있어요?"

루벤이 물었지만 빈센트는 대답하지 않았다. 그저 의자에서 내려와 뒷걸음질 치더니 방금 그린 격자를 찬찬히 살펴보았다. 미나는 빈센트가 일사병에 걸린 것이 아니기만을 빌었다. 정말로 그렇다면 미나는 10년 동안 동료들의 비웃음을 받게 될 것이다. 매일 놀려 댈 것이다. 빈센트는 완전히 정신이 나간 것 같았다.

"빈센트, 설명을 좀……."

율리아가 말했다. 몸을 돌려 형사들을 바라보는 빈센트는 어리둥절한 표정을 짓고 있었다. 자신이 혼자가 아니라는 사실을 완전히 잊은 표정이었다.

"뭔가가 있다고…… 어떤 친구가 말하더군요. 말은 게임에서 '말'로 쓰이는 것도 있다고. 사이비 종교의 신자들처럼요. 그래서 어떤 게임이 게임 말로 실제 말을 쓰는지 고민해 봤어요."

루벤이 한숨을 쉬면서 두 팔을 앞으로 내밀었다.

"체스로군."

갑자기 흥미가 생긴 것처럼 크리스테르가 활기차게 대답했다.

"하니스 경마도 그렇고. 경마는 비싸고, 체스는 굴욕적이지."

미나는 갑자기 빈센트의 행동이 이해됐다. 그는 스톡홀름의 중심부를 반듯한 사각형으로, 가로세로가 각각 여덟 칸인 격자로 나눈 것이다. 체스 판처럼. 큰 사각형의 바깥쪽 가장자리는 스톡홀름의 중심부를 모두 담고 있었다.

"아이들이 게임 말을 상징하는 것 같아요."

빈센트는 빠르게 아래 칸부터 위 칸까지 1부터 8까지의 수를 적어 넣고, 왼쪽부터 오른쪽까지는 a부터 h까지의 알파벳을 적어 넣었다.

"그럼 왜 다른 기물들은 없는 거지? 폰이나 룩 같은? 체스는 말만 가지고 하지 않잖아. 그러니까, 기사 말이야."

크리스테르가 반박했다.

"보통은 당신 말이 맞아요. 하지만……."

빈센트가 다시 지도로 다가가 릴뤼를 발견한 지역을 가리켰다. h와 1이 만나는 오른쪽 아래 가장자리 칸이었다. 그 칸에 '릴뤼'라고 적어 넣었다. 백홀멘이 있는 g3 칸에는 '빌리암'이라고 적었다. 아래에서 세 번째, 오른쪽 끝에서 두 번째에 있는 칸이었다. 마지막으로 셉스홀멘이 있는 f4 칸에는 '오시안'이라고 적어 넣었다. 밑에서 네 번째, 오른쪽에서 세 번째에 있는 칸이었다.

"기사의 여행이라는, 고전적인 체스를 기반으로 한 수학 문제가 있어요."

빈센트가 말했다.

"그 문제를 최초로 기록한 언어는 산스크리트어인데, 그때는 투라가파다반다라고 불렀어요. 글자 그대로 '말의 걸음에 관한 배열'이라는 뜻이에요."

미나가 손으로 입을 가리고 조심스럽게 기침을 했다. 빈센트는 무슨 일이냐는 표정으로 미나를 보았고, 미나는 다른 사람은 거의 알아차릴 수 없을 만큼 살며시 고개를 저었다. 이제야 동료들이 빈센트의 이야기에 귀를 기울이기 시작했는데 주의를 다른 곳으로 돌리는 건 안 될 일이었다.

"나는 그저 말과의 연관성을 명확히 하고 싶었을 뿐이에요."

빈센트가 미안한 표정으로 형사들을 보면서 말했다.

"하지만 여러분…… 아무튼. 그 문제는 말, 그러니까 기사들의 움직임을 기반으로 하고 있어요. 한 번 지나간 칸에 다시 돌아가지 않고 체스 판에 있는 모든 칸을 거쳐 가는 거예요. 여기, 릴뤼를 찾은 곳에서 시작해 보죠. 오른쪽 맨 아래에 있는 칸이요. 체스 규칙대로 기사를 움직인다면, 기사가 갈 수 있는 곳은 단 두 곳뿐이에요."

빈센트가 지도 위 두 칸에 각각 점을 찍었다.

"보이는 것처럼 이 중 한 방향은 6개월 뒤에 빌리암을 찾은 g3로 이어지죠. 여기서부터 저기까지는 다섯 가지 움직임이 가능해요."

빈센트는 다섯 칸에 각각 점을 찍었다.

"그중에 오시안을 찾은 장소는 없는데요."

아담이 말했다.

"맞아요. 그런데, 모르겠어요?"

멘탈리스트가 의미심장한 표정으로 지도를 보았다. 몇 초가 지나도 아무 반응이 없자 그는 한숨을 쉬면서 e2 칸을 손으로 짚었다. 가운데에 파트부르 공원이 있는 칸이었다.

"이곳이 빌리암이 있는 곳에서 갈 수 있는 곳 중 하나예요. 여기에서는 오시안을 발견한 f4로 곧장 이동할 수 있어요. 기사를 다시 구석으로 되돌리지 않겠다면 빌리암이 있는 곳에서 갈 수 있는 곳은 이곳이 유일해요."

"그건 알겠어요. 하지만 그렇게 되면 이제 당신의 그 소박한 추측은 끝난 거네요."

루벤이 끼어들었다.

"그곳에서 죽은 아이는 없으니까. 공원에 그 많은 사람이 모여드는데, 아이 시신이 있었다면 곧바로 알려졌을 거예요. 아이들이 도시를 가르는 거대한 체스 게임의 말이라니, 귀여운 생각이었어요. 책갈피와 배낭, 벽에 적힌 글자를 뭐라더라? 기사의 날? 그런 수학 문제랑 연결시키다니, 대단하다는 건 인정해야겠네요."

"기사의 여행이요."

"어쨌든 이 말을 정말 몇 번이나 해야 하는지 모르겠네요. 이번에는 수수께끼 따윈 없어요. 그냥 마우로 메예르가 있는 거지. 날 믿어요. 그 사람은 그런 일을 할 재주가 없다니까요. 기저귀를 가느라 바빠서."

루벤이 짜증을 냈다.

"근데, 그 공원 한가운데 분수가 있긴 해."

페데르가 속삭였다.

"아프로포 바텐 분수."

"맙소사, 그게 무슨……."

루벤이 중얼거렸다.

"그 분수 밑을 조사할 수 있을까요?"

빈센트가 말했다.

"아니, 그럴 일 없어요. 마우로를 잡았다고 해서 우리가 할 일이 없어 보여요?"

루벤이 대답했다. 크리스테르 옆에 누워 있는 보세가 큰 혀를 쭉 내밀고 헐떡였다. 지금까지 너무 조용히 있었기 때문에 미나는 보세도 회의실에 있다는 사실을 미처 눈치채지 못했다. 열기는 서서히, 하지만 확실하게 모든 존재를 미쳐 가게 만들고 있었다.

"제안을 하고 싶어요."

빈센트가 말했다.

"공원을 조사해 보세요. 거기서 아무것도 찾지 못한다면 다시는 귀찮게 하지 않을게요. 믿지 않을지도 모르지만, 나는 정말로 루벤이 옳았고 여러분이 진짜 범인을 찾은 거면 좋겠어요. 노바와 내가 헛다리를 짚은 거면 좋겠어요. 우리가 있다고 생각한 패턴이 사실 없었으면 좋겠어요. 진심으로 그러길 바라요. 하지만 만약 거기서 무언가가 나온다면, 내 가설이 옳은 거겠죠."

율리아는 서류철을 들고 얼굴에 부채질했다. 그 움직임에 사람들의 시선이 모두 율리아에게 쏠렸다.

"엄청난 비용이 들 거예요. 그런 공원을 파헤치는 일은. 분수를 깨뜨려서 밑을 들여다봐야 하잖아요. 당신이 지도에 선을 몇 개 그었다고 해서 우리가 충동적으로 할 수 있는 일이 아니에요. 특히 이미 용의자가 잡혀 있는 상황에서는요. 난 이 팀이 조금이라도 더 오래 유지될 수 있기를 바라요. 혹시 다른 걸 더 제시할 수 있다면 또 모르지만요. 그리고……."

율리아는 잠시 주저하다가 말을 이었다.

"윗선의 지시 사항은 명확해요. 사이비 종교를 이 사건과 연관시키지 말라는 거죠. 마우로를 철저하게 조사하라고 요구했고요. 윗선은 입장을 분명히 표명했어요. 그걸 따르지 않으면 이 팀의 존립 자체가 위협받을 거예요. 나도 그런 태도가 틀렸다는 말은 못 하겠고요. 오히려 다른 때와 달리 그분들의 말이 옳다고 믿고 싶어요. 사이비 종교 운운하는 건 너무 설득력이 없어요."

빈센트는 마커의 뚜껑을 닫았다. 그리고 지도에 그려진 텅 빈 네모 칸을 마커로 툭툭 쳤다.

"무슨 말인지 잘 알겠어요. 하지만 난 윗선이라는 사람들이 틀렸다고 생각해요. 이 모든 일의 배후에 있는 게 마우로는 아닐 거예요. 그게 누구든, 진범은 아직 잡히지 않았고요. 오시안과 릴뤼와 빌리암이 정말로 기사의 여행을 시작하는 말이라면, 아직 더 많은 여정이 남았어요. 한 번 움직일 때마다 아이가 또 죽을 거예요. 이 세 칸 말고도 체스 판에는 61개의 칸이 남았어요. 정말로 그걸 내버려 두겠다는 건가요?"

*

빈센트는 경찰들이 먼저 회의실에서 나갈 때까지 기다렸다. 페데르가 그의 옆을 지나갈 때, 페데르의 주머니에서 무언가 떨어졌다. 작고 납작한 빨간색 상자였다. 빈센트가 바닥에 떨어진 상자를 주웠다. 그가 잘 아는 물건이었다. 카드가 들어 있는 상자인데, 그냥 평범한 카드가 아니었다. 미국 플레잉 카드 컴퍼니의 '바이시클' 카드였다. 뒷면이 빨간색인 포커 카드로, 고전적인 스웨덴산 브리지 카드보다 가로 너비가 조금 더 길었다.

이런 카드를 쓰는 사람은 오직 두 종류뿐이었다. 포커 선수 아니면 마술사. 페데르는 둘 중 어디에도 속할 것 같지 않았다.

"페데르, 잠깐만요."

빈센트가 페데르의 뒤에서 카드 상자를 흔들며 소리쳤다.

"이걸 떨어뜨렸어요."

페데르가 멈춰 서서 뒤로 돌았다. 빈센트가 내민 카드 상자를 본 페데르의 눈이 휘둥그레졌다.

"아, 고마워요."

"포커 선수들은 보통 카드를 들고 다니지 않아요."

페데르를 따라잡은 빈센트가 말했다.

"그런데 당신은 왜 들고 다니는 걸까요?"

페데르가 복도를 둘러보았다. 몸짓으로 가까이 있는 방으로 들어가자고 했고, 방에 들어가서는 문을 닫았다.

"다른 사람들은 몰랐으면 해서요."

페데르가 목소리를 낮추었다.

"세쌍둥이한테 사촌이 있거든요. 카스페르라고. 애들 이모의 아들이에요. 3주 뒤에 카스페르의 생일 파티를 할 건데 …… 아네트와 처형이 나한테 그 파티에서 마술 쇼를 해 달라고 했거든요. 카스페르가 아주 기뻐할 거라고. 그래서 카드 마술 몇 가지를 힘들게 연습하고 있어요."

페데르의 표정이 너무나도 절망적이었기에, 빈센트는 웃지 않으려고 입술을 앙다물어야 했다.

"카스페르가 몇 살인데요?"

"다섯 살이에요."

빈센트는 카드 상자를 책상에 내려놓고 의자를 가리키면서 페데르에게 앉으라는 손짓을 했다. 페데르가 앉자, 그도 다른 의자에 앉았다.

"어쩌면 시작이 잘못됐는지도 몰라요."

빈센트가 말했다.

"아이들을 위한 마술은 가장 하기 어려운 편이거든요."

이미 충분히 울상이었는데 페데르의 표정이 더욱더 일그러졌다.

"사람들이 마술 쇼에 매혹되는 이유가 뭔지 아세요? 그건 마술이 이 세상을 지배하는 규칙을 깨뜨리기 때문이에요. 우리는 사람이 날지 못한다는 걸 알아요. 사람이 무대 위로 날아오르는 라스베이거스의 쇼는 우리의 이해력과 상상력에 대한 도전인 거죠. 하지만 아이들에게는 세상의 규칙을 배울 시간이 없었어요. 아이들에게 세상은 아직 미지의 영역이에요. 마술이 진짜가 아닐 이유가 없는 거지요."

"윙스의 요정들처럼 말이군요. 세쌍둥이는 거기 나오는 모험을 진짜라고 믿어요."

"윙스의 요정이 뭔지는 모르겠지만, 정말이에요. 내가 하고 싶은 말은 아이들은 카드 한 벌에 있는 카드 한 장을 다른 카드와 바꾸는 걸 봐도 놀라지 않을 거라는 거예요. 애초에 그게 불가능하다고 생각할 이유가 없으니까요."

페데르가 한숨을 쉬면서 턱을 문질렀다.

"그 말은, 아이들에게는 마술 쇼가 안 먹힌다는 뜻이죠? 고마워요. 아네트에게 그 말을 전해 줘야겠어요. 처형은 날 미워하겠지만요. 혹시 그 둘한테 빈센트의 전화번호를 알려 줘도 될까요?"

"아니, 내 말은 그게 아니에요."

빈센트가 대답했다.

"물론 아이들을 위해 마술을 할 수 있죠. 아이들을 놀라게 해 줄 수 있어요. 그러려면 아이들이 직접 참여하게 해야 해요. 아이들이 물건을 잡고 있게 하세요. 그리고 웃게 해 주세요. 완벽한 기술을 배우는 데 집중하지 말고 그 두 가지에 집중한다면 성공할 거예요. 정확한 목표에 초점을 맞춰야 해요."

"놀라게 하기, 참여시키기. 너무 어렵네요."

빈센트가 카드 상자를 집어 들고 휴지통 앞으로 갔다.

"그리고 제발, 이런 걸 쓰지는 말아요."

그러고는 휴지통 위에서 카드 상자를 잡고 있던 손을 활짝 폈다.

*

"앞으로 어떻게 될 거 같아요?"

회의가 끝난 뒤에 빈센트는 잠시 사라졌었다. 뭔지는 모르지만 페데르와 할 말이 있어 보였다. 그런 후에 그가 다시 미나를 찾아왔다. 미나는 빈센트와 정말로 이야기하고 싶었다. 하지만 경찰서에서는 아니었다. 경찰서에는 귀가 너무 많았다. 당연히 동료들의 눈과 귀도 신경이 쓰였다. 빈센트가 그의 가설을 설명하는 동안 계속 노려보고 있던 루벤의 표정도 생각났다.

미나는 빈센트와 함께 경찰서와 프리드헴스플란 역 사이에 있는 크로노베리 공원에 왔다. 사실 이 공원은 나무가 빽빽하게 자란 언덕에 불과하지만, 그래도 그 나무들 덕분에 두 사람은 태양의 열기에서 벗어나 시원한 그늘을 누릴 수 있었다. 나무들 사이로 난 산책로의 기온은 회의실보다 적어도 몇 도는 더 낮았다.

"이 숲에서 알현할 수 있게 윤허해 주셔서 정말 감사합니다, 미나 여왕님."

빈센트가 말했다.

"또 같은 질문을 드릴 수밖에 없네요. 팀원들이 나를 미쳤다고 생각할까요?"

미나는 짐짓 놀란 척하면서 빈센트를 쳐다보았다.

"그걸 모르고 있었단 말이에요? 우리는 모두 당신이 제정신이 아닌 걸 알고 있었는데."

"아, 그렇군요. 그래도……."

빈센트가 바닥에서 막대기를 주워 들고 신발에 묻은 진흙을 긁어 냈다.

"제발 나한테 다시는 흰색 운동화를 사지 말라고 알려 줘요."

"그럴게요. 사실 난 흰색 운동화를 신은 사람들을 보면 조금 걱정되거든요. 당신이 예전의 패션 센스를 잃어버린 줄 알았어요."

빈센트가 그 말에 복수하듯 미나를 향해 진흙 묻은 막대기를 흔들었다. 미나는 그 막대기를 불태워 버릴 것 같은 표정으로 빈센트를 노려보았다.

"그게 날 천재라고 생각한다는 뜻이라면, 받아들이죠."

막대를 떨어뜨리면서 빈센트가 말했다.

"물론이죠. 당신은 현명해요. 강하고. 신비하다는 건 말할 것도 없고요."

막대를 멀리 차 버리면서 미나가 대답했다.

"아이들에게 아주 친절하다는 것도 잊지 말아요."

어째서 아미르에게는 이렇게 솔직하게 말하는 게 어려웠을까? 아미르뿐 아니라 다른 사람들에게도. 문제는 아미르에게 있지 않았다. 문제가 있는 사람은 미나였다. 그녀도 그걸 알았다. 언제나 미나가 문제였다.

빈센트를 만나기 전까지는 말이다.

빈센트하고 있으면 미나에겐 더는 잘못된 것이 없었다.

하지만 그건 그것대로 문제였다.

"솔직히 말해서, 저기서 당신이 말한 건…… 조금 엉뚱하긴 했어요. 수학적인 체스니, 기사니 하는 말이요."

"나도 알아요."

빈센트가 미나에게로 몸을 돌렸다. 우울해 보였다.

"예인과의 일이 있은 뒤로 내게 뭔가가 생겼어요."

빈센트가 계속 말했다.

"발견하는 게 마땅한 패턴을 인지하지 못해요. 그러면서도 가끔은 있지도 않은 패턴을 봐요. 이제 더는 내 뇌와 내가 친구가 아니라는 듯이요. 나의 일부는 당신들 말이 옳기를 바라요. 당신들이 살인자를 찾았고 사건이 종결됐으면 하는 거예요. 하지만 그와 동시에, 이게 나의 환상일 뿐이기에는 유사점이 너무 많다는 생각이 들어요."

"당신이 하는 생각 중에 판타지가 있기는 하죠."

미나가 말했다. 더욱 얼굴이 빨개진 빈센트가 미나의 시선을 피했다.

"왜 연락 안 했어요?"

빈센트가 조용히 물었다.

너무나도 갑작스러운 말이라 그 뜻을 이해하는 데 조금 시간이 걸렸다.

"내가요?"

미나가 대답했다.

"나는 당신이 원하지 않을 거라고 생각했…… 하지만 당신도 연락하지 않았잖아요."

"알아요. 나는 어떻게 해야 할지 몰랐어요. 그 사건은 해결됐으니까. 연락해도 될 이유를 계속 찾아봤지만, 그 어떤 이유도 말이 되지 않았어요."

여전히 빈센트는 미나 쪽을 보지 않았다.

"그럼 지금은 말이 되는 이유를 찾은 거예요?"

"그 질문에 답을 찾으려고 하면 할수록 더 악화되는 것 같아서 두려웠어요."

빈센트가 마침내 미나를 바라보며 대답했다.

미나는 빈센트의 밝은 파란색 눈을 똑바로 보았다. 멘탈리스트의 어깨는 평소보다 처져 있었다. 그는 보통 등을 꼿꼿하게 세운 자세였고, 자신감이 넘쳤다. 하지만 오늘은 아니었다. 분명히 무언가가 그를 괴롭히고 있었다. 며칠 전에 마리아에 대해 이야기한 걸 생각하면 놀랄 일은 아니었지만, 그것 외에도 무슨 일이 있는 것 같았다. 미나가 들여다볼 수 없는 그의 내면 깊은 곳, 빈센트의 진정한 자아가 있는 곳에서 무언가가 그를 괴롭히는 것 같았다. 미나는 빈센트의 어깨에 손을 얹었다.

"빈센트……."

"그 데이트!"

갑자기 빈센트가 소리쳤다.

"아직 그 데이트 안 했어요?"

"이제 알현은 끝났어요."

미나가 차갑게 대답했다.

"어디, 막대기 들고 있는 거 없어요?"

*

루벤은 용기를 쥐어짜며 노란 테라스 하우스 앞에 서 있었다. 그는 우스꽝스러울 정도로 긴장하고 있었다. 매우 드문일이었다. 그러나 지금은 평범한 상황이 아니었다. 게다가 지난번에는 조금도 잘 풀리지 않았다. 깊이 공기를 들이마시고 초인종을 눌렀다. 그와 동시에 문이 열렸다. 그 아이가 루벤 앞에 서 있었다. 긴 갈색 머리의 아이는 티셔츠와 청바지를 입고 있었다. 자기 어머니와 똑 닮은 아이였다. 하지만 다른 사람의 모습도 있었다. 루벤이 매일 거울 속에서 보는 사람의 모습이.

"안녕, 아스트리드."

갑자기 침을 삼키기 힘들었다.

"안녕, 루벤."

아스트리드가 명랑하게 대답했다. 아이가 복도를 따라 걸어갔고, 루벤도 안으로 들어갔다. 신발과 재킷을 벗어야 하는 걸까? 혹시 너무 앞서가는 걸까? 성급한 행동은 하지 않는 것이 가장 좋았다. 아스트리드는 기대에 찬 표정으로 가까이 와 있었지만, 아무 말도 하지 않았다.

"그래……."

루벤이 더듬거리면서 말했다.

"학교는 어떠니?"

"여름 방학이에요."

루벤은 자기 이마를 한 대 치고 싶었다. 어쩌면 이렇게 멍청한 걸까? 당연히 여름 방학일 테지. 아버지라면 아이들 방학쯤은 정확히 알고 있어야 할 텐데.

"아, 안녕. 왔어?"

엘리노르가 부엌에서 나오면서 말했다.

"초인종 소리를 못 들었네."

엘리노르가 손목시계를 보았다. 여전히 그를 만난 것이 반가워 보이지는 않았지만, 마지막으로 봤을 때보다는 확실히 한결 부드러운 목소리였다.

"재킷 벗고 들어와."

작은 복도를 지나 들어온 거실에는 연필과 종이가 잔뜩 널린 커다란 참나무 테이블이 놓여 있었다. 이 집에 그림 그리기를 꽤나 좋아하는 사람이 있는 것이 분명했다. 하얀 벽에 연한 색의 가구가 놓인 거실은 생기 있어 보였다. 벽에 붙어 있는 다채로운 빛깔의 그림들이 분위기를 훨씬 밝게 해 주었다. 몇 년간 두 사람이 같이 살았을 때, 엘리노르는 그림을 배우고 싶다는 말을 입에 달고 다녔었다. 그러니 엘리노르의 작품일 것 같았다. 저 그림들을 그린 사람에게는 확실히 재능이 있었다.

세 사람은 테이블 앞에 앉았다. 엘리노르는 루벤에게 "마실 거 줄까"라는 질문을 하지 않았다. 부엌에 있는 커피메이커는 전원조차 켜져 있지 않았다. 엘리노르가 루벤에게 보내는 신호는 분명했다. 필요 이상으로 오래 머물지 말라는 것.

"다시 보니 좋네, 엘리노르. 내 말은, 두 사람 모두 봐서 좋다고. 답장해 줘서 고마워."

지난번 루벤의 느낌은 틀리지 않았다. 엘리노르는 세 사람이 앉아 있는 방을 압도하는 존재감을 지니고 있었다. 이런 여자를 떠나보내다니, 루벤은 정말 바보였다. 그러나 과거에 머무는 실수는 하지 않을 것이다. 그건 상황을 더욱 나쁘게 만들 테니까.

"대화하고 싶다는 말에 깜짝 놀란 건 사실이야."

엘리노르가 대답했다.

"하지만 당신과 연락을 주고받는 거랑 당신을 다시 믿는다는 건 완전히 별개라는 걸 알아 둬. 도대체 이런 생각은, 정확히 어떻게 하게 된 거야?"

"음, 그냥 아스트리드와 내가 잠시 시간을 같이 보내면 좋지 않을까 생각한 거야. 아스트리드가 원하고, 또 그럴 수 있다면. 물론 당신이 허락해 줘야겠지만."

엘리노르가 미심쩍다는 표정으로 루벤을 보았다.

"당신은 책임감이 강한 사람이 아니잖아. 난 당신이 애를 나이트클럽에 두고 가 버릴 수도 있다고 생각하는데."

"믿을지는 모르겠지만, 난 10년 전의 내가 아니야. 1년 전의 나도 아니고. 다시 보면 놀라게 될 거야."

"음, 아스트리드, 네 생각은 어때?"

엘리노르가 물었다.

"벌써 여러 번 이야기 나누긴 했지만, 마음을 바꿔도 돼. 루벤이 너의 생물학적 아버지라고 해서 바뀌는 건 없어. 네가 원하지 않으면 안 만나도 돼. 넌 어떤 기분이야?"

"조금 이상해."

아스트리드가 대답했다.

"하지만, 괜찮을 거 같아. 그리고 나 휴대폰도 있어, 엄마."

"좋아. 두 시간이야. 그 정도로 시작하자. 그럼 저녁 먹을 시간이 되기 전에 집에 올 수 있을 거야."

두 시간이라니. 루벤이 기대했던 것보다 훨씬 짧았다. 그래도 아예 함께하지 못하는 것보다는 나았다. 게다가 벌써 오후였다. 루벤은 열 살짜리 아이의 저녁 식사 시간에 대한 정보가 전혀 없었다. 몇 시에 잠을 자는지도 몰랐다. 하지만 큰 실수만 하지 않는다면 다음번에는 좀 더 오래 함께할 수 있을 것이다.

세 사람은 다시 복도로 나왔다. 가져온 경찰모를 꺼내 아스트리드에게 씌워 주었다. 경찰모는 아이의 귀까지 덮었다. 귀여웠지만 아스트리드가 짜증을 낼지도 모르겠다고 생각했다. 작은 여자아이들은 어떻게 대해야 할지 몰랐다. 그래도 열 살 때 자신이 무엇을 좋아했는지는 기억했다. 그때와 크게 달라진 건 없지 않을까?

"경찰차를 타고 갈 거야. 경찰서에 가서 경찰견한테 인사를 하자. 나는 일을 해야 할 수도 있거든. 혹시 개 좋아하니?"

아스트리드는 열심히 고개를 끄덕였다. 사격장에도 갈까 생각했지만, 그건 조금 지나친 것 같았다. 사격장은 다음에 만났을 때 가면 될 것이다.

"진짜 좋아해요. 그런데 경찰견은 크지 않아요? 물 거 같아요."

"네가 도둑이라면 정말로 무서워해야 할걸?"

루벤이 웃으며 말했다.

"좋아요."

모자를 바로 쓰면서 아스트리드가 대답했다.

"난 도둑이 아니니까. 엄마, 루벤이랑 나는 이제 갈게."

아스트리드가 풀쩍 뛰어 현관 밖으로 나갔다. 루벤도 따라 가려고 하는데 엘리노르가 팔을 잡았다.

"오늘 망치면 다시는 저 앨 못 볼 줄 알아."

엘리노르가 루벤을 노려보았다.

"딱 한 번 기회를 주는 거야. 딱 한 번."

루벤은 침을 꿀꺽 삼켰다. 이런 불확실함에는 익숙하지 않았다. 불확실함은 좋아하지 않았다. 조용히 고개를 끄덕이고 밖으로 나왔다. 아스트리드는 이미 주차장으로 걸어가고 있었다. 젠장. 아이스크림을 사 줘도 되는지 엘리노르에게 묻지 않았다는 게 생각났다. 하지만 곧 마음을 고쳐먹었다. 그 정도는 자신이 결정해도 된다. 어쨌거나, 루벤은 아스트리드의 아빠니까.

*

빈센트는 움베르토가 보낸 이메일을 다시 읽었다. 미나와 공원에 있을 때 받았지만 집에 와서야 열어 보았다. 이메일 서명란에는 빨갛게 빛나는 TV4의 로고와 야로브스키 제작사의 웃는 여자 그림 로고가 있었다. 움베르토는 선글라스를 쓴

스마일 이모티콘과 "우리가 해냈어, 아미코 미오*!"라는 글만 적어 보냈다. 나머지 이메일 내용은 모두 제작사에서 보낸 것이었다. 부엌 의자에 앉으면서 빈센트는 자신이 내면에서부터 서서히 죽어 가고 있음을 느꼈다.

그 이메일은 프랑스 해안의 작은 섬으로, 정확히 말하면 '요새 죄수의 비행'을 촬영할 곳으로 가는 일정을 안내하는 내용이었다. 그의 호기심을 자극할 목적이었는지 제작사는 요새를 찍은 사진을 여러 장 첨부했다. 하지만 이 군국주의적인 요새 사진은 오히려 정반대 효과를 냈다. 빈센트가 진심으로 가고 싶지 않은 곳을 하나 꼽는다면 바로 이곳임이 분명했다. 사진을 확대하자 대포가 보였다. 제작사에서는 저 대포 때문에 이곳을 택한 것이다. 확실했다.

이메일에서는 빈센트가 그곳에 3주 뒤에 가게 될 것이라고 했다. 정확히는 25일 뒤였다. 그 정도면 변호사를 찾아 유언장을 작성하기에 충분한 시간일 것이다. 그는 자신이 사망할 경우 움베르토와 쇼라이프 프로덕션은 단 한 푼도 받을 수 없음을 확실하게 명시해야겠다고 생각했다.

"그게 뭐야?"

갑자기 뒤에서 나타난 레베카가 빈센트의 어깨 뒤에서 휴

---

* Amico mio, '내 친구'라는 뜻의 이탈리아어

대폰 화면을 들여다보았다.

"보야르 요새?"

레베카가 끔찍하다는 듯이 말했다.

"요새 죄수의 비행, 안 하기로 한 거 아니었어?"

빈센트가 몸을 돌려 딸을 보았다. 레베카는 손에 뭐가 있다는 걸 까먹은 듯 샌드위치를 힘껏 움켜쥐고 있었다. 아이의 얼굴에 나타난 공포는 꾸며낸 것이 아니었다.

"내가 가야 되면 어떻게 할 건데?"

빈센트가 물었다.

"돌아올 때까지 학교 안 갈 거야. 드니 집에 가서 절대로 돌아오지 않을 거야."

"그건 안 될걸. 내가 데니스를 내 통역가로 데리고 갈 거거든. 그 앤 프랑스 사람이잖아. 벌써 리세베리 놀이공원에서 찍은 가족사진을 티셔츠에 프린트해 놨어. 네가 롤러코스터 앞쪽에 타서 공포에 질려 있을 때 찍은 거. 데니스랑 나는 프랑스에서 계속 그 티셔츠만 입을 거야."

이제 딸의 눈에 서려 있던 공포는 순수한 분노로 바뀌었다.

"데니스가 아니라 드니라고!"

레베카가 남자친구의 이름을 정확한 프랑스어 발음으로 말했다.

"그리고 그 사진 드니 근처에라도 가져가면 진짜 죽을 줄 알아."

레고 자동차를 앞세운 아스톤이 알아듣기 힘든 퀸의 노래를 부르며 부엌으로 뛰어 들어왔다. 아스톤에게 미치는 레베카의 영향력은 걱정이 되면서도 감동적이었다.

"아빠! 봐 봐!"

아스톤이 소리쳤다.

"자동차로 여행하고 있어. 우리 가족 다 차에 타고. 행복한 가족 연기를 하고 있어! 아빠처럼!"

"행복한 가족이 아니라 악몽인 가족이라는 거지?"

레베카가 아스톤에게 말했다.

"아스톤. 형, 누나랑 엄마가 다르다고 해서 우리가……."

빈센트는 한숨을 쉬면서 입을 다물었다. 레베카가 눈을 가늘게 뜨고 빈센트를 쳐다보았다.

"그 사람들이 깜빡하고 안전줄 없이 아빠를 멀리 쏴 버렸음 좋겠어."

레베카가 샌드위치를 바이스 기계처럼 꽉 쥐고서 낮은 목소리로 으르렁거리더니 자기 방으로 걸어갔다.

"지나가는 김에 물고기 밥 주고 가!"

빈센트가 말했다.

"아빠를 물고기 밥으로 줄 거야."

방문을 거칠게 닫으면서 레베카가 대답했다. 계속해서 퀸의 노래를 부르던 아스톤이 이제 코러스 부분에 이르렀다. 그리고 완전히 외우게 된, 노래 제목으로도 채택된 그 부분을 큰 소리로 외쳤다.

"더 쇼 머스트 고 온!"

빈센트는 전적으로 동의했다. 쇼는 계속되어야 했다. 문제는, 얼마나 오래 해야 하는가였다.

*

미나는 날카로운 소리에 눈을 떴다. 처음엔 무슨 소리인지 몰랐다. 방금까지 미나는 꿈속에서 말과 섬유와 메스를 든 밀다, 그리고 거대한 체스 판 위를 움직이며 그녀를 뭉개 버리겠다고 위협하는 체스 말 사이에 갇혀 있었다.

몽롱한 상태로 주위를 둘러보았다. 텔레비전에서는 여름의 환한 빛을 발산하는 예능 프로그램이 흘러나오고 있었다. 또다시 날카로운 소리가 들려왔고, 그제야 미나는 그 소리가 자기 휴대폰에서 나고 있음을 깨달았다. 커피 테이블 위에 놓여 있는 휴대폰은 분노의 불빛을 뿜어내고 있었다.

"여보세요."

미나의 입에서 거칠고 갈라진 목소리가 흘러나왔다. 미나는 헛기침을 하고 다시 말했다.

"여보세요?"

그가 전화로 미나를 깨우는 타이밍은 정말로 믿을 수 없을 정도였다. 늘 그랬듯 그 사람의 목소리를 들으면 느껴지는 막연한 불안이 미나를 감쌌다. 돌이켜 보면 이런 기분을 느끼지 않던 때가 언제였는지, 기억도 나지 않았다. 그는 언제나 미나에게 열등감을 느끼게 했다. 그녀는 결함이 있는 인간이고, 그는 완벽한 표본처럼 느껴졌다. 그는 언제나 결함을 고치는 걸 좋아했다. 올바른 상황으로 바꾸는 것을 좋아했다. 아마도 그에게 미나는 그런 존재였을 것이다. 이 사람이 지금 사회에서 맡은 역할을 완벽하게 해낼 수 있는 건 어쨌거나 그 덕분일 것이다.

"오늘은 화요일이야. 11일째 되는 날이지."

그가 말했다.

"하지만 아무 소식도 듣지 못했어. 책임감 있는 부모라면 벌써 그 애를 데리고 왔을 거야."

책임감 있는 부모. 미나는 그가 하는 말의 의미를 정확히 알고 있었다.

"당신이 가서 그 사람들을 깜짝 놀라게 할 필요는 없잖아."

미나가 손목시계를 보면서 대답했다.

"내일 아침에, 업무 시간에 내가 농장에 가 볼게. 정복을 입고 가는 게 이네스를 상대하는 데 더 나을 거야. 내가 누구라는 걸 밝히지는 않을 거고."

"왜 내일이지? 왜 당장 가지 않는 거야?"

조급한 목소리였다.

"왜냐하면 지금은 밤 11시 15분이니까. 그리고 심각한 일은 없을 거야. 며칠 전에 이네스와 대화했고, 모든 게 괜찮을 거라고 확답해 주었어."

"언제부터 당신이 당신 엄마를 믿었는지 모르겠군. 어쨌든 반드시 내일 아침 가장 먼저 찾아가야 해. 돌아오자마자 나에게 전화하고."

그는 미나의 대답을 듣지 않고 전화를 끊었다. 미나는 기운이 완전히 빠져나가는 것 같았다.

그녀의 위가 요란한 소리를 냈다. 그러고 보니 저녁 먹는 것도 잊고 있었다.

미나는 일어나서 냉동고로 걸어가 수납 트레이를 열었다. 알프레도 파스타와 나시고랭이 있었다. 한참을 망설이다 결국 알프레도 파스타를 선택했다. 포장 상자를 덮고 있는 비닐을 신중하게 살펴보았다. 상자를 들어 부엌 전등 빛에 비추며 혹시라도 세균이 침투할 수 있는 틈이 생긴 것은 아닌지, 진공 포장지를 꼼꼼하게 살폈다. 이상은 없어 보였다. 조심스럽게 포장지를 벗기고 상자를 전자레인지에 넣었다. 최대 출력으로 설정하고 적정 시간보다 더 긴 시간 가열했다. 그렇게 하면 음식이 너무 익어 버렸지만, 덜 익어서 문제가 생기는 것보다는 나았다. 더 많은 전파를 가하면 음식에 든 생명체를 효과적으로 죽일 수 있을 것이다.

전자레인지 문을 열고 파스타를 꺼냈다. 파스타에서 뿜어져 나온 열기가 미나의 손가락을 덮쳤다.

"아야."

파스타 용기를 옆에 내려놓고 손가락을 입으로 불었다. 물집만 생기지 않기를 바랐다. 체액이 가득 찬 커다란 물집이 생긴 손가락을 상상해 보았다. 상상만으로도 벌써 토할 것만 같았다. 물집을 참느니 손가락을 잘라 내는 게 나았다. 저녁 먹을 생각을 하는 게 아니었는데. 어쨌거나 이미 너무 늦었다. 게다가 배가 먹을 걸 달라고 아우성치고 있었다.

파스타 용기가 조금 식었을 때 미나는 다시 조심스럽게 용기를 집어 들어 보았다. 이번에는 성공했다. 파스타 용기와 포크, 물티슈 몇 장을 들고 소파로 돌아갔다. 텔레비전을 보면서 먹는 진짜 텔레비전 식사. 미나는 언제나 텔레비전 식사를 했다. 물티슈로 깨끗하게 포크를 닦고, 포크로 파스타를 찌르며 한껏 공기를 들이마셨다. 이 세상에는 자사 요구르트에 살아 있는 박테리아가 들어 있다고 선전하는 회사도 있었다. 정말 역겨운 일이었다. 미나는 진심으로 자기 앞에 있는 음식에 들어 있던 박테리아는 모두 죽었기를 바랐다. 베냐민잉로소가 잃어버린 사랑에 대해 무어라 말하는 노래를 부르고 있었다. 미나는 눈을 감고 포크를 입에 밀어 넣었다.

*

"이게 내가 당신 가설을 지지한다는 의미가 아닌 건 알고 있죠?"

파트부르 공원 중앙에 있는 분수는 높이가 50센티미터밖에 되지 않아서, 이 얕은 물에 사람들 모르게 시신을 놓고 가는 건 불가능했다. 아치 모양 가장자리 아래에도 마찬가지였다. 페데르가 시원한 물에 두 손을 넣고 더위를 식히는 동안 빈센트는 분수 주위를 돌았다.

"율리아가 나와 함께 여기에 가 보라고 한 건, 당신이 직접 살펴보라는 뜻이었어요."

아직 잠이 덜 깬 페데르가 하품을 했다.

"당신 이야기는 정말 받아들이기 힘든 이론이었다고요. 아, 그리고 새 지도 사 주는 거 잊지 마세요. 아무튼 우리가 여기에 온 건 율리아가 당신의 체스 게임 가설이 터무니없다는 걸 당신이 깨닫기를 바라기 때문이에요. 당신이 계속 수사에 관여하려면 율리아가 감당해야 할 위험이 너무 많다는 것도 이해해 주세요. 상부에서 이걸 눈치채면 율리아는 정말 큰 문제에 빠질 거예요. 율리아가 곤란해지면 우리 팀 전체가 곤란해지고요."

"게임이 아니에요."

빈센트가 중얼거렸다.

"기사의 여행은 수학 문제죠. 한 칸을 단 한 번씩만 지나서 모든 칸을 다 가는 문제요. 언제나 희생자를 새로운 장소에 놓고 가는 당신들의 살인자처럼요."

빈센트는 평평한 공원을 쭉 둘러보았다. 공원은 한쪽 끝에서 다른 쪽 끝까지 잘 보일 정도로 아담했다.

"직접 보니까 알겠죠? 분수대 말고도 이 공원에서 즉시 발각되지 않고 시신을 숨길 수 있는 곳은 없어요. 어디에 놓았든 벌써 찾았겠죠. 우리가 찾았다면 당신 가설이 옳았던 거지만, 시신은 없어요. 그러니까 당신 가설은 옳지 않은 거죠. 그래도 좀 안타깝긴 하네요. 조금 미친 것 같지만 그래도 흥미로운 가설이었거든요."

"시신을 묻었다면 이야기가 다르겠죠. 경찰에서 땅을 파 봐야 한다고 생각해요."

빈센트가 대답했다. 페데르가 한숨을 쉬면서 분수 주위에 있는 자갈을 발로 찼다.

"율리아 말대로, 당신의 괴상한 체스 게임 가설 때문에 공원을 모두 통제하고 아무 데나 막 파고들어 갈 수는 없어요."

차가운 분수 물을 얼굴에 뿌리며 페데르가 말했다.

"사실 어디를 파야 하는지도 모르잖아요. 그리고, 나는 노바의 가설이 조금 더 신빙성 있다고 생각해요."

얼굴의 열기를 식힌 페데르는 행복한 듯 한숨을 내쉬었다. 빈센트는 분수 주위에 있는 산책로를 걷기 시작했다.

"노바는 자기 분야에서는 빛이 나는 사람이죠. 하지만 그 사람의 가설은 소용이 없어요. 그저 수사 속도만 늦출 뿐이에요. 그게 진실이라고 해도, 이 도시는 물이 있는 곳이 없는 곳보다 많아요. 물가에 두고 간다는 건, 그게 아주 쉬운 일이라면 그렇게 강한 상징이 될 수 없어요. 살인자가 배를 타고 왔다 갔다고 하면 그만이니까요."

"배가 닿는 곳에 시신을 버리고 간다'라."

페데르가 생각에 잠긴 표정으로 말했다.

"그거 괜찮은 발상인데요. 노바의 사이비 종교 가설이나 당신의 체스 게임 가설보다 훨씬 단순하고요."

덥수룩한 수염 위에서 물방울이 반짝였다. 미나라면 페데르의 수염에서 셔츠 위로 떨어져 내리는 물이 과연 깨끗할지에 대해 할 말이 많을 것이다.

"나를 믿어요."

빈센트가 말했다.

"이 살인자의 지능에 대한 나의 판단이 정말로 틀렸으면 좋겠어요. 기사의 여행 따위는 들어 본 적도 없는, 그저 모터 달린 보트를 소유한 사람이 범인이라면 그 누구보다도 기쁠 거예요. 그런 사람은 훨씬 잡기 쉬울 테니까요. 하지만 안타깝게도 작은 문제가 있어요. 빌리암은 물이 빠진 드라이 독에서 발견됐죠. 그런 독에 접근하려면 이미 부두 안에 들어와 있는 배여야 해요."

"하지만 당신의 체스 게임 가설에도 결점이 있어요. 이 공원에는 그 어디에도 시신을 숨길 곳이 없잖아요."

"우리가 보지 못한다고 해서, 그것이 이곳에 없다는 뜻은 아니죠."

빈센트가 생각에 잠겨 말했다.

"계속 같은 자리를 맴돌고 있는 거 같아요."

페데르가 말했다.

"일단 거래를 하죠. 지금 집에 가 봐야 해요. 오늘 아침에 실수로 새 기저귀를 차에 싣고 와 버렸거든요. 당신은 여기서 좀 더 살펴보세요. 정말로 시신이 있을 법한 곳을 찾아내서 어떻게든 우리를 설득한다면, 나도 율리아가 발굴에 동의할 수 있게 힘써 볼게요. 하지만 정확한 장소여야 해요. 발굴은 딱 한 번만 할 수 있으니까요. 알았죠?"

빈센트는 잔디밭과 나무들, 섬세하게 깔린 통행로를 살펴보았다. 그곳에서는 무엇이든 즉시 발견될 수밖에 없었다.

그러나 이 공원에서는 그 무엇도 발견되지 않았다.

"논리적인 의견이군요."

빈센트가 대답했다.

*

미나는 에피쿠라에서 운영하는 농장에 차를 댔다. 만일에 대비해 아침 일찍 농장에 갈 거라고 미리 전화를 했다. 그래야 이네스와 노바가 나탈리 앞에서 미나를 모른 척할 수 있을 테니까. 미나는 이곳에 경찰관으로 왔다. 나탈리와의 일이 끼어 있다고 해도 노바는 여전히 수사에 도움을 줄 수 있는 사람이었다. 사적인 일 때문에 노바와 수사 팀의 관계가 어긋나면 안 된다. 수사와 개인사는 당연히 별개였다.

안뜰에 서서 그녀를 기다리는 노바를 향해 미나는 손을 높이 들어 흔들었다. 아직 오전이었는데도 공기는 더위에 한껏 가열되어 있었다. 하지만 흰색 실크 옷을 입고 있는 노바는 조금도 더위를 느끼지 못하는 것 같았다. 그에 반해 미나는 차에서 나오자마자 등 뒤로 흘러내리는 땀방울을 느낄 수 있었다. 어떤 사디스트가 경찰들에게 검은 옷을 입혀야 한다는 결정을 내린 걸까? 다시 차 안으로 뛰어들어가 에어컨을 최대로 틀고 이야기는 차 안에서 하자고 제안하고 싶은 충동을 간신히 눌러 참았다.

"잘 왔어요."

노바가 활짝 웃으면서 말했다. 그녀는 미나에게 다가왔지만, 이번에는 포옹하지 않았다.

그것만으로도 진전이 있었다.

"어서, 안으로 들어가요."

노바가 미나의 경찰복을 보면서 말했다.

"밖에 있기에는 너무 더운 옷이네요."

노바는 앞장서서 본관 건물을 향해 걸었다. 그 뒤를 따라가는 미나의 모든 땀구멍에서 땀이 솟구쳐 나왔다. 물티슈를 가져왔는지 확인하고 주변을 둘러보았다. 농장에 대해 아는 것은 거의 없었지만, 그래도 이렇게까지…… 고요한 곳이라는 생각은 해 본 적이 없었다.

묵직한 현관 안에 숨겨진 시원한 공기는 축복이었다. 미나는 눈을 감았고, 그녀의 맥박은 서서히 차분해졌다. 빈센트한테 이런 상황에서 활용할 수 있는 호흡법을 몇 가지 배우는 게 좋을지도 모르겠다는 생각이 들었다. 널찍한 거실 분위기는 조용했고 평화로웠다. 천장은 높았고, 커다란 유리창은 햇살을 마음껏 받아들이고 있었다. 피부에 맺힌 땀방울이 식으면서 서늘해진 몸이 부르르 떨렸다.

"추워요? 여긴 항상 시원하게 해 놔서요."

노바는 미안하다는 듯이 말했다.

"아니에요, 정말 좋네요."

미나는 고개를 저었다.

"차가운 게 좋아요."

"내 집무실로 가요."

노바가 웃으면서 말했다.

"방해받지 않고 대화할 수 있을 거예요. 항상 누군가 이런 저런 이유로 나를 찾거든요. 게다가, 괜히 사람들 눈에 띄는 건…… 별로죠?"

노바는 왼쪽으로 방향을 틀어 긴 복도를 걸어가다가 가장 끝에 있는 여러 방 가운데 한 방의 문을 열고 들어갔다. 미나도 따라갔다. 크고 역시나 아주 밝은 방이었다. 드문드문 놓여 있는 장식품들은 소박했고, 밝은 색조의 방에는 녹색 식물만이 색을 더하고 있었다. 노바는 유명 디자이너의 작품일 것 같은 커다란 투명 플라스틱 책상 뒤에 가서 앉더니 미나에게도 책상 반대쪽에 있는 두 안락의자 중 하나에 앉으라고 손짓해 보였다. 노바의 오른쪽 벽에는 책이 가득 꽂힌 책장이 있었다. 책 말고도 깔끔하게 빛나는 은색 테두리를 두른 사진 액자들도 있었다.

"봐도 될까요?"

사진을 조금 더 잘 보려고 미나가 책장으로 다가가면서 물었다.

"물론이죠."

노바도 일어나서 책장으로 다가오더니 사진을 한 장 가리
켰다. 흑백 사진 속 노인은 근엄한 표정을 짓고 있었다. 노인
의 옆에는 두 다리와 한쪽 팔에 깁스를 하고 커다란 목 받침
을 두르고 있는 10대 소녀가 휠체어에 앉아 있었다. 소녀의
표정이 너무 심각해서 그 소녀가 노바임을 알아보는 데는 시
간이 걸렸다.

"할아버지예요. 이건 나고. 사고 뒤에 찍은 거예요."

"무슨 일이 있었던 거죠?"

미나가 조심스럽게 입을 열었다.

"물어봐도 되나요?"

"자동차 사고였어요. 그때 아버지가 돌아가셨죠……. 나는
살아남았지만, 크게 다쳤어요."

"미안해요."

노바는 어깨를 으쓱하며 웃었다.

"아주 오래전 일이에요. 이미 다른 삶에서의 일이고. 게다
가 할아버지가 날 돌봐 주셨죠. 난 행운아였어요."

"완전히 나은 거예요?"

미나는 다른 사진으로 시선을 옮겼다. 그 사진에는 젊은 남
자가 있었다. 자신만만하고 행복이 넘치는 얼굴에 어깨까지 내

려오게 머리를 기른 남자는 셔츠의 단추를 모두 풀고 있었다.

"그렇기도 하고 아니기도 해요. 치료는 다 됐어요. 그래도 고통은 남아 있죠. 그 고통을 자산으로 보는 법을 배웠어요. 이곳에서 하는 일은 대부분 고통을 다스려 긍정적인 다른 것으로 바꾸는 법을 배우는 거예요. 몸과 마음의 고통 모두. 만일 그 두 고통에 차이가 있다면요. 하지만 고통은 고통일 뿐이에요. 몸과 마음의 차이는 흔히 생각하는 것만큼 크지 않아요."

노바가 다시 책상으로 가서 앉았다. 미나는 책장 앞에 그대로 남았다. 그리고 손으로 남자 사진을 가리켰다.

"아버지인가요?"

"맞아요. 내 아버지예요."

노바는 더는 대답하지 않았고, 미나는 적절하지 않은 질문을 했다는 느낌이 들었다. 노바의 목소리에는 비통함이 담겨 있었다. 어렸을 때 세상을 떠난 부모에 대한 기억을 끌어냈다가 어떤 이야기를 듣게 될지 몰라 두려웠다. 노바의 감정 깊숙한 곳으로는 들어가고 싶지 않았다.

그래서 안락의자에 앉았다. 노바가 강렬한 갈색 눈으로 미나를 응시했다.

"어떻게 되어 가고 있어요? 수사에는 진전이 있나요?"

"유력한 단서를 몇 가지 찾았어요."

미나가 모호하게 대답했다.

노바가 꿰뚫어 볼 것 같은 눈으로 미나를 뚫어지게 쳐다보았다. 미나는 안락의자를 만지작거리기 시작했다.

왠지 노바가 미나의 내면에 있는 것을 보고 있다는 느낌이 들었다. 오직 빈센트에게서만 받아 본 느낌이었다. 하지만 달랐다. 빈센트의 시선은 언제나 부드럽고 따뜻했다. 반면 노바의 시선은 레이저 빔 같았다. 그런 사람에게는 무엇이든 감추는 것이 불가능했다.

"아직은 그 무엇도 배제하지 않고 있어요. 조직적인 범죄라는 가설을 포함해서요. 사실 우리끼리는 그 가설은 너무……."

"있을 것 같지 않다?"

노바가 끼어들었다.

"나도 알아요."

그녀는 웃음을 지었다. 그러나 일그러진 그 미소는 바깥이 아니라 안을 향하고 있는 것 같았다.

"그게 바로 사이비 종교가 뿌리를 내릴 수 있게 해 주는 요소죠. 그 누구도 자신이 사이비 종교에 휘말릴 수 있다고 생각하지 않아요. 그 누구도 사이비 종교가 실제로 존재한다는 걸 믿지 않고, 자신과 아주 가까운 곳에 있다고도 생각하지 않아요. 자신이 외부 영향에 휘둘리는 인간이라고 믿는 사람은 없어요. 하지만 사람은 무리를 짓는 동물이에요. 우리는 무리 짓기를 원하고, 무리는 따를 수 있는 지도자를 원하죠.

사이비 종교는 인간의 가장 본능적이고도 깊은 곳에 존재하는, 프로그래밍된 심리를 이용하는 것뿐이에요."

"그래도 아직 사람들에게 스스로 생각하는 능력이 있다고 믿고 싶어요."

미나가 말했다.

"물론 당연히 있죠. 하지만 그건 우리가 생각하는 것보다 훨씬 제한적인 수준이에요. 사람들은 지도자를 따르는 양 떼예요. 그 사실을 기꺼이 받아들일 수 없다는 건 거미가 우리를 잡아먹으려고 거미줄을 감고 있는 것을 보지 못한다는 뜻이에요. 그러다가는 갇혀 버리게 돼요. 우리의 의지를 굳게 믿으며 결국 죽음을 향해 가는 거예요."

"너무 냉정한 거 같은데요."

놀란 미나가 노바를 보았다. 노바의 얼굴에 따뜻한 미소가 번졌다.

"맞아요. 사과할게요. 의도했던 것보다 더 가혹한 말들이 나왔네요. 에피쿠라에서는 초월적 자아를 강화하는 데 힘쓰고 있어요. 우리는 개인의 타고난 능력을 믿어요. 사람을 무리 짓게 하는 건 두려움일 때가 많아요. 어떤 특정한 두려움이 아니라 모든 두려움이 그래요. 새로운 것을 시도해야 할 때 느끼는 두려움은 타인의 평가를 받아야 한다는 사실에서 유래해요. 평가를 받는다는 두려움은 사람들이 좋아해 주지 않을 거라는 두려움에서 비롯되고, 그 두려움은 사람들에게서 배제될 수 있다는 두려움에서 유래해요. 배제될 거라는 두려움은 무리의 자원을 나누어 가질 수 없을 거라는 두려움에서 유래하고, 그 두려움은 죽을 수도 있다는 두려움에서 유래하죠. 사실 모든 두려움은 결국 죽음에 대한 두려움이에요. 에피쿠로스 철학의 본질은 몸과 마음의 평정인 아타락시아에 이르는 것뿐 아니라 아포니아, 즉 고통의 부재이기도 해요. 그래서 우리는 죽음의 두려움을 제거해요. 죽음의 두려움을 느끼지 않을 때에만 인간으로서의 완벽하고도 완전한 자유를 누릴 수 있어요. 우리는 누구나 마음의 행복과 평화를 이룰 수 있다고 믿어요. 요즘 세상에 스스로 행복하고 평화롭다고 말할 수 있는 사람이 얼마나 되겠어요?"

"강력한 메시지네요."

미나가 깊이 생각하는 것처럼 고개를 끄덕였다.

"하지만 그게 수행과 무슨 관계가 있는지 모르겠어요. 내 말은 당신들의 철학을 이곳에서의 일상에 어떻게 적용하느냐는 거죠. 그러니까, 당신이 운영하는 강좌에서 사람들은 정확히 뭘 배우게 되는 건가요?"

"수업을 들을 수 있게 예약해 줄게요. 언제든 환영해요."

"이미 나 말고도 내 가족을 많이 등록시킨 것 같은데요."

미나의 말에 노바가 호탕하게 웃었다.

"설명해 줄게요."

노바가 말을 이었다.

"사람들에게 에피쿠로스의 근본 원리에 따라 살아갈 수 있는 도구를 주는 곳을 만드는 일, 그것이 할아버지가 토대를 세우고 내가 결실을 맺으려고 마음먹은 것이었어요. 이곳에 오면 사람들은 정치, 다툼, 분쟁 같은 온갖 역경에서 벗어나 있을 수 있어요. 일시적이고 즉각적인 만족이 아니라 오래 지속되는 행복을 얻는 방법을 배우면 사람들은 평화롭고도 소박하게 살아갈 수 있죠. 모든 쾌락이 좋은 건 아니에요. 모든 고통이 나쁜 것도 아니고요. 단기간의 쾌락이 장기간의 고통을 유발할 수 있어요. 그 반대도 가능하고요. 무엇보다도 우리는 지금, 이 순간을 사는 법을 가르쳐요."

"보통 얼마나 머물러요?"

미나가 물었다. 내키지는 않았지만 노바의 말이 매혹적이라고 생각했다. 모든 말이 현실 세계와는 너무나 동떨어져 있는 것처럼 들렸지만, 한편으로는 노바의 강한 확신이 부럽기도 했다.

"지도자 팀과 함께하는 하루 코스 프로그램도 있고, 완전히 일상에서 벗어나 아주 오랫동안 머무는 경우도 있어요. 몇 년을 머무는 사람도 있고요. 당신 어머니처럼요."

"어머니 얘기가 나와서 하는 말인데."

미나가 말했다.

"여긴 개인적인 문제 때문에도 온 거예요. 나탈리는 이제 아버지에게 돌아가야 해요. 당신이 말한 내면의 여정이 나탈리에게나 이네스에게 좋은 경험이었길 바라요. 하지만 이제 끝났어요. 오늘 아침에 나탈리를 버스에 태워 보내 줘요. 괜찮으면 경찰차를 타고 나와 함께 가도 되고요. 그건 당신과 이네스가 상의해서 결정하면 될 거 같아요. 그 애 아버지가 사람들을 데리고 쳐들어오기 전에요. 이제 그 사람의 인내는 한계에 도달했어요."

"나도 그러고 싶어요."

노바가 대답했다.

"나탈리는 당연히 집으로 돌아가야죠. 문제는, 나탈리와 이네스를 여기서 보지 못했다는 거예요. 그러니까…… 일주일쯤 못 본 거 같아요."

차갑고도 불쾌한 기분이 미나를 쓸어내렸다. 어머니를 믿으면 안 된다는 걸 알았어야 했는데.

"그 말은 지금 두 사람이 여기 없다는 거예요? 그럼 어디에 있는데요?"

"여기 사람들이 며칠씩 짝을 지어서 숲을 하이킹하는 건 자주 있는 일이에요."

노바가 다시 웃었다.

"서로를 잘 알게 해 주는 효과적인 방법인 데다, 이곳 주변에는 캠핑을 하며 밤을 보낼 수 있는 장소가 아주 많으니까요. 아마 이네스도 나탈리를 그런 캠핑에 데려갔을 거예요. 물론 내 짐작일 뿐이지만요."

"일주일 넘게 캠핑을 한단 말이에요?"

"이 날씨에 적절한 장비만 있으면 2주도 가능하죠. 아무 문제 없어요. 우린 그런 하이킹을 자주 가요. 이 여름에 별을 보며 잠이 들고 자연이 주는 식사를 하는 것만큼 좋은 일이 있을까요? 당신도 한번 해 봐요."

미나는 이 숲을 완전히 밀어 내고 아스팔트를 깔면 딱 좋을 것 같았다. 한때 미나가 알았던 이네스는 등산화 끈을 묶는 법도 몰랐다. 그랬던 어머니가 바뀌었다. 지난번에 봤을 때 이미 그 사실을 눈치챘다. 그러나 이네스의 '내면의 여정'은 과소평가했다. 물론 그 여정에는 자연에서 자신을 발견하는 것도 포함되어 있겠지. 카페인에 중독되고 술에 취하고 줄담배를 피워 대던 어머니가 이제는 야외 활동을 즐기는 여자가 되었다. 그러면 안 될 이유가 있을까? 다른 일들처럼 그런 일도 충분히 일어날 수 있었다.

하지만 미나는 나탈리가 자신이 방문하는 시간에 맞춰 사라졌다는 사실이 마음에 들지 않았다. 그저 우연이라고 하기에는 석연치 않은 점이 있었다. 미나는 노바를 바라보았고,

노바는 또다시 웃었다.

"걱정할 일은 전혀 없어요. 약속할게요. 이네스는 숲을 잘 알아요."

"나탈리의 아버지에게 연락해서 이 사실을 말해 줘야겠어요." 미나가 대답했다.

"빨리 이네스를 찾아내요. 그 사람을 위해서요. 당신이 말한 것보다 훨씬 빠른 시간 내에 돌아와야 할 거예요. 그렇지 않으면 그 사람이 손녀를 만나는 건 이번이 처음이자 마지막이 될 테니까."

*

노바를 만나고 나온 미나는 곧바로 빈센트가 기다리고 있는 파트부르 공원으로 향했다. 원래는 경찰서에 들러서 땀에 젖은 속옷을 갈아입을 생각이었다. 요즘은 하루에 속옷을 두 번 정도 갈아입었지만, 지나치게 더운 날에는 더 자주 갈아입을 때도 있었다. 심지어 이제는 한 봉지에 다섯 벌씩 들어 있는, 한 번 입고 버릴 대용량 싸구려 속옷을 구입해 입기 시작했다. 여름을 지나는 동안 미나의 서재에는 잔뜩 주문한 물건이 쌓여서 작은 가게의 창고처럼 보이기 시작했다. 하지만 상관없었다. 어차피 찾아올 손님도 없으니까.

미나는 빈센트를 흘끔 쳐다보았다. 헐렁한 흰색 티셔츠 차림이었는데도 멋있었다. 그에 반해 미나는 엉망이었다. 땀에 젖어 엉망진창이 된 미나. 망할 빈센트.

빈센트와 함께 공원을 걷는 일이 이제는 마치 취미가 된 것처럼 느껴졌다. 물론 제대로 산책하기에 파트부르 공원은 너무 좁았지만. 그래서 두 사람은 벤치에 앉아 주위를 둘러보았다. 미나는 가지고 간 비닐 시트를 벤치에 깔고 앉았다. 무슨 일이 있어도 공원 벤치에 옷을 닿게 하고 싶지 않았다. 아무리 벤치가 깨끗해 보여도 말이다. 그렇다고 소독을 할 수는 없다. 빈센트가 보고 있을 때는 그럴 수 없었다.

미나는 노바한테서 들은 말을 빈센트에게 한 마디도 하지 않았다. 지금까지 미나에게 딸이 있다는 사실을 아는 사람은 빈센트뿐이고, 그조차도 자세한 사정은 알지 못했다. 에피쿠라에서 미나는 할 수 있는 것이 아무것도 없었다. 그녀가 모든 것을 알고 있는 세상에서 잠시 떨어져 나온 것 같은 느낌이었다. 그리고 곧 그 질문들이 올 것이다. 절대 대답하고 싶지 않은 질문들이.

무엇보다 미나는 나탈리를 생각했다. 진심으로 나탈리가 진실을 모르기를 바랐다. 적어도 그 사실을 말해 주는 사람이 미나였으면 했다. 그럼 혹시 딸이 미나를 이해해 줄지도 모른다. 그러나 어쩌면 그럴 기회조차 얻지 못할 수도 있다. 이네스가 나탈리를 숲 캠핑에 데려가서 말해 버렸을 수도 있다. 머릿속이 어지러웠다. 숲에서 자아를 찾는다고? 자기 엄마가 사실은 죽은 게 아니었다는 것을 알게 되면 나탈리는 미나를 만나지 않겠다고 마음먹을 수도 있다.

"와 줘서 고마워요."

빈센트의 목소리가 미나의 생각 고리를 뚫고 들어왔다.

"이 편이 더 나을 거라고 생각했어요."

"나랑 같이 있는 거요?"

미나의 말에 빈센트는 그 즉시 얼굴이 빨개지기 시작했다. 그가 헛기침을 했다.

"그런데, 데이트는 어떻게 되어 가고 있어요?"

빈센트가 불쑥 물었다.

"울리카하고는 어떻게 되고 있어요?"

미나는 그의 질문에 대답하지 않겠다는 의도로 되물었다.

"요즘은 곤돌렌 레스토랑에서 안 만나요?"

"아이쿠."

빈센트는 타격을 받은 것 같았다.

"정말로 호기심 때문에 물어본 거예요. 딸에게 남자친구가 있거든요. 그냥 있다고 하는 걸 수도 있지만요. 직접 본 적은 없어요. 이름은 드니예요. 그 애들이 우리 집에 와서 시간을 보내지 않는 건 아마 나 때문이겠죠. 내가 너무 곤란하게 하나 봐요. 괜히 연애사를 캐묻다가 아이를 짜증 나게 하고 싶지 않아서, 그 대신에 당신의 연애사를 묻는 거예요."

미나는 조금 더 편한 자세로 앉으려고 몸을 뒤척였다. 엉덩이 밑에서 비닐 시트가 부스럭거렸다. 빈센트의 말은 농담 같았지만 표정은 아주 진지했다. 그는 정말로 알고 싶은 거였다. 뭐라고 대답해야 할까? 그건 정말 개인적이고도 사적인 질문이었다. 그러나 빈센트만큼 미나를 편하게 해 주는 사람은 없었다. 빈센트와 이런 이야기를 할 수 없다면, 미나에게는 이런 이야기를 할 수 있는 사람이 전혀 없는 것이다. 그리고 어쩌면 빈센트는 그 데이트가 어떻게 끝났는지를 이미 파악했는지도 모른다.

"이렇게 대답할게요. 내가 정말로 원하는 게 무엇인지를 알아 가고 있다고. 다른 얘기를 해 보죠. 파트부르 공원이라. 뭘 찾는 거예요? 정말 여기 어딘가에 살해당한 아이가 있다고 생각하는 거예요?"

당혹스러울 정도로 서툴게 화제를 바꿨다는 느낌이 들었지만, 빈센트가 환하게 웃는 것으로 보아 미나는 옳은 버튼을 누른 것 같았다.

"파트부르 공원은 스톡홀름에서도 꽤나 독특한 공원에 꼽혀요."

빈센트가 말했다.

"보이는 것처럼, 반대편에 있는 남쪽 절반은 풀밭과 산책로가 있는 반원이에요. 지금 우리가 있는 북쪽 절반은 콘크리트로 덮여 있는 직선이고요. 내가 알기로, 이 공원을 만든 사람들은 혼돈과 질서를 구현하고자 했어요. 음과 양의 조화. 디오니소스와 아폴론의 만남인 거죠."

빈센트는 벤치에서 몇 미터쯤 떨어진 곳에 있는 동상을 가리켰다.

"그리스의 신 아폴론에게 인사해요. 디오니소스는 반대편에 있어요. 그에게는 술 담는 그릇이 되는 것만 허용되었지만요. 그래도 아폴론은 사람 형태이기는 해요. 허벅지가 말처럼 생긴 사람."

미나가 큰 소리로 웃었다.

"말해 봐요. 도대체 당신과 공원 조각상들은 무슨 관계인 거예요? 그런 집착이 건강하게 느껴지지는 않는데요."

빈센트가 어깨를 으쓱했다.

"알고 보면 공공장소에 세우는 조각상은 이교도나 신비주의적 상징과 관계가 많아요. 그래서 매혹적이라고 생각해요. 이 조각상들은 아무도 보지도, 생각하지도 않는 연결망을 도시 전역에 생성하죠. 내가 신비주의자였다면 그 연결망이 도시에 은밀한 에너지를 공급한다고 생각했을 거예요. 난 신비주의자가 아니니까 그렇게는 생각하지 않지만, 그래도 이런 조각상들이 심리적으로 어떤 영향을 미칠 수는 있다고 생각해요. 그런 영향이 선명하게 나타나는 경우도 있고요."

빈센트는 공원 가운데 있는 낮은 분수를 가리켰다. 그 분수는 새들이 목욕하는 아주 커다란 욕조 같기도 하고, 가장자리가 움푹 팬 채 둘로 갈라진 접시 같기도 했다.

"이 공원에서 아폴론과 디오니소스가 뭘 차지하려고 경쟁하는 걸까요? 내가 말해 주죠. 아프로디테예요. 사랑의 여신. 분명해요. 저기 저 분수가 여신이에요. 좀 더 정확하게 말하면 여신의 활짝 벌어진 질이죠."

"빈센트!"

미나에게도 확실히 보였다. 분수의 모양은 틀림없이 아주 외설적이었다. 하지만 누가 알려 주지 않는 한 그 모습이라고 생각하기 힘든 것도 사실이었다.

"이런 상징성은 모두 무의식적으로 우리의 정신에 영향을 미쳐요. 이 분수를 지나가다가 왠지 모르게 조금 부끄러워지거나 흥분하거나 당황하는 사람이 얼마나 되는지 알아요? 이 공원에는 항상 키스하는 사람들이 많은 이유가 뭐라고 생각해요?"

지금도 공원 저편에는 피크닉 담요 위에서 자신들을 둘러싼 세상은 모두 잊어버린 것처럼 서로에게만 열중하고 있는 연인들이 많이 있었다.

"이 공원에 시신이 있다면, 나는 저기, 풀밭 밑에 있었음 좋겠어요."

벤치에서 일어서며 빈센트가 말했다.

"아스팔트나 콘크리트를 부수는 것보다는 잔디밭을 파는 게 훨씬 쉬우니까요."

미나도 일어섰다. 두 손가락으로 깔고 있던 비닐 시트를 살며시 집어서 쓰레기통에 던져 넣고 분수로 걸어갔다. 왠지 바지 뒤에 얼룩이 생겼을 것 같았다. 미나는 빈센트가 자신의 뒷모습을 볼 수 없는 안전한 위치에 섰다.

"잔디밭에서 키스하는 연인들을 질투하는 건 아니죠?"

미나가 대답했다.

분수에 시신을 숨기는 것은 불가능할 것 같았다. 분수의 깊이가 너무 낮았다. 발밑에 있는 자갈길도 시신을 묻을 만한 장소는 아니었다. 아무리 작은 시신이라고 해도 돌로 된 길을 깨뜨리고 시신을 묻은 뒤에 다시 깔끔하게 길을 깔 수 있는 시간과 자원을 확보할 수 있었을 것 같지 않았다.

미나는 빈센트를 따라 잔디밭으로 이어진 길을 걸어갔다. 남쪽 반원은 넉넉잡아도 한쪽 끝에서 다른 쪽 끝까지의 길이가 100미터 정도밖에 되지 않았다.

"시신을 묻는다면 어디에 묻을 것 같아요?"

빈센트가 조금 큰 목소리로 말했다. 가까운 잔디밭에서 노란 피크닉 담요 위에 누워 있던 30대 남녀가 움찔하더니 빈센트를 쳐다보았다.

"길가에 묻을 것 같은데요."

미나도 빈센트의 얼굴에 떠 있는 진지한 표정을 따라 하며 대답했다.

여자가 일어나 앉아 무릎을 턱까지 오게 접더니, 불행한 표정으로 피크닉 담요를 둘러싸고 있는 잔디밭을 바라보았다. 남자는 도끼눈을 하고 두 사람을 쏘아보았다.

빈센트가 생각에 잠긴 것처럼 고개를 끄덕였다.

"그쪽 풀은 아무도 모르게 파냈다가 다시 덮을 수 있을 거예요."

연인들은 유리잔과 와인 병, 담요를 정리하기 시작했다. 두 사람의 데이트는 확실히 끝나 버렸다.

"무례한 빈센트."

빈센트에게 옆으로 가라는 듯이 부드럽게 찌르면서 미나가 말했다.

"그게 무슨 말이에요?"

빈센트가 목소리를 낮추며 말을 이었다.

"저기 있는 나무들은 어때요? 저 나무들은 사람들이 사이를 지나가거나 앉지 못하도록 촘촘하게 심었어요. 저기서 땅을 파려면 아주 조심해야 하지만, 풀이 다시 자라기 전까진 누구에게도 발견되지 않을 가능성이 커요."

두 사람은 나무숲으로 걸어갔다. 갑자기 빈센트가 미나의 팔을 움켜잡더니 한쪽을 가리켰다. 보통 빈센트는 미나와 접촉하는 법이 없었다. 그래야 한다는 걸 너무나 잘 알았으니까. 아마 지금은 자신도 모르게 잡았을 것이다. 미나는 재킷 없이 민소매 상의만 입은 상태라 빈센트의 손은 미나의 맨살을 그대로 잡았다. 그의 피부가 미나의 피부에 닿았다.

그러나 미나는 공포에 질리지 않았다.

어쨌든, 지금은 아니었다.

반드시 그럴 필요가 있을 때까지는 아무 말도 하지 않을 것이다. 그 대신에 미나는 빈센트가 가리키는 것을 자세히 살펴봤다. 나무들 사이에서 자라는 풀은 그 너머에 있는 잔디밭에서 자라는 풀보다 더 짙은 녹색이었다.

빈센트가 몸을 숙여 풀을 몇 포기 뽑았다.

"왜 이렇게 보인다고 생각해요? 왜 색이 더 진할까요?"

빈센트가 물었다.

"모르겠어요. 하지만 다른 건 알겠어요. 나무 때문에 햇빛이 잘 들지 않아서 그런 게 아닐까요?"

"그럴 수도 있겠죠. 어쨌거나 125715인 건 확실해요."

"그게 무슨 말이에요?"

"진녹색을 나타내는 색상 코드예요. 이 번호를 글자로 바꾸면 레고LEGO가 되죠. 묻지 말아요. 이게 다 요새 죄수의 비행 때문이니까."

미나는 빈센트의 말을 단 한 마디도 알아들을 수 없었다. 그가 농담을 하는 건지 아닌지도 판단이 되지 않았다. 아마 웃으라고 하는 말은 아닌 것 같았다.

빈센트가 가장 가까이 있는 나무들의 잎을 들여다보더니, 조금 떨어진 곳으로 가서 다른 나무의 잎을 살폈다. 그리고 그 나무에서 잎을 몇 개 뜯어 가지고 왔다.

"음…… 여기 나무들이 다른 곳에 있는 나무들보다 나뭇잎 색이 더 짙어요. 잡초도 더 많이 자라고. 아주 이상한 일이에요. 공원 관리부가 이런 식으로 잔디밭을 관리할 리가 없을 텐데요."

미나는 그저 물끄러미 빈센트를 바라보았다.

"비닐봉지 있어요?"

질문할 필요도 없었다. 미나가 언제나 들고 다닌다는 걸 알고 있으니까. 미나는 작은 지퍼 백 봉지를 내밀었다. 빈센트는 들고 있던 나뭇잎과 풀잎을 지퍼 백에 넣고 봉했다.

"식물학자가 된 거예요? 열다섯 살 때처럼 책 사이에 끼워둘 나뭇잎이 필요하면 더 괜찮은 걸 가져가지 그래요. 아니면 장미를 말려서 벽에 걸어 놓든지요."

"아니, 그럴 필요 없어요. 올해 마리아가 내 생일 선물로 준게 말린 장미니까. 침대 위에 걸려 있어요."

빈센트는 휴대폰을 꺼냈다.

"이게 얼마나 오래갈지 모르니까, 사진도 찍어 두는 게 좋겠어요."

빈센트는 지퍼 백에 담긴 식물 사진을 찍고, 나무들 사이에 있는 풀밭도 찍고, 나무에 매달린 나뭇잎 사진도 찍었다.

"지금 뭘 하고 있는 건지 확실히 알고 싶어요."

미나가 말했다.

"사건 말이에요. 당신은 정말로 미친 체스 선수가 여기 어딘가에 시신을 묻었다고 믿는 거예요?"

갑자기 미나의 휴대폰이 울렸다. 빈센트가 찍은 사진을 모두 그녀의 휴대폰으로 보냈다.

"어쩌면 아무것도 아닐 수도 있죠."

빈센트는 나뭇잎과 풀잎이 담긴 지퍼 백을 미나에게 내밀었다.

"완전히 확실해지기 전까지는 아무 말도 안 하려고요. 어제 회의 후로 내가 팀의 요주의 인물이 되었잖아요. 오늘 밤에는 공연이 있어서 준비해야 해요. 이번 주말이면 시즌 마지막 공연이에요. 이 사진과 지퍼 백을 밀다에게 전해 주세요. 만약 내가 생각한 게 맞는다면, 그 내용이 뭔지는 그 사람에게서 듣는 게 좋겠어요."

*

"이럴 시간 없다니까."

어머니가 콧방귀를 뀌면서 팔짱을 꼈다. 아담은 그저 웃었다.

"시간 없다는 말 좀 그만해. 내 엄마는 내 마음대로 식사에 초대할 수 있으니까."

"내가 무슨 생각 하는지 알잖니."

간이 부엌이 딸린 작은 원룸 아파트 안을 꼼꼼히 훑어보면서 미리암이 대답했다.

"이 집에는 여자 손길이 필요해."

"나 혼자서도 잘할 수 있어."

"전혀 아닌 거 같은데. 이것 좀 봐라."

미리암은 예전에는 분명히 상태가 더 좋았을 화분 식물을 가리키며 나무라듯 말했다.

"너한테도 여자의 손길이 필요해. 어떤 남자도 여자가 없으면 안 돼."

"엄마! 그만! 엄마 때문에 얼굴이 빨개지잖아."

"내 말은, 엄마가 언제까지나 여기 있는 건 아니라는 거야. 너는 널 돌봐 줄 사람이 있어야 해."

두 사람은 입을 다물었다. 미리암의 말에 담긴 의미가 공기 중에 무겁게 매달려 있었다. 아담은 미리암이 최근에 받은 검사 결과를 아직 물어보지 못했다. 알고 싶지 않은 것 같기도 했다. 미리암이 헛기침을 하더니 어색하게 웃었다. 자기 때문에 일부러 웃는 것임을, 아담은 알았다. 그런 어머니가 너무나도 사랑스러웠다. 하지만 그 감정이 이 상황을 수월하게 만들어 주지는 않았다.

"직장에 새 동료들이 생겼다고 했잖아. 마음에 드는 사람 없어?"

"음, 사실 있어. 있는 거 같아. 특별한 사람이 있어."

"그거, 말해 봤어?"

"아니? 미쳤어? 내 생각에 그 사람은…… 복잡해질 거야. 아무튼, 여기에 어떻게 여자를 들여?"

아담은 스파게티 면을 삶은 물을 싱크대에 버리면서 파르스타에 위치한 자신의 자그만 아파트 내부를 둘러보았다.

"파!"

미리암이 물을 버리고 있는 아담의 뒤통수를 세게 때렸다.

"무슨 엉뚱한 걸 걱정하고 있어! 내가 널 그렇게 키웠니! 그리고, 그게 무슨 말이야? 여긴 여자 하나, 아이들 넷이 들어와도 끄떡없어. 네 아버지랑 내가 우간다에서 살았던 곳이랑 비교하면 여긴 궁전이야. 우리는…….."

"알아, 알아. 다시 말 안 해 줘도 돼. 맨날 흙바닥에 지은 오두막에서 살았던 것처럼 말하잖아."

"이 버릇없는 자식!"

미리암이 또다시 아담의 뒤통수를 세게 때렸다.

"아야. 스웨덴에서는 자녀를 이렇게 때리는 게 불법이라는 거 몰라?"

"말도 안 되는 소리. 내 배 아파서 낳은 자식이야. 내 맘대로 뭐든 할 수 있어. 네가 아무리 나는 다 자란 어른이다 해도 내가 한다면 엉덩이를 주걱으로 맞아야지 별수 있어?"

"그러니까 엄마는 여기서 손주 넷을 길러도 된다는 거지? 됐어, 그만 들을래."

"최소한 첫째는 낳을 수 있어. 서둘러야 해. 앞으로 더 어려질 일은 없을 테니까. 그리고, 이 이케아에서 사 온 그림들은 버려. 이런 게 걸려 있는 걸 보면 어떤 여자든 발을 들여놓으려다가도 도망가고 말 테니까."

미리암은 뉴욕시 공중에 높이 매달린 들보에 앉아 점심 먹는 건축 노동자들을 찍은 흑백 사진을 보면서 고개를 끄덕였다.

"이제 앉자."

아담이 웃으면서 뜨거운 스파게티가 가득 담긴 스튜 냄비를 식탁에 내려놓았다. 다진 고기를 넣은 소스 팬도 옆에 놓았다.

"애들 음식이네."

미리암은 그러면서도 접시 가득 스파게티를 덜었다.

"부엌에도 여자 손길이 필요할 것 같다."

두 사람은 잠시 아무 말도 하지 않고 스파게티를 먹었다.

아담이 물었다.

"병원에서는 뭐래?"

미리암은 아담의 시선을 피했다. 대신 파스타 집게를 들어 스파게티를 자기 접시에 더 덜었다. 그리고 웅얼거리듯 말했다.

"내일부터 치료 시작한대."

부엌 위로 침묵이 내려앉았다. 포크가 접시에 부딪히는 소리가 마치 대포 소리처럼 들렸다. 아담은 접시를 밀어 냈다. 더는 먹을 수가 없었다.

*

할아버지 집에 오는 날이면 밀다는 행복감에 마음이 설렜다. 엔훼데에 있는 빨간 집에는 어린 시절의 즐거운 추억들이 담겨 있었다. 빨간 집은 뒤콜라스 할아버지 그 자체였다.

할아버지는 밀다가 미처 두드리기도 전에 문을 열었다.

"좋은 아침이구나! 커피를 내려 놨단다!"

밀다는 화려한 제라늄과 수국이 가득한 복도로 들어갔다. 신발을 벗고 할아버지를 따라 부엌으로 가는 밀다의 얼굴이 살짝 굳어졌다. 할아버지가 큰 소리로 말하는 것은 작년부터 귀가 잘 들리지 않게 되었기 때문이었다. 그런 할아버지를 보면 어쩔 수 없이 할아버지의 나이가 생각났다. 밀다는 할아버지가 영원히 살 것이라는 망상을 품고 싶었다. 하지만 그녀는 그런 망상을 품으려야 품을 수 없는 사람이었다.

"앉아라. 피곤해 보인다."

식탁 위에 뜨거운 김이 나는 커피 잔을 놓으면서 할아버지가 소리쳤다.

"할아버지, 지금 소리치고 있어요!"

밀다도 소리쳤다. 할아버지가 세월의 풍파를 그대로 맞이한 주름진 뺨에 깊이 보조개를 만들면서 활짝 웃었다.

"아이쿠야. 내 귀가 예전 같지 않단다. 그래도 이 정도여서 다행이지. 눈이 안 보였을 수도 있잖니."

"프랑스 롤빵 사 왔어요."

종이 가방에서 작은 빵을 꺼냈다. 할아버지가 좋아하는 대로 불필요한 시즈닝은 뿌리지 않았다. 빵을 자르고 냉장고에서 가운데 선반에 있는 버터와 치즈를 가지고 왔다. 그리고 할아버지 맞은편에 앉았다.

할아버지는 버터에는 손도 대지 않고 그대로 빵을 들어 눈을 감고 한 입 베어 물었다.

"으음, 갓 구운 빵이구나. 이게 인생을 사는 맛이지."

그러다 할아버지의 표정이 심각해졌다.

"그래, 무슨 일이냐? 분명히 무슨 일이 있는 거야."

"아니, 아니에요."

밀다는 황급히 손을 저었지만 그런 시도가 소용이 없다는 건 이미 경험으로 충분히 알았다. 할아버지는 물러서지 않을 것이다.

"아디 때문이냐?"

밀다는 한숨을 쉬었다. 할아버지는 아픈 부위를 콕 집어 가리키는 데 능한 분이었다. 밀다는 빵에 버터를 바르고 집에 관한 아디의 요구를 간략하게 들려주었다. 할아버지는 눈을 굴리더니 주름진 손으로 밀다의 두 손을 잡았다.

"가족마다 썩은 사과가 하나씩은 있기 마련이지. 하지만 넌 좋은 사과야. 미오 사과. 사람들이 가장 맛있다고 하는 사과 말이야. 과즙이 풍부하고 향이 강하고, 딸기 맛도 살짝 나지. 스웨덴 품종과 영국 품종을 접붙인 건데, 두 나라의 사과가 지닌 장점을 모두 갖고 있어. 어머니 품종, 그러니까 우스터 페어메인의 아름다움과 아버지 품종인 오라니에의 섬세한 향미를 가지고 있지."

"그 동화 이야기에서 따 온 이름이에요? 아스트리드 린드그렌의 책이요?"

밀다가 웃었다. 아름다운 사과라는 비유가 마음에 들었다.

"그래, 바로 그거야."

할아버지의 눈이 빛났다.

"황금 사과. 그래. 사람들이 그렇게 부르지."

"그럼 아디는 어떤 사과예요?"

밀다의 질문에 할아버지는 콧방귀를 뀌었다.

"아디는 사과가 아니야. 코들링 나방이지. 사과 씨까지 파고들어 가는 나방."

"아이참, 할아버지. 아디도 할아버지 손자예요."

뮈콜라스 할아버지가 다시 콧방귀를 뀌었다.

"그렇지. 이건 가족을 대하는 옳은 방식이 아니지."

할아버지는 중얼거리더니 눈썹이 맞닿을 정도로 얼굴을 찡그렸다.

"그 나방하고 얘기를 좀 해 봐야겠다."

밀다는 할아버지를 흘끔 쳐다보았다. 할아버지가 이렇게까지 화를 낸 적은 거의 없었다. 할아버지의 표정을 보니 지금 아디는 곤경에 빠진 것이 분명했다.

할아버지가 다시 싱긋 웃었다.

"하지만 그것 때문에 여기 온 건 아니야. 아디 이야기만 하려고 온 건 아닌 거야."

밀다는 식탁을 내려다보았다. 그녀는 특별한 이유가 없어도 가끔 할아버지를 만나러 와야겠다고 다짐했다. 빠른 시일 내에. 빵만 사 들고 오는 게 아니라 베라와 콘라드도 데리고 올 것이다. 그러나 오늘은 아니었다.

"그래, 좋다."

할아버지가 말했다.

"내 전문 지식을 온실 너머의 세상에서도 사용할 수 있다면 좋은 일이지. 내가 부탁하는 건 단 하나야. 다시는 털 뭉치가 든 비닐봉지를 가져오지 말라는 거. 그건 아주⋯⋯ 독특했어."

밀다가 웃으며 고개를 저었다. 할아버지는 그녀의 일은 무엇이든지 쉽게 만들어 주는 재주가 있었다. 언제나 그랬다. 할아버지 옆에 있으면 어려운 일은 하나도 없었다. 할아버지가 없는 이 세상은 얼마나 끔찍할지, 그녀는 두려웠다.

밀다는 아침으로 먹던 빵을 옆으로 밀어 두고 사진과 미나에게서 받은 지퍼 백을 꺼냈다. 사진은 할아버지가 좀 더 자세히 살펴볼 수 있도록 크게 확대해 왔다.

"털은 아니에요. 이번에는 풀이에요. 쇠데르말름의 파트부르 공원에서 가져온 나뭇잎과 풀잎이요. 이 사진에 보이는 것처럼, 딱 한 곳의 풀밭만 다른 곳보다 녹색이 더 짙어요. 그 주위를 둘러싼 나무들도 짙은 녹색이고요. 공원의 다른 부분은 녹색이 더 옅어요. 도대체 무엇 때문에 이런 색상 차이가 나는 걸까요? 나무를 뚫고 도달하는 햇빛의 양이 다르기 때문일까요, 아니면 다른 이유가 있는 걸까요? 어떤 거 같아요?"

뮈콜라스 할아버지는 식탁에 떨어진 빵가루를 털어 내고 지퍼 백에서 식물을 꺼냈다. 그러고는 빛에 비춰서 찬찬히 살펴보고, 엄지와 검지로 살살 문지른 후 냄새를 맡았다.

"자라는 모든 생명에게 햇빛은 의심할 여지 없이 중요한 요소지. 하지만 식물에게는 해 못지않게 아래에 있는 요소들도 중요하단다. 토양 말이야. 토양은 장소마다 달라. 토양에 들어 있는 무기질, 영양소가 다르고, 수분 양도 다르지. 이 식물들의 잎이 좀 더 짙은 녹색인 이유는 다른 곳의 식물보다 엽록소를 더 많이 만들었기 때문이야. 어쩌면 이 녀석들이 자라는 곳은 다른 곳보다 질소가 더 많은지도 모르겠구나. 사진에 잡초가 많은 걸로 봐서 영양분도 다른 곳보다 더 풍부한 것 같다."

"그러니까, 지금 아주 좁은 지역 내에서만 토양의 화학 조성이 바뀌었다는 말이죠? 이렇게 한정된 곳에서 질소가 증가한 건 어떤 이유 때문일까요? 주변에 전선이 있어서? 구리 파이프 때문에? 온도가 달라서?"

"정확한 이유는 나도 모르겠구나. 그걸 알려면 토양 표본을 가져와서 살펴봐야 할 거야."

할아버지는 나뭇잎과 풀잎을 다시 조심스럽게 지퍼 백에 넣고 봉했다.

"그런데 왜 갑자기 광합성에 관심이 생긴 거니? 혹시, 베라 학교 숙제냐?"

그러나 밀다는 더 이상 할아버지의 말을 듣고 있지 않았다. 그녀는 끔찍한 생각 속에 빠져 있었다. 사람의 몸에는 질소가 2킬로그램 정도 들어 있다. 부패가 일어나는 동안 질소는 상당량 암모니아로 바뀐다. 그건 시신을 부검할 때 전문가로서 밀다가 언제나 경계해야 하는 사실이었다. 암모니아는 굳이 폐로 들여보내야 할 기체가 아니니까. 어쨌든, 질소가 암모니아로 모두 바뀐 뒤에도 땅에 묻힌 사람의 몸에는 주변 토양의 질소 함량을 50배가량 높일 수 있는 양이 남는다. 그 정도 양이라면 할아버지 말대로 많은 엽록소를 생성할 수 있다.

밀다는 나무 사이 풀밭을 크게 확대한 사진을 뚫어지게 쳐다보았다. 그 풀밭의 넓이는 2제곱미터 정도였다. 한 아이가 충분히 누워 있을 수 있는 크기였다.

*

경찰모는 햇빛으로부터 머리를 보호해 주었다. 그 덕분에 미나의 정수리는 불타지 않았지만, 모자 아래쪽의 열기는 더 이상 참을 수 없을 정도였다. 율리아는 오늘 모든 팀원이 정복을 입고 와야 한다고 했다. 사람들 눈에 노출되어 있으니, 경찰이 공무 중임을 알려야 한다고 했다. 미나는 그 주장에 동의한 것이 벌써 후회스러웠다. 공원에 있는 나무 밑으로 걸어가 모자를 벗었다. 살 것 같았다.

빈센트가 다가와 미나 옆에 섰다.

"율리아가 어떻게 이렇게 빨리 허가를 받을 수 있었을까요?"

빈센트가 물었다.

율리아는 바로 몇 미터 앞에서 아주 신중하게 풀밭을 한 겹씩 걷어 내고 있는 과학수사 전문가들과 나란히 서 있었다.

지표 투과 레이더 전문가들이 전파를 이용해 지하에 시신일 수도 있는 무언가가 있음을 확인했다. 이제 곧 수사 팀은 파트부르 공원의 풀밭 밑에 놓인 것이 무엇인지 알 수 있을 것이다.

땅을 파고들어 가기 전에 과학수사 팀은 하층이 변화하는 곳을 찾으려고 긴 막대를 찔러 넣었다. 어쩌면 무덤일 수도 있는 하부 공간의 윤곽을 파악하기 위해서였다. 그곳에 시신이 있다면, 그 시신은 무방비 상태로 놓여 있을 가능성이 컸다.

밀다는 미나에게 시신이 비닐 같은 것으로 덮여 있었다면 질소가 지상까지 올라올 수 없었을 거라고 했다. 따라서 과학수사 팀은 어느 정도 부패가 진행된 시신을 찾게 될 것이다. 시신을 훼손할 수는 없었기 때문에 이런 발굴에는 고고학 발굴에 버금가는 주의력이 필요했다.

"사실 화요일에 당신이 이 공원 이야기를 했을 때, 내가 율리아에게 어떻게 해서든 발굴 준비를 할 수 있게 해 달라고 했어요. 밀다가 전화해서 의심이 가는 점이 있다고 했을 땐 모든 게 준비가 된 상태였고요. 전체 팀을 동원하는 데 몇 시간이면 충분했어요."

"그러니까, 뭐죠? 우리 둘이 어제 여기 왔을 때 율리아는 이미 발굴 허가를 받은 거였군요. 그런데 그걸 나에게 말해 줄 생각은 없었고요?"

"음, 당신도 비닐 시트 때문에 내 엉덩이에 땀자국이 맺혔다는 걸 말해 주지 않았잖아요."

"그거랑은 다르죠. 아무튼 중요한 건, 일단 나는 당신의 엉덩이를 본다는 생각은 전혀 안 했어요. 그리고 신사라면 설령 숙녀의 엉덩이를 보았다고 해도, 그런 걸 언급하지는 않는 법이죠."

"그러니까, 봤다는 거죠? 지금 내 엉덩이를 봤다는 얘기죠?"

얼굴이 불타는 것처럼 빨개진 빈센트가 맹렬하게 기침을 했다.

"나는 늘 보디랭귀지를 눈여겨보는 편이거든요. 저 사람들, 풀밭에서 너무 오래 머무는 거 같지 않아요? 내가 가 봐야겠어요."

너무 짓궂은 건지는 몰라도 빈센트를 놀리는 건 미나가 가장 좋아하는 유흥이었다. 빈센트가 마음만 먹는다면 무시무시한 반격이 날아올 것이라는 생각이 들었지만, 빈센트를 놀리는 건 충분히 해 볼 만한 가치가 있었다.

"저 사람들에게 당신이 필요한 정도는 뭐랄까, 건축가에게 수영 강사가 필요한 정도일 거예요."

미나가 싱긋 웃으며 대답했다.

"하지만 당신이 옳아요. 그거랑 다르죠. 당신이 틀렸다고 생각했다면 나는 아무 말도 안 했을 거예요. 게다가 이런 발굴은 허가가 나올 때까지 몇 주가 걸려요. 아마 시청 관계자들은 관광객들이 공원에서 아이 시신을 발견하게 되는 것보다는 낫다고 생각했을 거예요. 율리아가 요청만 했으면 삽도 보내 줬을걸요. 사실 난 지금도 당신이 틀렸기를 바라요. 당신과 다른 방향으로 희망을 품고 싶어요. 왜냐하면 당신이 옳다면 정말로……."

"알아요. 나도 그런 건 생각하고 싶지 않아요."

그때 과학수사 팀 요원 한 명이 갑자기 팔을 흔들며 소리쳤다.

"여기요! 뭐가 있습니다!"

빈센트는 팔을 흔들고 있는 요원을 멍하니 보다가 어제 공원에서처럼 미나의 팔을 붙잡았다. 이번에도 빈센트는 자신의 행동을 의식하지 못하는 것 같았다. 미나의 피부 위로 빈센트의 피부가 느껴졌다. 하지만 짜증은 나지 않았다.

과학수사 팀 요원들과 함께 서 있던 율리아가 무엇을 발견했는지 보려고 몸을 앞으로 숙이고 있는 동안, 공기를 타고 찌릿한 암모니아 냄새가 넓게 퍼졌다.

율리아는 과학수사 팀 요원이 발견한 것을 가까이에서 보면서도, 자신이 보고 있는 것을 뇌로 받아들이는 데 시간이

걸리는 것 같았다. 아니, 받아들이고 싶지 않은 것 같았다. 율리아는 그 자리를 떠나 미나와 빈센트에게 다가왔다.

"반갑지 않은 결과가 나온 거 같아."

율리아가 미나에게 말했다.

"이런 상황에서 정치를 논해야 한다는 게 끔찍하지만, 유감스럽게도 그럴 수밖에 없어. 경찰서에서 벌어지는 정치는 우리 팀의 존재에 직접 영향을 미치니까. 이번 발견은 윗선의 소망과 정면으로 대치되는 결과야. 그들이 완성하고자 하는 직소 퍼즐에 들어갈 수 있는 조각이 아니야."

율리아는 멘탈리스트를 바라보았다.

"당신이 맞은 거 같아요, 빈센트. 축하해요."

*

율리아는 헛기침을 했다. 그녀의 아버지 외스텐과는 사적인 관계와 직업적인 관계 사이에 확실하게 감지할 수 있는 경계가 존재했다. 당연한 일인지도 모른다. 율리아의 아버지는 스톡홀름 경찰서장이니까.

"여기로 곤란한 신호가 계속 오던데, 율리아. 또다시 그…… 마술사의 말을 듣고 있는 것 같더구나."

"아버지. 그 사람, 마술사 아니에요."

율리아가 한숨을 쉬었다.

"멘탈리스트예요."

외스텐에게는 그런 구별이 전혀 의미 있는 차이를 만들지 못하는 것이 분명했다.

"우리에게는 아주 강력한 단서가 있어. 마우로 메예르라는 유력 용의자도 있고. 그리고 이 분야에서는 내가 너보다 훨씬 경험이 많다. 내 경험은 보통 가장 단순한 해법이 가장 옳은 해법이라고 말하고 있고 말이야. 이 두 번째 단서는…… 내가 너에게 이 수사를 그만두라고 직접 명령해야 하는 게 아닌가 싶다. 처음에 노바에게 조언을 구했다고 했을 때도 그런 고민을 했다. 하지만 적어도 그 사람은…… 음. 이건 완전히 통제를 벗어난 거지. 노바를 그…… 그 사람과 바꾼 건……."

율리아는 깊이 숨을 들이마셨다. 냉장고에 우유를 넣는 걸 잊어버려서 아버지에게 엄청나게 잔소리를 들었던 일곱 살 아이로 다시 돌아간 것만 같았다.

"아버지 말씀은 잘 들었어요. 하지만 우리가 몇 시간 전에 파트부르 공원에서 시신을 찾았다는 사실은 어디로 도망가지 않아요. 빈센트와 그의 가설 덕분에 찾은 거예요. 그러니까 그가 지적한 내용이 사실이 아니라는 말은 할 수 없어요."

"내가 그, 빈센트가…… 틀렸다고 하는 건…… 절대 아니다."

외스텐은 율리아가 대문 닫는 걸 잊어버려서 키우던 저먼

셰퍼드가 밖으로 나와 이웃집 카발리에 킹 찰스 스패니얼 강아지를 공격했을 때와 같은 목소리를 내고 있었다.

"한 가지 사실이 다른 사실을 기각하는 건 아니라는 거지. 그 사람의 결론이 옳을 수도 있지만, 그렇다고 메예르가 용의자라는 사실을 배제할 이유는 없는 거야. 네가 집중해야 할 건 메예르의 자백을 받아서 공범을 찾아내는 거다."

"하지만 메예르의 범행 동기는요?"

율리아가 의자 위에서 몸을 비틀었다.

"그거야 저절로 드러나겠지. 범행 동기는 언제나 있는 법이니까. 범행 동기는 밝혀질 수도 있고, 아닐 수도 있어. 어쨌거나 시작은 범죄 자체여야 해. 사실과 증거. 단단하면서도 명백한 것들이 시작점이 되어야 해. 식당에 숨겨 둔 피해자의 옷 같은 거 말이다. 그건 사실이니까. 내가 듣기로는 전처가 계속 메예르가 범인이라고 주장했다며. 그것도 사실이지. 그거 아니? 가끔은 우리 사회가 좀 더 경청했으면 하는 마음이 들 때가 있어. 하지만 이게 바로 우리가 다루어야 할 현실이란다. 안타깝게도."

외스텐은 유감이라는 듯이 고개를 저었고, 율리아는 입을 꾹 다물었다. 말해 봐야 소용없다는 걸 아니까. 그녀의 아버지가 아주 높은 말에 올라타 있을 때면 그 높이까지 목소리를 전달할 수 있는 방법이 없었다. 아버지는 선한 사람이었다.

정의롭기도 했다. 그러나 언제나 정해진 틀 안에서 생각해야 한다고 훈련받은 구세대 경찰이었다. 아버지의 시각에서는 틀에 맞지 않는 내용이라면, 그저 내용을 바꾸면 됐다. 그게 진리를 희생하는 일이 될지라도 말이다. 그리고 그것이 율리아가 종종 해야 하는 게임이었다. 경찰 전체를 지휘하고 규칙을 정하는 건 여전히 옛 경찰들이다. 경찰이 되었을 때 율리아는 자신이 들어가는 세계가 어떤 곳인지 알고 있었다. 다른 대부분의 경찰보다 훨씬 잘 알았을 것이다.

"터무니없는 일에 더는 시간 낭비하지 마라. 경찰이 해야 할 적절한 일을 하도록 해."

아버지의 목소리에 무시가 담긴 것으로, 율리아는 이 회동과 그에 따른 꾸중이 곧 끝나리라는 사실을 알 수 있었다. 아버지의 표정이 밝아졌다.

"그래, 우리 귀염둥이는 언제 볼 수 있는 거냐? 본 지 너무 오래됐어. 이제 하뤼도 충분히 집 밖에 나와도 되잖아."

외스텐은 일어서서 딸의 어깨를 팔로 감쌌다. 율리아는 어렸을 때 그랬던 것처럼 잠깐 아버지의 어깨에 기댔다. 그러고는 다시 몸을 똑바로 세웠다.

"수사가 모두 끝나면 데리고 올게요."

율리아는 아버지의 뺨에 입을 맞추면서 대답했다.

"걱정 마라, 율리아. 이제 곧 끝날 거다. 범인을 잡았잖니."

아버지의 말이 문을 나서는 율리아를 좇아왔다.

*

빈센트는 무대에 섰다. 오늘 밤, 내일 밤, 그리고 토요일에 공연이 있었다. 그러면 끝이었다. 이제 공연은 허리띠로 빈센트의 목을 조르는 장면에 이르렀다. 다행히 이제 세 번만 더하면 된다. 그 정도면 정말 충분했다. 지난 공연이 끝난 후에는 목에 생긴 붉은 자국을 화장으로 숨겨야 했다. 최근 공연에서는 초자연적인 것 외에 다른 것도 선보였다. 이제 그는 더 이상 영적인 세계와 접촉한다는 암시는 하지 않았다. 공연 방법은 동일했지만, 그 틀을 조금 더 특정한 주제로 축소했다. 그건 아마 지금 자신을 둘러싸고 있는 불쾌한 일을 헤치우려는 그만의 방식일 것이다. 그럼에도 그의 공연은 훨씬 더 강력해졌다. 사이비 종교라는 그의 새로운 주제는 큰 성공을 거두었다.

공연이 열리는 스톡홀름 오스카 극장에는 공연 시작 세 시간 전에 이미 도착했고, 준비 시간은 충분했다. 이제 막바지를 향해 달려가고 있는 만큼 빈센트는 완벽한 쇼를 하겠다고 결심했다. 이날 그의 조수들은 극장 로비에서 관객들을 맞이하면서 원하는 사람에게는 누구나 무료로 모자를 나누어 주었다. 흰색 바탕에 검은색 점을 찍은 모자였다.

관객석에는 적어도 50명이 그 모자를 쓰고 앉아 있었다. 잠시 쉬는 시간에 무대에서 내려간 빈센트는 입고 있던 셔츠 대신 그 모자와 똑같은 패턴이 새겨진 티셔츠로 갈아입고 다시 무대에 섰다.

"이렇게 많은 분이 아무것도 묻지도 않고 기꺼이 모자를 써 주셔서 감사합니다."

빈센트는 두 팔을 활짝 펴서 사람들에게 자신이 입고 있는 티셔츠를 보였다.

"저에게는 여러분이, 그러니까 이곳에 있는 857명의 관객이 이 도시에서 가장 똑똑한 사람들이라는 증거가 있습니다. 지금 여러분이 바로 이곳에 왔다는 사실이 바로 그 증거입니다."

물론 실없는 농담이었지만, 이런 아첨은 관객들에게 공동체 의식을 심어 주는 작용을 했다. 실제로 관객들 대부분은 흡족하게 웃고 있었다. 이제 빈센트는 그 공동체 의식을 파괴할 것이다.

"하지만 여러분 중에서도 한층 더 똑똑한 분들이 있습니다. 모자를 받은 분은 그렇지 않은 분보다 확실히 더 탐구적이죠. 제 생각이 그렇다는 게 아닙니다. 그건 그저 사실입니다. 모자를 받은 분들은 대부분 자신을 더 높은 단계로 발전시키는 데 관심이 있을 겁니다. 그분들의 집 책장에는 자기 계발서가

꽂혀 있을 테고, 자기 계발 강좌도 한두 개쯤은 들었을 겁니다. 모자를 쓴 분들은 그렇지 않은 분들이 성취하지 못한 독특한 사고방식을 공유하고 있는 겁니다."

모자를 쓴 사람 몇이 열심히 고개를 끄덕였고, 모자가 없는 사람 몇이 실망한 표정으로 팔짱을 끼었다. 우리 대 그들이라는 경계를 만드는 일은 쉬웠다. 방금처럼 바넘 진술을 이용하면 된다. 개인적이고 특별한 것처럼 들리지만 사실은 보편적인 이야기를 하는 것이다. 또 모자를 쓴 사람들을 볼 때면 목소리를 좀 더 부드럽게 하고 좀 더 많이 웃어 준다. 그러면 거의 그 즉시 바넘 진술의 효과가 나타난다.

"여러분처럼 독특하면서도 열린 마음의 소유자들은 의사소통하는 수준도 아주 특별합니다. 저와 여러분은 독특한 정신 영역을 공유하고 있습니다."

더 많은 아첨. 완벽한 헛소리. 이 진술을 '독특한 정신 영역'이라는 말로 시작했다면 그 누구도 진지하게 받아들이지 않았을 것이다. 그러나 방금 빈센트가 한 말들은 다른 때였다면 관객이 동의하지 않았을 주장을 그들이 받아들일 수밖에 없도록 고안한 절차대로 흘러나왔다. 그런 말들이 사람들에게 영향을 미치는 속도는 무서울 정도였다. 고작 말만으로도 사람들은 그런 생각에 휘둘렸다.

"이런 말들이 이상하게 들리리라는 것을 압니다."

빈센트는 사과하듯이 웃었다.

"하지만 이건 여러분이 실제로 훈련 가능한 자질입니다. 바로 마음과 몸을 분리하는 것입니다. 직접 보여 드리죠."

빈센트는 마음을 다잡았다. 이제 허리띠를 맬 시간이었다. 조수가 모자를 쓴 관객 한 명을 무대로 데리고 올라왔고, 두 사람은 빈센트 옆에 있는 의자에 앉았다. 빈센트가 목에 허리띠를 두르자 웅성거리는 소리가 관객석으로 퍼져 나갔다.

"이 허리띠는 제 몸과의 연결을 끊기 위한 장치입니다. 문자 그대로, 그리고 상징적으로 말이죠."

잔뜩 목이 졸린 목소리였다. 빈센트는 모자를 쓴, 몹시 겁에 질려 있는 관객에게 손을 내밀었다.

"제 맥박을 짚어 주세요. 맥박이 느려지는 순간이 언제인지 확인해 주시고요. 그럼 이제 저는 우리의 공유 의식으로 들어가 보겠습니다."

망할 허리띠 때문에 언제나처럼 목이 아팠다. 이번 주가 지나면 다시는 하지 않을 것이다. 나머지 과정은 거의 비슷했다. 빈센트는 팔에서 맥박을 멈추고 의식을 잃은 척했다. 몇 분 안에 남자의 어린 시절로 들어가서 몇 가지 기억을 보고 왔다고 말할 테고, 남자가 그 누구에게도 말하지 않은 비밀 몇 가지를 언급할 것이다. 그러면 정말로 빈센트와 이 남자가 같은 생각을 공유하고 있는 것처럼 보일 것이다.

하지만 진실은 바넘 진술과 순수한 추론, 남자의 옷, 표정과 몸짓이 말해 주는 정보, 남자가 빈센트가 말하는 내용을 '해석'해 줄 수밖에 없게 만드는 모호한 진술의 조합일 뿐이었다.

빈센트가 묘사하는 내용이 무대에 오른 사람의 기억과 일치하지 않으면 그때는 사과하고, 의식을 공유하고 있는 또 다른 사람의 기억을 꺼내 온 것이라고 변명하면 된다. 그러면 늘 관객석에서 모자를 쓴 누군가가 크게 놀라며 그건 자기 기억이라고 중얼거렸다.

모든 과정이 끝나면 빈센트는 목에 두른 허리띠를 살짝 풀고 다시 팔에 맥박이 잡히게 했다.

"집중해 주셔서 감사합니다."

빈센트는 의자에 앉은 모자 쓴 남자에게 말했다.

"지금 제가 보여 드린 능력은 사실 여러분 모두가 가지고 있는 재능입니다. 저는 우리의 공유 의식에 접촉할 수 있는 방법을 알려 드리는 입주 강의를 진행하고 있습니다. 2주 동안 함께 지내면서 그 방법을 익힐 수 있게 도와드리는 수업입니다. 하지만 분명히 경고해 드리고 싶은 게 있습니다. 아주 비싼 강의라는 거죠. 이제 열 자리 남아 있습니다. 혹시 관심이 있는 분 계신가요?"

빈센트의 말이 끝나자마자 스물다섯 명이 손을 들었다. 빈센트는 생각에 잠긴 듯이 고개를 끄덕였다. 그리고 되도록 오래 기다리게 하기 위해 속으로 열까지 셌다.

"이게 바로 사람들을 사이비 종교에 끌어들이는 방법입니다."

빈센트가 천천히 말했다.

객석이 쥐 죽은 듯이 조용해졌다.

새로운 감정이 객석으로 파도처럼 퍼져 나갔다. 샤덴프로이데*와 방금 목격한 사실 덕분에, 모자를 쓰지 않은 사람들은 배제되었다는 감정이 사라지고 의기양양해지기까지 했다. 그에 반해 모자를 쓴 사람들은 선택되었다는 감정이 배신을 당했다는 기분으로 바뀌었다. 그들은 빈센트를 믿었다. 그런데 그가 갑자기 자신들을 내동댕이쳐 버린 것이다. 빈센트는 감정이 사람들을 완전히 장악하기 전에 사고방식이 이성적으로 작동할 수 있도록 5초 동안 기다렸다. 빈센트가 구사하는 기술은 관객이 그를 미워하게 되기 전에 쓴 약을 꿀꺽 삼키게 하는 것이었다.

"죄송합니다."

그는 최대한 멋쩍은 표정을 지었다. 물론 이 또한 연극이었다.

"어째서 이런 일을 한 건지 설명하기 전에 한 가지는 분명히 하고 싶습니다. 저는 정말로 여러분 모두가 지적인 분들이라고 믿습니다. 정말 한 분, 한 분 모두가요. 모자를 쓴 분과

---

* 다른 사람의 불행을 보면서 느끼는 불편한 기쁨

쓰지 않은 분 다 조금도 다르지 않습니다. 다른 집단보다 더 똑똑하거나 더 어리석은 집단은 없습니다. 유일한 차이라면 여러분 가운데 몇 분은 제 조수가 드린 모자를 받았다는 것뿐입니다. 하지만 그런 소품도 자신이 어딘가에 소속되어 있다는 유대감을 느끼게 합니다. 물론 그 감정도 제가 여러분에게 강화시킨 감정이죠. 저희가 드린 모자는 개인의 정체성을 제거하는 데 도움을 주었습니다. 이것이 바로 사이비 종교의 아주 중요한 시작점입니다. 집단의 일부가 되는 것이죠. '공유 의식'? 이건 완전히 쓰레기 같은 용어입니다. 그러나 사이비 종교는 공동체 의식을 강화하려고 자기 단체에서만 쓰는 용어를 만듭니다."

이제 모자를 쓰고 있던 사람들은 대부분 모자를 벗었다. 그들은 불편한 듯이 몸을 비틀고 있었다.

"다시 한번 말씀드리죠. 모자는 누구나 받을 수 있습니다. 제가 무슨 말을 했든, 여러분들 사이에 차이는 없습니다. 심지어 여러분과 저 사이에도 전혀 차이가 없습니다. 여러분이 방금 보신 건 그저 심리적인 속임수와 기술을 결합한 것뿐입니다. 하지만 이것만으로도 사람들이 큰돈을 내고 저와 함께 살기로 결정하도록 유도할 수 있습니다. 그러니까 제가 말하고 싶은 것은 이겁니다. 거짓 예언자들을 조심하라."

한밤의 여흥을 강연으로 바꾸려는 의도는 없었다. 그래도 가끔은 어쩔 수 없었다. 이걸 만회하려면 다음 공연은 아주 다채로워야 할 것이다.

"그럼 이 상징은 아무 의미 없는 겁니까? 이 검은 점들은요?"

누군가가 모자를 흔들면서 물었다.

"아, 그 점들요."

빈센트가 장난꾸러기처럼 윙크를 하면서 대답했다.

"그건 브라유 점자입니다. 뜻은 '나는 여러분의 머리에 복종한다'이고요."

관객들 모두 다시 평온을 찾으며 크게 웃었다. 빈센트도 관객석을 둘러보면서 웃었다. 여차하면 관객들은 빈센트가 너무 지나쳤다고 생각할 수도 있었다. 하지만 지금 당장은 속이기가 훨씬 어려워진 857명의 관객이 있었다.

조명이 바뀌는 순간 빈센트의 눈에 갑자기 낯익은 얼굴이 들어왔다. 공연하는 동안에는 와 있다는 사실을 눈치채지 못했다. 발코니석 1열에 노바가 앉아 있었다. 노바는 웃지 않았다. 손뼉도 치지 않았다. 그저 팔짱을 낀 채 빈센트를 물끄러미 바라보고 있었다.

노바는 일어서서 관객석을 떠났다.

*

대기실로 돌아가니 빈센트를 기다리는 사람이 있었다. 소파에 앉아 있는 사람을 보는 순간 자신도 모르게 빈센트는 부르르 몸이 떨렸다. 그곳에 누군가 있으리라는 생각을 하지 못했다. 지금껏 그 누구도 대기실에서 빈센트를 기다린 적이 없었다.

"미안해요. 놀라게 할 생각은 없었는데."

빈센트의 반응을 본 노바가 말했다.

"보안 요원이 들어가서 기다려도 된다고 하기에."

대답하기 전에 잠시 마음을 추슬러야 했다. 순간 빈센트는 안나가 돌아온 줄 알았다. 타투를 새긴 안나. 빈센트의 스토커 안나가. 안나와 노바는 완전히 다르게 생겼는데도. 탁자 위를 보았다. 공연을 하는 동안 누군가 탁자 위에 사탕 그릇과 생수 세 병을 놓고 갔다. 마치 고의로 빈센트를 괴롭히려는 것 같았다.

"아, 아니에요. 지난 순회공연 때 무대 뒤에서 이상한 짓을 하던 스토커가 있었거든요. 그 스토커는, 직접 만나도 봤는데 …… 해결이 잘되지는 않았어요. 그 사람 방에 내 사진이 하나 가득이더군요. 제단까지 있고요. 그래서 아직 조금 신경이 예민한 상태예요. 그리고 여기는 보통 내가 혼자 있는 방이니까."

빈센트는 바닥을 흘끔 쳐다보았다. 원래 계획은 문을 잠그고 바닥에 잠시 누워 있는 거였다. 하지만 지금 그 계획대로 한다면 노바가 그를 이상하게 여길 것이 분명했다. 게다가 물병 세 개를 어떤 식으로든 처리해야 했다. 노바의 맞은편에 앉으면서 빈센트는 속으로 숫자에 대한 자신의 광적인 집착을 신랄하게 욕했다. 그래도 에피쿠로스의 이름을 언급하지는 않았다. 거의 그럴 뻔하긴 했지만.

"방해할 생각은 아니었어요. 그저 잠깐 들러서 인사나 하고 가려고 했죠. 매력적인 공연을 볼 수 있게 해 준 걸 감사도 하고요. 재미있었어요."

"그랬나요? 조금, 화가 나 보이던데요. 왜냐하면…… 음, 내가 마지막에 한 말 때문에요. 영적 지도자와 사이비 종교에 관한 거 말이에요. 물 드실래요?"

노바는 고개를 저었다. 젠장. 빈센트는 물 한 병을 없애고 싶었다.

"내가 왜 화를 내야 하죠? 당신 말이 맞아요. 그리고 그런 구분은 아주 중요하다고 생각해요. 사람들에게 내가 운영하고 있는 건설적이고 참된 정신 운동과 유해하고 사람들을 속이는 사이비 종교의 차이를 가르치는 건 당연히 아주 좋은 일이죠."

빈센트는 자신에게 그 둘을 구분하려는 의도가 있었는지 확신이 서지는 않았지만, 아무 말도 하지 않았다.

"아무튼, 당신이 관심이 있을 거 같아서……."

노바가 가방을 열었다. 루이뷔통 가방이었다. 그녀는 에피
쿠라 로고가 찍힌 소책자를 꺼내 빈센트에게 내밀었다.

"언제든 날 만나러 오고 싶으면 와요."

빈센트가 소책자를 펼쳤다. 첫 번째 페이지에 인용한 글이
기울임꼴로 적혀 있었다.

*에피쿠로스의 가르침은 언제나와 마찬가지로 새로운 세대
에도 옛 세대들에게 그렇듯이 당연히 적용할 수 있다. 사람
들의 그 불안은 혜성과 같아야 한다. 그보다 거대한 별 스
치는. 너무나도 빨라 감지할 수 없는 고요한 인생은 삶을
정화한다. 아무것도 소망하지 말아야 한다. 우리는 고통은
피하고 그 무엇도 소망하지 말아야 한다. 소망하는 삶은 고
통이고, 우리가 바라는 삶은 무고통의 삶이라는 것은 자명
하다. 우리는 위대한 성공을 주는, 성공을 허락하는 삶을
소망한다. 세상에 존재하는*

욘 벤하겐

"이 글은 당신 웹 사이트에서 읽었어요. 당신 아버지도 에
피쿠로스 학파인 줄은 몰랐군요."

"에피쿠라의 철학 대부분은 할아버지가 정립하신 거예요.
아버지는 할아버지를 도우면서 글을 쓰거나 하기는 했지만,

할아버지의 철학을 완전히 공유하지는 않았어요. 그건 아버지가 마지막으로 쓴 거예요……. 사라지기 전에."

"사라졌다고요? 사고로 돌아가신 거 아닌가요?"

노바의 얼굴이 창백해졌다. 노바는 고개를 숙였다.

빈센트는 입을 꾹 다물었다. 노바는 아버지의 죽음을 그렇게 명확한 용어로 표현하고 싶지 않았던 것이 분명하다. 그런데 빈센트는 노바에게 그런 단어를 무심히 내뱉었을 뿐 아니라 아직도 고통스럽게 느껴질 사고의 기억을 떠오르게 했다. 사람의 마음을 읽을 수 있다고 주장하는 멘탈리스트가 그런 일을 하다니, 정말 잘하는 짓이다.

"사고가 나고 2주 동안 경찰이 수색했어요. 시신은 못 찾았죠. 물론 아버지가 돌아가신 건 알아요. 하지만 내 안의 작은 부분은, 그 자동차 안에 있었던 소녀는, 여전히 아버지가 돌아오시기를 바라는 거예요. 그저 머리카락만 조금 젖은 멀쩡한 모습으로 말이에요."

빈센트는 죽음 속에서 일어나 머리에 해초를 달고 노바의 집 초인종을 누르는 욘 벤하겐의 이미지를 떨쳐 내고 싶었다. 물론 노바가 그런 의미로 말한 게 아닌 건 알았다. 하지만…….

"당신 아버지는 시인이셨나 보네요."

화제를 바꾸기 위해 빈센트가 소책자의 글을 가리키면서 말했다. 노바가 웃었다. 빈센트의 시도가 성공한 것이 분명했다.

"굳이 예의를 차리려고 애쓸 필요 없어요. 외부인은 그 뜻을 잘 이해하지 못할 테니까요. 아버지는 일정한 수의 어절만을 사용해야 한다는 규칙을 지키면서 그 글을 썼어요. 미리 정한 수보다 더 많지도 적지도 않게요. 아버지는 종종 그런 식으로 자신의 창의력을 시험하셨죠. 그 결과는 상당히······ 아무튼 우린 지금도 아버지의 유산을 기리려고 그 글을 써요. 주소는 그 책자 뒤에 있어요. 언제든 마음 내키면 들러 주세요. 아까는 마시지 않겠다고 했지만, 지금은 한 병 마셔도 될까요?"

노바가 탁자 위에 있는 물병을 가리키며 말했다. 마침내.

"그럼요."

빈센트는 소책자를 내려놓고 최대한 평온하게 대답했다. 노바는 그릇 안에 있던 병따개로 물병 뚜껑을 땄다. 빈센트는 자신이 참고 있는지도 몰랐던 숨을 내쉬었다. 그리고 빈 컵을 가져가 수돗물을 받았다.

"그런데, 나도 당신이 관여한 경찰 수사에 참여했어요. 아이들이 살해된 사건 말이에요."

빈센트가 다시 앉으며 말했다.

"당신의 의견이 아주 흥미롭더라고요. 아동 살인 뒤에 조직화된 집단이 있을 거라는 생각 말이에요. 그런데 보통 극단적인 행동을 하는 단체는 사람들 눈에서 벗어나 있고 싶어 하지 않나요?

이 집단은 오히려 사람들 눈에 띄려고 애쓰는 거 같아요."

노바는 빈센트에게서 눈을 떼지 않은 채 병째 들어 물을 마셨다. 노바의 입술에 완벽하게 올라가 있는 립스틱은 물병에 조금의 흔적도 남기지 않았다.

"자신들은 보이고 싶지 않지만, 자신들이 남긴 메시지는 보이고 싶은 걸 수도 있죠."

노바가 대답했다.

"그게 무슨 메시지죠? 당신이 말한 물 가설 말인가요? 이런 말을 하게 돼서 미안하지만, 그건 더는 말이 되지 않아요. 경찰이 오늘 아침에 파트부르 공원에서 또 한 아이를 찾았어요. 아직 부검은 하지 않았다고 하는데, 난 그 아이도 다른 아이들과 연결되어 있을 거라고 확신하거든요. 그런데 그 공원은 물가에서 아주 멀리 떨어져 있잖아요. 분수는 있지만."

빈센트를 바라보던 노바가 눈을 빛내며 웃었다. 노바라는 존재가 대기실을 가득 채우고 있는 것 같았다. 그런 사람에게 강렬한 인상을 받는 건 어쩔 수 없는 일이었다. 빈센트 자신도 그렇게 강하게 사람을 끌어당기는…… 자석 같은 존재가 되고 싶었다. 자석보다 노바를 더 잘 설명하는 단어는 없었다. 솔직히 말해서 노바가 아주 오래전부터 방송에 출연하지 않은 건 이상한 일이었다. 아마도 섭외를 거절했을 것이다. 노바는 필요 이상으로 주목 받고 싶어 하지 않는 것 같았는데, 그건 대중을 상대로 이야기해야 하는 직업을 가진 사람으로서는 상당히 드문 태도였다.

"난 그 발견이 내 가설을 확증해 준다고 생각해요. 당신이라면 파트부르 공원이 호수였다는 걸 잘 알 텐데요. 6세기 전쯤 스톡홀름 한가운데에는 호수가 있었죠. 아주 중요한 호수였어요. 그 호수에서 사람들은 식수를 얻고 물고기를 잡았으니까."

노바의 말이 옳았다. 파트부르 공원은 스톡홀름의 가장 중요한 수원水源이 남긴 유물이었다. 그걸 잊어버리다니, 부끄러웠다. 페테르에게 그 이야기를 해 주었다면 분명히 좋아했을 텐데.

"17세기 말 그 호수는 완전히 쓰레기와 오물로 가득 차서, 더 이상 호수가 아닌 습지라고 부르게 됐죠. 아주 끔찍한 냄새가 났다고 전해져요. 그 주변에 남부 기차역과 건물들을 세우던 19세기 중반에 들어서는 물을 빼고 메워 버렸어요. 그곳은 도시를 건설하기 200년 전까지는 물이 있던 곳이에요. 지금은 공원이 됐지만요. 시신을 찾은 곳이요. 왜 그렇게 웃어요?"

빈센트가 크게 웃었다. 그는 자신이 웃고 있는지도 몰랐다. 노바도 함께 웃었다. 아찔한 매력을 발산하는 웃음이었다. 그로서는 자신의 가설이 아니라 노바의 가설이 옳을지도 모른다는 생각을 할 수밖에 없었다. 그러나 정말로 그랬다면, 빈센트의 가설이 틀린 결론이었다면 그 다음에 일어날 일을 알아낼 수 없었을 것이다. 하지만 가설이 옳았기 때문에 빈센트는 처음보다 살인자를 더 잘 이해할 수 있게 되었다.

노바가 일어나더니 빈센트의 팔에 손을 올렸다.

"우린 당신이 생각하는 것보다 더 비슷해요. 내가 조금 더 똑똑한 것뿐이죠. 조만간 한번 들러요. 주소 알죠?"

*

페데르는 그날 아침, 헤르만이 출근할 때에 맞춰 상점에 도착했다. 금요일 오전에는 그 주에 남은 재고를 정리하면서 보내기 때문에 상점은 오후에만 영업했다. 하지만 헤르만과의 통화 내용을 생각하면 손님이 오기 전에 일을 처리하는 게 최선이었다.

페데르는 유리 진열대 위에 몸을 숙이고 짙은 파란색 천 위에 놓여 있는 그 물건을 유심히 살펴보았다.

"어제 전화해 줘서 고마워요."

페데르가 말했다.

"무슨 말씀을. 당신네 경찰이 그 공문을 보내자마자 이 시계를 알아봤다니까요. 하루쯤 빨리 왔으면 좋았을 텐데. 그래도 오실 때까지 계속 지켜봤지요……."

헤르만이 만족스러운 듯 배를 두드렸다. 페데르는 전당포 주인인 헤르만을 수년간 여러 차례 만났는데, 그는 경찰에게 도움을 줄 때마다 정말 기뻐했다.

"그러니까 각인도 있다는 거죠?"

헤르만이 밝게 웃으며 시계를 뒤집었다.

"알란 발테르손에게, 60번째 생일을 축하하며."

페테르가 시계 뒤에 새겨진 글을 읽었다. 알란 발테르손. 오시안의 할아버지, 프레드리크의 아버지였다.

헤르만의 몸은 계산대 뒤를 간신히 통과해 다녔다. 해마다 불어나기만 하는 그의 둥근 배 때문이었다. 페테르와 경찰 동료들은 언젠가 자신의 가게 계산대에 낀 그를 빼내 주러 출동해야 할지도 모른다고 농담을 하고는 했다.

"이게 다인가요?"

페테르가 나머지 물건을 살펴보면서 물었다.

"혹시 팔아 버린 건 없죠?"

손목시계 옆에는 금반지, 진주 브로치, 비스마르크 체인 목걸이가 놓여 있었다.

"전혀요. 이게 전부예요. 나는 훔친 물건은 취급하지 않아요. 그래서 이게 그 물건이라는 생각이 들자마자 전화를 한 거지요. 우리 부친이 경찰이었다는 거 알잖아요. 법은 지켜야한다고 배우면서 자랐어요."

"그건 늘 고맙게 생각해요."

페데르가 헤르만의 어깨를 두드리면서 말했다.

"자, 그럼 이제 최종 상금이 걸린 마지막 문제 드릴게요. 이걸 가져온 사람은 누구일까요?"

"아, 어쩌면 우리 둘 다 아는 사람일 수도 있겠는데요."

헤르만이 싱긋 웃었다.

"그래서 더 신중히 대답해야 할 거 같아요."

그러더니 입을 다물었다. 헤르만이 추는 이 특별한 춤은 페데르에게는 아주 익숙했다. 헤르만은 언제나 이런 상황을 최대한 즐기려고 했고, 페데르는 그가 즐기게 내버려 두는 게 행복했다. 페데르는 작은 전당포 안을 둘러보았다. 그의 내면에 있는 어린아이의 즐거움을 깨우는 물건들이 여기저기 있었다. 구식 브라운관 TV, 보석, 다이빙 키트, 먼지 쌓인 우표책, 오소리 헝겊 인형처럼 보이는 무언가.

"누군지 알기 싫어요?"

헤르만이 교묘한 눈빛으로 페데르를 바라보았다.

"알고 싶어요."

페데르가 고개를 끄덕이면서 말했다.

"헤르만, 정말 알고 싶어요."

"그럼 먼저 내가 내는 수수께끼를 맞혀야 해요."

"다른 방법은 없는 거예요?"

페데르가 웃으며 대답했다.

"좋아요. 오늘의 수수께끼는 뭔데요?"

헤르만이 낄낄거렸다.

"오늘의 수수께끼는 이거예요. 언제든 돈을 찾을 수 있는 곳은 어디일까요?"

"음, 어려운 문제네요."

페테르는 수염을 긁으며 생각했다. 보통은 금방 답이 떠올랐는데, 오늘은 쉽게 떠오르지 않았다. 한숨이 나왔다.

"모르겠어요, 헤르만. 포기할래요."

헤르만은 극적인 효과를 내려고 잠시 기다렸다.

"정답은! 사전이지요."

그는 숨이 막혀 꺽꺽거릴 정도로 신나게 웃었다. 페테르도 웃으며 고개를 저었다.

"그런 수수께끼는 대체 다 어디서 가져오는 거예요? 정말 이 멍청한 경찰이 불쌍하지도 않아요? 그런데 도대체 누구예요? 상습범이에요?"

"그렇지. 단골손님이에요. 뚱뚱하고……."

헤르만이 고개를 끄덕이며 키득거렸다. 페테르는 얼굴을 찡그렸다. 알아맞힐 수 있을 것 같았다. 뚱뚱하고……. 페테르의 얼굴이 갑자기 밝아졌다.

"마테! 마테 스코글룬드!"

"이해가 빠르군요."

헤르만은 만족스러운 듯 배를 두드리면서 말했다. 그는 천 위에 놓인 장물들을 손으로 가리켰다.

"좋은 물건들이에요. 혹시 이 물건들……."

"미안해요, 헤르만. 모두 가져가야 해요. 왜인지 알잖아요. 다음에 다른 수수께끼도 얘기해 줘요."

"선생이 면도를 하고 오면 생각해 보죠."

헤르만이 껄껄 웃으며 대답했다.

"좋은 주말 보내세요!"

전당포 밖으로 나오자마자 페데르는 휴대폰을 꺼냈다.

"여보세요, 아담. 페데르야. 벨만스가탄에 있는 오시안 집의 가택 침입 관련 음모론은 모두 기각해야 할 거 같아. 평범한 절도범이었어. 마테 스코글룬드라고. 맞아. 정확해. 순찰대에게 그자를 감시하라고 해야겠어. 그래도 훔쳐 간 건 모두 회수했어. 오시안의 부모님에게 돌려줄 수 있게 됐네."

페데르는 전화를 끊었다. 그리고 크게 웃었다. 사전이라니. 그건 정말 재미있었다.

*

"잘 해결했어요."

밀다가 덤덤한 목소리로 말했다. 부검실에서는 샬로테 페렐리의 '원 사우전드 앤드 원 나이츠'가 흘러나왔고, 검시관은 무심결에 한번씩 노래를 따라 부르며 흥얼거렸다. 언제나처럼 로케는 밀다의 지시가 있을 때면 언제라도 튀어나올 만반의 준비를 하고서 조용히 그늘 속에 몸을 숨기고 있었다.

"내가 한 게 아니에요. 빈센트가 한 거죠."

미나는 멘탈리스트를 흘긋 쳐다보면서 말했다. 왜인지는 모르지만 오늘 아침에 만난 빈센트의 목에는 희미하게 붉은 줄이 나 있었다. 사실 빈센트가 수사에 참여한 뒤로 가끔 저런 흔적이 보이긴 했다. 왜 그런지 이유를 물어봐야겠지만, 일단 지금은 아니었다.

빈센트는 부검대 위에 있는 시신을 뚫어지게 응시하고 있었다. 이곳에 오기 전에 미나는 빈센트에게 정말로 부검실에 가도 괜찮겠느냐고 여러 번 물었다. 어른의 시신일 때도 충분히 충격적인데, 아이 시신은 그보다 열 배는 더 끔찍했다. 빈센트는 괜찮다고 했다. 하지만 얼굴이 평소보다 훨씬 창백한 것으로 보아 전혀 괜찮지 않은 것이 분명했다.

"방금 다시 봉합했어요."

밀다가 장갑을 휙 잡아당겨 벗었다.

"어때요? 다른 아이들 상처하고 같아요?"

미나는 부검대 위에 있는 이름 모를 소년에게서 고개를 돌렸다. 그 아이를 모른다는 사실이 직무 유기처럼 느껴졌다.

이 아이는 어딘가에서, 누군가가 오래전에 잃어버린 아이일 것이다.

빈센트는 위장의 내용물이 목까지 왔다 갔다 하는 것처럼 일정한 주기로 무언가를 꿀꺽 삼키고 있었다. 그러나 미나가 침착한 태도를 유지하고 있다고 해서, 이 상황을 빈센트보다 잘 대처하고 있는 것은 아니었다. 죽은 아이들은 언제나 너무나도 끔찍하게 잘못됐다는 기분을 느끼게 했다. 그런데 그런 아이들이 벌써 네 명이나 됐다.

"한동안 매장되어 있었으니, 상황이 조금 달라요."

밀다가 음악 소리를 낮추면서 대답했다.

"우리에게 유리한 건 이 시신이 땅속에 있어서 부패하는 데 시간이 조금 더 걸렸다는 거예요. 땅 밑은 온도가 더 낮고 파리도 없으니까요. 그렇지만 그걸 감안해도 부패가 꽤 진행됐어요. 피부는 여러 층으로 나누어졌고요. 이런 경우는 작업하기가 까다로워요. 조직은 시랍화가 시작됐고요. 하지만, 맞아요. 이 아이도 다른 아이들과 비슷한 점이 아주 많아요."

밀다는 입을 다물었다. 샬로테 페렐리가 조용히 '유 아 인 마이 드림스'로 넘어갔다. 다시 침을 삼킨 빈센트가 입을 열었다.

"얼마나 비슷한가요?"

거칠고 쉰 목소리가 흘러나왔다.

"아주 비슷하다고 말해야겠죠."

밀다가 대답했다.

"폐에 같은 흔적이 있어요. 다른 희생자들에게서 발견한 것과 동일한 섬유가 목에 있었고요."

밀다는 분석실로 보낼 표본들을 담아 놓은 금속 트롤리를 고갯짓해 가리켰다.

"그러니까, 같은 살인범의 짓이라는 건가요?"

"그건 내가 대답할 수 있는 질문이 아닌데요. 그 질문은 당신들이 답해야죠. 하지만 아까 말했듯이 검시관으로서 내가 받은 인상은, 살해 방법이 상당히 비슷하다는 거예요."

미나는 천천히 고개를 끄덕였다. 곁눈으로 보니 빈센트는 이곳을 나가야 할 것 같았다. 미나가 이제 가야 할 시간이라고 말하려 하는데 빈센트가 입을 열었다.

"언제인가요? 언제 살해된 거라고 생각하세요?"

밀다는 이마에 주름이 생길 정도로 얼굴을 찡그린 채 부검대 위에 있는 시신을 보았다.

"대답하기 어려운 질문이네요. 지금으로선 추정으로밖에 답해 줄 수가 없어요. 내 생각에는 두 달 이상 매장되어 있었을 것 같지는 않아요. 하지만 그건 정말 추정으로만 받아들여 줘요. 시랍화가 시작된 시신은 다루기 쉽지 않거든요. 음, 사실 시랍화가 도움이 될 때도 있어요. 시신에 빠른 속도로 왁스가 생기면 눈에 띄는 상처를 보존해 주니까요. 안타깝게도 이 시신에게는 해당하지 않았어요. 아, 시신 가까이에 이게 있었어요. 플라스틱은 부패하지 않으니까 이걸로도 사망 시간을 추정할 수는 없지만요."

밀다는 옆에 있는 투명한 상자를 가리켰다. 거기에는 빨간 색과 파란색으로 칠해진 장난감이 여러 개 있었다.

빈센트가 상자 앞으로 걸어가 들여다보았다. 뺨에 조금 혈색이 돌아와 있었다.

"레고 자동차네요."

빈센트가 휴대폰을 꺼내면서 말했다.

"혹시 괜찮으면……."

미나가 고개를 끄덕이자 빈센트는 사진을 찍기 시작했다. 빈센트가 레고에 보이는 관심은 밀다가 시신에 보이는 관심 만큼이나 커 보였다.

"이 아이의 장난감일까요?"

미나가 물었다.

"그렇지 않다고 생각할 이유는 없죠."

밀다가 대답했다.

"물론 굳이 시신과 함께 묻었다는 건 조금 이상하지만, 이 사건 자체가 이상한 일이잖아요."

미나는 고개를 끄덕였다. 밀다의 말은 미나가 인정하고 싶은 것보다 훨씬 많은 진실을 담고 있었다. 방금 찍은 사진을 뚫어지게 바라보면서 빈센트가 두 사람에게 되돌아왔다.

"고마워요, 밀다."

미나가 말했다.

"표본을 분석하는 즉시 연락해 줘요. 결과 나오면 하나도 빠짐없이 전달해 주세요. 아주 사소한 것도요. 지금 단계에선 최대한 많은 정보를 모아야 해요."

"그럴게요."

단호한 목소리로 대답한 밀다는 조수를 향해 고개를 끄덕였다. 조수가 다가와 부검대를 밀고 갔다.

미나와 빈센트가 문으로 향하는 동안 음악 소리가 다시 커졌다. 샬로테 페렐리의 낭만적인 발라드가 들려왔다.

부검실 문을 닫자마자 빈센트는 턱이 가슴까지 닿을 정도로 고개를 숙이더니 몇 차례 심호흡을 했다. 그러고는 다시 고개를 들고 미나를 보았다.

"네 명의 아이가, 각각 다른 사람들에게 납치된 네 아이가 같은 방법으로 죽임을 당했어요. 앞으로는 제대로 잠들지 못할 거 같아요."

"무슨 말인지 알아요. 그런데 문제가 생겼어요. 저 아이는 당신의 체스 문제 가설을 입증해 주는 증거여야 해요. 당신이 말한 기사의 여행 말이에요. 어쨌든 우린 파트부르 공원에서 저 아이를 찾았으니까요. 당신이 예상한 대로. 하지만 말이 존재하지 않는다면 저 아이가 체스 패턴과 관계가 있는 건지, 그저 우연인 건지 확신할 수 없어요. 당신의 패턴에는 두 가지가 있어야 해요. 시신이 발견된 장소가 한 가지죠. 그리고 책갈피, 배낭, 벽에 쓴 글자가 다른 한 가지예요. 하지만 레고 자동차는 말과 아무런 관계가 없어요. 적어도 내가 아는 한은요."

빈센트가 생각을 하는 듯이 고개를 끄덕였다.

"맞는 말이에요. 그런데 저 장난감 중에 왠지 아주 낯익은 게 있었어요. 뭔가 이상한 일이 일어나고 있는 게 분명해요."

*

빈센트는 전달 받은 주소에 적힌 비르카스탄의 건물 앞에서서 인터콤 버튼을 눌렀다. 그 즉시 버저가 울리더니 잠금이 풀리는 소리가 들렸다.

"이런 식으로 시간을 쓰는 게 맞는 건지 모르겠어요."

미나가 냉소적으로 말했다.

"물론 용의자를 잡았다는 건 알아요."

빈센트가 대답했다.

"하지만 관계가 있을지도 모를 집단을 배제할 수는 없어요.

살인범은 네 명이잖아요. 그것도 네 아이를 살해한. 그건 정말로 중대한 일이에요. 지금까지는 '사이비 종교'라는 말을 쓰고 싶지 않았지만, 그것 말고 그런 단체를 묘사할 수 있는 다른 말이 있을까 하는 의문이 들기 시작했어요. 어쩌면 마우로가 그 단체의 지도자일 수도 있죠. 하지만 그건 나중 문제예요. 어쨌든, 스웨덴에서 그런 단체들의 활동이 어떻게 시작되고 발전했는지를 전반적으로 설명해 줄 수 있는 사람이 있어요. 그 사람을 만나 보면 서장이 원하는 대로 조직적인 극단주의자 단체라는 가능성을 배제하는 게 옳은 건지 판단할 수 있을 거예요."

"하지만 마우로를 월요일부터 구금하고 있는걸요. 오늘은 금요일이에요. 구금하고 있는 동안 마우로에게 좀 더 집중해야 해요."

"이렇게 생각해 보죠. 마우로가 그 모든 살인 뒤에 있는 사람이라면, 당신들은 이미 주동자를 잡은 거예요. 그건 당신이 이 사람을 만날 시간이 충분히 있다는 뜻이죠. 하지만 마우로가 주동자가 아니라면 시곗바늘은 여전히 움직이고 있는 거예요. 지금 이 순간에도 한 아이가 위험에 처해 있을 수 있고요. 우리에겐 무엇이든 놓칠 여유가 없어요. 우리가 여기서 알게 될 내용이 아주 중요한 단서가 될 수도 있다는 뜻이에요."

"다른 누군가가 있다면……."

미나가 빈센트를 바라보다 멈칫했다.

"알겠어요. 의미가 있을 거라고 생각할게요."

두 사람은 3층으로 통하는 계단을 올라갔다. 엘리베이터는 어른 한 명이 간신히 들어갈 수 있을 정도였고, 빈센트는 그 비좁은 곳에 들어갈 수가 없었다. 빈센트에게는 다행스럽게도 그 엘리베이터는 한 번도 청소한 적이 없어 보였고, 미나도 절대로 타지 않겠다고 거부했다.

"나를 믿어요."

'융'이라고 적힌 문패 옆에 있는 초인종을 누르며 빈센트가 말했다.

"이 뒤에 점심은 내가 살게요."

30대쯤 되어 보이는 붉은 머리카락의 여자가 문을 열고 두 사람을 맞았다.

"집까지 와 줘서 고마워요."

사과하듯 말하며 여인은 두 사람이 아파트 안으로 들어올 수 있도록 비켜섰다.

"자료를 대부분 여기에 보관하거든요."

빈센트는 미나가 걱정스러운 표정으로 주위를 둘러보는 걸 보았다. 미나의 높은 기준에 부합할 정도로 집을 깨끗하게 유지하고 사는 사람은 이 세상에 없을 것이다. 게다가 '나를 믿어요'라는 말이 시간을 낭비하게 될 거라는 미나의 확신을 누그러뜨리지도 못했다는 생각이 들었다.

천만다행으로 베아타 융의 집은 깨끗했고, 깔끔했다. 미나
도 안도의 한숨을 내쉬는 것 같았다. 빈센트가 묻는 듯한 얼
굴로 쳐다보자 미나는 괜찮다는 듯이 고개를 끄덕였다.

"서재로 가요."

베아타는 두 사람을 책과 서류철이 가지런하고 빼곡하게
꽂혀 있는 크고 밝은 방으로 안내했다.

"빈센트가 사이비 종교에 관한 연구와 지식에 관해서는 당
신이 스웨덴에서 가장 권위 있는 사람이라고 하더군요."

미나가 파란색과 흰색 줄무늬 천으로 만든 안락의자에 앉
으면서 말했다. 물론 앉기 전에 안락의자의 겉면을 살펴보고,
얼룩이 묻었는지 확인한 후에.

"어머나. 정말로 거창한 소개네요."

책상 앞에 앉으면서 베아타가 대답했다. 짙은 색 원목으로
만든 커다랗고 아름다운 책상이었다. 빈센트는 방 한가운데
에 서서 어디에 앉을지 망설이고 있었다.

"내가 제안을 해 드리는 게 좋겠어요."

베아타가 회색 빈백 의자를 가리키며 말했다. 빈백 의자에
파묻혀 자세를 잡으려고 버둥거리는 빈센트를 보면서 미나는
터져 나오려는 웃음을 겨우 참았다. 빈센트는 그래도 전문가
다운 모습을 보일 수 있는 자세를 잡으려고 노력했지만, 잘되

지 않았다. 회색 리넨 양복이 빈백 의자와 같은 색이라는 것도 도움이 되지 않았다. 빈센트는 머리만 둥둥 떠 있는 것처럼 보였다. 눈에 들어오는 것은 강렬한 청록색 쿠키 몬스터 양말뿐이었다.

"당신이 쓴 글을 많이 읽어 봤어요."

빈센트는 그 와중에 자연스럽게 말하려고 했지만, 실패했다.

"그 깊이와 폭이 정말 놀랍더군요. 게다가 언론학뿐 아니라 심리학 학위도 받은 것 같던데요."

"맞아요. 도저히 결정을 내릴 수가 없어서요."

베아타가 웃었다.

"처음에는 내가 심리학자가 되고 싶은 줄 알았어요. 그런데 졸업하니까 언론인이 되고 싶은 거예요. 그래도 학교에서 배운 다양한 지식을 내 일에 써먹을 수 있으니, 학자금 대출 상환서를 받아도 불평하지는 않아요."

"잠깐만요. 에르브쇠 사건에 관한 책을 썼네요?"

미나가 책상에 있는 책을 가리키며 말했다. 빈센트는 그 책을 읽어 보진 않았지만, 몇 년 전에 크게 화제가 된 책이었음을 기억했다. 에르브쇠의 작은 공동체에서 수년간 활동해 온 사이비 종교 단체가 두 가족을 몰살시킨 사건을 자세하게 묘사한 책이었다. 그 책은 텔레비전 시리즈로도 제작됐고, 빈센트도 감명 깊게 보았었다.

"네, 맞아요."

베아타가 기대에 찬 얼굴로 말했다.

"그래서…… 내가 뭘 도와드리면 되죠?"

"사실 우리도 확실하지 않아요."

움직일 때마다 바스락대는 빈백 위에서 꼼지락거리며 빈센트가 말했다.

"지금 전혀…… 이해할 수 없는 방식으로 행동하는 집단을 찾는다는 것 외에, 우리가 정확히 무엇을 찾아야 하는지는 몰라요. 그래서 스웨덴에서 활동하고 있는 사이비 종교 같은 조직들에 대해 알아보고 있어요. 어떤 조직이 위험할지도요."

"일부러 애매하게 표현하신 건지는 모르겠지만, 무슨 말씀인지 이해할 것 같아요. 아시다시피 사이비 종교라는 건 아주 거대한 영역이에요. 그래서 나도 표면적인 것밖에는 알 수가 없죠. 하지만 최선을 다해서 도움을 드리도록 노력할게요. 내 아들도 다섯 살이에요. 그래서 남의 일 같지가 않아요."

베아타는 벽에 있는 사진을 향해 고갯짓했다. 사진에는 앞니 빠진 입으로 환하게 웃고 있는 귀여운 붉은 머리 남자아이가 있었다.

"좋아요. 그럼 일단 사이비 종교의 기본적인 개념부터 시작해 보죠. 사이비 종교에 관해서는 얼마나 알고 계세요?"

"노바에게서 조금 들은 적이 있어요."

미나가 대답했다.

"노바라니, 잘됐네요. 그 사람은 탈퇴자들과 함께한 경험이 많으니까요."

베아타가 대답했다.

"아마 노바는 스웨덴에 사이비 종교 단체나 교파가 300개 내지 400개 정도 있다고 말했을 거예요. 그중에 서른 곳 정도가 위험할 수 있다고 보고요."

"맞아요. 그렇게 말했어요."

미나가 고개를 끄덕였다.

"솔직히 말해서 사이비 종교라는 말은 그 자체로는 어떤 위험도 내재하고 있지 않아요. '날카로운 칼은 위험한 물건이다'라는 말을 생각해 보세요. 칼로 사람을 해친다면 정말로 그런 거겠죠. 하지만 맛있는 음식을 만들려고 식재료를 자르는 칼은 절대로 부정적인 물건이 아니잖아요. 사이비 종교나 교파도 그런 거예요. 사이비 종교가 추구하는 목적, 목표, 그리고 그를 위해 하는 행동이 중요한 거죠. 사이비라고 하면 무조건 종교를 떠올리는 사람이 많지만, 종교는 그저 가장 흔한 사이비 유형일 뿐이에요. 재무, 철학, 심지어 판매를 기반으로 하는 사이비도 있어요."

"그런 생각은 전혀 못 해 봤어요."

미나가 대답했다.

"무엇에 집중하느냐에 상관없이, 파괴적인 사이비 단체들을 움직이는 원동력은 힘이에요. 창시자들의 권력에 대한 욕구가 이들을 움직이게 하는 거예요. 처음에는 그렇지 않을 수도 있지만 권력은 결국 부패하기 마련이잖아요. 그 때문에 내부에서부터 사람들이 썩는 거죠. 이 과정에서 돈이 엮일 수도 있어요. 하지만 항상 그런 건 아니에요. 가끔은 권력 자체가 가장 중요할 때도 있거든요. 안타깝지만, 그런 사이비 조직은 비극으로 끝날 때가 많아요. 집단 자살 이야기 들어 봤을 거예요. 존스타운에서는 900명이 넘는 사람이 죽었어요. 대부분 바륨과 시안화물을 섞은 주스를 마셨죠. 주스를 거부한 사람들은 총에 맞아 죽었어요. '천국의 문' 사람들은 수면제를 탄 보드카를 마시고 40명이 넘는 사람이 죽었죠. 이런 예시는 너무나도 많아요."

"너무 끔찍해요."

미나가 말했다.

"도대체 어떤 사람들이 그런 단체에 빠지는 거죠? 귀가 얇거나, 교육을 덜 받았거나, 외로운 사람들인 걸까요?"

미나는 안락의자 끝에 걸터앉아 있었다. 그건 미나가 기대했던 것보다 지금 대화가 훨씬 흥미롭다는 뜻이었다. 빈센트는 그것이 여기에 꼭 와야 한다고 우겼던 자신을 용서한다는 뜻이기를 바랐다.

"그건 위험한 단정이에요."

베아타가 말했다.

"사회에서 배제되고, 외롭고, 어떤 이유로든 취약한 사람들이 사이비 단체에 의지하는 게 아니에요. 삶의 의미를 찾고자 하는, 사람이라는 존재에게 내재된 욕망 때문이죠. 인생의 목표를 줄 수 있는 뭔가를 찾는 사람들의 바람이기도 하고요. 아무리 좋은 환경에서 자라고, 안정된 삶을 영위하고, 가족과 친구가 있는 사람이라도 구도자가 될 수 있어요. 그리고 그런 목표를 제시해 주는 사람은 생각보다 빠른 속도로 다른 모든 것을 대체할 수 있고요. 음, 그건 빈센트가 더 잘 설명해 줄 수 있을 거 같네요."

빈센트가 고개를 끄덕이며 말했다.

"방임 속에서 자란 사람이 성인이 되면 무질서를 기피하게 되겠죠. 그러면 강력한 힘이 통제하는 조직을 찾으려 할 거예요. 반대로 아주 엄한 가정에서 자란 사람이 엄격한 규칙을 따르는 조직을 높이 평가할 수도 있어요. 통제와 방임은 둘 다 양육의 한 부분이기 때문에 어떤 식으로든 피할 수 없는 영향을 미쳐요. 질문이 하나 있어요. 사이언톨로지처럼 아주 명확한 단체 외에, 이런 맥락에서 언급할 만한 단체들이 있을까요?"

빈센트가 다시 빈백 의자 위에서 몸을 움직였고, 또 바스락거리는 소리가 났다. 베아타는 얼굴을 찌푸리더니 책상 위에 있는 그릇에서 고무 밴드를 하나 꺼내 붉은 머리카락을 묶었다. 순간 미나의 눈빛에 질투 비슷한 감정이 서렸다가 사라지는 게 보인 듯했다. 붉은 머리카락을 가진 여인에 관한 바보 같은 편견은 너무나도 많았다. 붉은 머리의 여자들은 좀 더 야성적이고 활기차다는 말이 있는데, 아마 미나의 머리를 스치고 간 것은 그런 생각들일 것이다. 어쩌면 미나의 세상에서 붉은 머리 여자들은 미나와 달리 매번 손을 소독하지 않을 것이다. 그들은 미나와 달리 자신에게 한계를 정하는 걸 허용하지 않을 것이다. 물론, 그저 베아타의 머리가 예쁘다고 생각한 건지도 모른다.

빈센트는 성경 속 삼손이 뭐라고 했든 간에 사람의 머리카락에는 개성이 깃들 수 없다고 말하고 싶었다. 칠흑처럼 짙은 미나의 검은 머리카락은 정말 멋지다고 말하고 싶었다. 길든 짧든 언제나 근사해 보인다고 말이다. 그러나 바보처럼 보이지 않으면서 그런 말을 할 수 있는 방법을 빈센트는 전혀 몰랐다.

"그건 관점에 따라 달라지겠죠."

베아타가 대답했다.

"이미 확고하게 자리 잡은 단체인지, 우리가 잘 알고 있는 단체인지, 새로 생긴 단체인지 아니면 아직 널리 알려지지 않은 단체인지에 따라서요. 내가 정리한 목록을 보여 줄 수는 있어요. 하지만 그 목록이 완벽하다는 장담은 못 해요. 내가 가진 목록은 다른 사람들이 진술한 사실, 내가 탈퇴자들을 만나 작성한 인터뷰, 단체에서 발행한 내부 교지 등을 모아 정리한 거예요. 나는 스웨덴의 사이비 단체들을 여러 해 연구했지만 어떻게 말해도 완벽하게 정리했다고는 할 수 없어요. 그런 단체들은 평범함 속에 자신들을 숨기는 탁월한 재능이 있죠. 물론 모든 단체가 다 그런 건 아니지만요. 딱 봐도 완전히 미쳐 있는 곳도 있어요. 그런데 대부분은 그렇지 않죠. 겉으로 별다른 특이성이 없는 단체가 더 악질일 때도 있어요. 그런 곳은 규모나 재정 모두 엄청난 크기일 텐데도 보통 사람들은 이름조차 들어 보지 못해요. 혹시 '동방번개'라는 종교 단체 들어 봤어요?"

빈센트와 미나는 동시에 고개를 저었다.

"정식 이름은 '전능하신 하나님 교회'예요. 1991년에 중국에서 설립됐고, 전 세계 수백만 명이 신도가 됐어요. 그들에게는 다른 교회 신자들을 강제로 개종시키거나 납치, 살인한 역사가 있죠. 그들 신앙의 핵심은 신이 '양'이라는 처녀의 몸으로 이 세상에 다시 찾아온다는 거예요. 중국에서 다양한 범죄를 저질러 계속 있을 수 없게 되자 그들은 전 세계로 퍼져 나갔죠. 지금은 스웨덴에도 있어요. 플리머스 형제단 교회도 있잖아요. 들어 본 곳이죠?"

미나는 다시 고개를 저었다. 하지만 빈센트는 아는 곳이었다.

"그들은 제조업 분야에서 기업 제국을 거느리고 있어요."

베아타가 말했다.

"서른여덟 개나 되는 스웨덴 회사가 그들과 연결되어 있어요. 스웨덴에서는 신도가 400명 정도인, 극단적으로 폐쇄적인 종파예요. 내부 분위기는 매우 보수적이고, 남성을 여성보다 우월하게 대해요. 자체적으로 학교를 운영할 정도로 사회에서 철저하게 고립되어 있고요. 알고 있겠지만, 이런 단체는 끊임없이 나열할 수 있어요. 설사 허점이 있다고 해도 내 작업에서 도움이 될 만한 것들을 찾아낼 수 있으면 좋겠네요. 이 퍼즐을 큰 조각들이 없는 채로 맞춰야 했거든요."

"완전히 이해합니다."

빈센트가 대답했다. 그리고 빈백 의자에서 일어나려 했지만 실패했다. 미나가 웃음을 꾹 눌러 참았다. 원망에 찬 눈으로 미나를 노려보고 다시 일어서려 하는데, 이번에는 더욱 힘이 들어간 바람에 자신도 모르게 구시렁거리는 소리가 흘러나왔다. 결국 미나는 참지 못했다. 미나가 큰 소리로 웃기 시작하자 베아타도 함께 웃었다. 한참을 웃던 두 사람은 불쌍한 빈센트에게 다가와 각각 한쪽 팔을 잡고 빈백 의자에서 일어날 수 있도록 그를 잡아당겨 주었다.

"맙소사! 중년 남자는 10대 아이들 앉으라고 만든 의자에 앉으면 안 되나 봐요. 밤새 여기 있어야 하나 고민했어요."

빈센트는 한 손으로 바지와 재킷을 쓸어내리면서 구겨진 데가 있는지 확인했다. 사실은 미나와 눈을 마주치지 않으려고 딴청을 피우는 것이었다. 미나가 그를 빈백 의자에서 일으켜 세울 때, 그녀의 온기가 너무나도 가까이에서 느껴졌다.

미나 역시 빈센트를 보지 않으려고 애쓰는 듯이, 벌써 문을 향해 걸어가고 있었다.

"고마웠어요, 베아타. 혹시 이메일로 그 서류를 보내 줄 수 있나요?"

어깨 너머로 돌아보며 미나가 말했다.

"물론이죠."

베아타가 대답했다. 미나가 서재 밖으로 나가는 동안 빈센트는 베아타와 악수를 나누었다.

빈센트가 문을 나설 때 미나는 이미 1층으로 가는 계단을 내려가고 있었다. 천천히 계단을 내려가면서 빈센트는 휴대폰에 도착한 소식들을 느긋하게 살펴보았다. 그러다 한 기사를 보고 너무 놀라 헉 하고 숨을 들이마셨다. 그리고 빠르게 계단을 뛰어 내려갔다.

"잠깐만!"

빈센트가 소리쳤다.

"미나, 잠깐만요."

정문 바로 앞에서 미나를 따라잡았다. 빈센트는 휴대폰을 높이 들어 올렸다.

"우리, 점심은 취소해야겠어요. 이걸 봐요."

"뭔데요?"

미나가 자세히 보려고 가까이 다가왔다. 그리고 크게 욕설을 내뱉었다.

"망할 마우로."

*

모니터 한가득 커다란 검은 글씨로 적힌 기사 제목이 떠 있었다.

아동 살해 용의자, 아동 학대 전과자였다

미나는 잔뜩 짜증을 내며 테이블을 손끝으로 두드렸다. 미나와 빈센트는 곧바로 경찰서로 왔고, 미나의 텅 빈 배는 공허한 배고픔을 느꼈다. 어쨌거나 돌아올 때 빈센트가 점심을 사게 했어야 했다. 너무 화가 나서 터져 버릴 것 같았으니까.

"이걸 왜 몰랐을까?"

미나가 말했다.

"왜냐하면 그때는 마우로가 열일곱 살이었으니까. 미성년 자였잖아. 오래전 일이라 범죄 기록에서도 삭제된 내용이고."

율리아가 대답했다.

"근데 기자들은 그 기록을 어떻게 찾아낸 거지? 기사로 내도 된다는 허락은 어떻게 받았대?"

"지금은 그게 중요한 게 아닌 거 같아."

미나만큼이나 화가 난 듯한 루벤이 말했다.

"중요한 건 이게 사실이라는 거야. 상황이 충분히 맞아떨어져. 그런 범죄는 성인이 되고 나서부터 저지르는 게 아니야. 훨씬 일찍부터 싹이 보이는 거라고."

"하지만 말이 되지 않는 게 너무 많아."

좌절감에 미나는 테이블에 둘러앉은 동료들을 쏘아보았다.

"게다가 계속 자기가 한 일이 아니라고 주장하고 있잖아."

"물론 그렇겠지."

루벤이 콧방귀를 뀌었다.

"아무리 이런 정보가 있다고 해도, 더 오래 붙잡아 두려면 애 좀 써야 할 거 같은데."

페데르가 말했다.

"오시안의 옷이 마우로의 식당에서 발견됐다는 사실은 남아 있지. 그것도 몰래 숨겨져 있었다는 사실은. 거기다 과거 전과 기록도 있고. 맞아. 난 루벤의 말에 찬성하고 싶어."

율리아도 말했다.

"그 옷은 변기 물탱크에 들어 있었어. 그게 일종의 트로피라고 해도, 자기 전리품을 그렇게 부주의하게 보관했을 것 같진 않아."

미나가 말했다.

"살인자와 트로피에 대해 얼마나 안다고 그래? 그럼 제대로 된 살인자는 전리품을 어떻게 보관해야 하는데?"

루벤이 비꼬듯이 대꾸했다. 율리아가 루벤을 쏘아보았고, 루벤은 어쩌라고 하는 표정으로 눈을 굴렸다. 회의실의 열기가 모든 사람을 짜증 나게 만들고 있었다. 게다가 언론은 이번 발표 전부터도 피바다를 헤엄치는 상어처럼 덤벼들고 있었다. 마우로를 구금하고 있다는 사실이 언론에 새어 나갔지만, 그것도 긴장을 완화하는 데는 전혀 도움이 되지 않았다. 스웨덴의 미래 당 대표 테드 한손은 이 기회를 놓치지 않고 소셜 미디어와 자기 말에 귀를 기울이는 사람들에게 거듭해서 마우로가 스웨덴에서 태어나지 않았다는 사실을 강조했다. 그는 이 사건을 계기로 자신의 지지율을 높이려 하고 있었다. 만약 언론이 살해당한 아이가 둘이 아니라 넷이라는 사실까지 알게 되면 어떤 일이 벌어질지, 미나는 상상도 되지 않았다.

"그냥 말이 안 되는 일이 너무 많다는 거야."

미나는 한숨을 쉬었다.

"오시안의 옷을 보관한 방식도 그래. 마우로는 어떻게 그누구의 눈에도 띄지 않고 어린이집에 있던 여분의 옷을 가져왔을까? 그 옷은 어린이집 화장실의 사물함에 있었을 거 아니야. 게다가 어린이집에서 오시안을 데려간 사람을 봤다는 여자애는 그 사람이 여자였다고 했잖아. 예뉘는 마우로에게 공범이 있다고 했지만, 마우로 가족 중에 그런 여자는 없어. 여태까지 우린 그 애의 진술에 신빙성이 있다는 전제하에 수사해 왔어. 그리고 지금 우리가 이해할 수 없는 상황에 처했다고 해서 그 진술을 의심할 이유는 전혀 없어. 게다가 마우로가 오시안, 빌리암과 어떻게 이어진 건지 전혀 모르겠어. 화요일에 파트부르 공원에서 찾은 아이도 그렇고. 밀다는 그 아이에게도 같은 섬유와 같은 눌린 흔적이 남아 있다고 했어. 어째서 마우로가 그 세 아이를 해친 거지? 사람들을 속이려고? 릴뤼의 살인을 숨기려고 다른 아이를 셋이나 죽인다니, 그건 너무 극단적이야. 아니면, 자기 딸부터 시작해서 무작위로 아이들을 골라 죽인 거라고 생각해? 우리 모두 마우로를 한 번씩은 만났잖아. 정말로 그랬을 거 같아? 그 사람이 받은 아동 학대 판결에 대해서도 살펴봐야겠어. 다들 범죄 사건을 무조건 흑백 논리로 나눌 수 없다는 거 잘 알잖아. 빈센트, 무슨 말이든 해 봐요."

미나는 회의 시간 내내 아무 말도 하지 않고 있는 멘탈리스트를 쳐다보았다.

"난 할 수 있는 말이 없어요."

거북한 듯이 자세를 고쳐 앉으며 빈센트가 대답했다.

"미안해요. 마우로에 대해서는 할 말이 없어요. 만나 본 적이 없는 사람이니까요. 하지만 여러분이 하는 대화를 바탕으로 판단해 보자면, 난 당신 말에 동의해요. 이 퍼즐의 조각들은 제대로 맞지 않아요."

"당연히 당신은 미나 편을 들겠죠."

루벤이 한숨을 쉬었다.

"마우로가 아니라면."

페데르가 수염을 잡아당기면서 말했다.

"그에게 어째서 이렇게 기묘한 우연이 일어난 것인지를 설명할 수 있어야 해. 게다가 맞는 조각이 더 있어. 빈센트가 언급했던 말과 같은 거 말이야."

"그게 무슨 뜻이야?"

미나가 물었다. 페데르는 1면이 위로 가게 테이블에 놓여 있는 《아프톤블라데트》를 가리켰다.

아동 살해 혐의로 기소된 승마 선수. 1면 기사에는 신원을 보호하기 위해 검은 줄로 눈을 가린 마우로의 사진이 실려 있었다.

미나는 벌떡 일어났다. 승마 선수라고? 마우로 집의 선반에 있던 트로피들이 생각났다. 심지어 마우로가 자기 입으로 설명도 해 줬었다.

"전 어렸을 때 아주 활발했습니다. 승마부터 펜싱까지 웬만한 건 다 했죠."

미나도 그곳에 있었다. 그의 과거를 가까이에서 들여다보았다. 말이 새겨진 승마 트로피를 보고 왔다. 그러니 며칠 전에 이 연결 고리를 떠올렸어야 했다. 어떻게 그걸 놓칠 수 있을까? 하지만 그건 마우로가 어렸을 때 일이었다. 이미 수십 년 전의 일이었다. 그저 복도를 지나치면서 잠시 나눈 대화였다. 말에 흥미가 있는 사람은 이 세상에 마우로만이 아니니까. 그러니 그 둘을 연결하지 못한 것도 이상한 일은 아니다.

페데르가 탐색하듯이 테이블을 둘러보았다.

"내 말은, 조금 이상하다는 거야."

페데르가 말했다.

"계속해서 우리에게…… 말이…… 나타나고 있는데, 우리의 용의자도 말과 관련됐다는 게 말이야. 우리가 두 사람을 믿어야 할까, 미나? 빈센트? 두 사람은 이게 우연 같아? 왜냐하면 나는 그 반대라고 생각하거든. 이 사실은 마우로가 범인임을 뒷받침해 주고 있는 것 같아."

"이 나라엔 살면서 한 번쯤은 말과 시간을 보내 본 사람이 아주 많아."

미나가 두 손을 앞으로 내밀면서 말했다.

"학교 다닐 때 우리 반 여자아이들도 절반은 승마를 했어."

"그건 그렇지. 그런데."

페데르는 미나의 말에 계속 반대를 해야 한다는 사실이 불편해 보였다.

"당신 말이 맞아요."

빈센트가 말했다.

"마우로는 분명 말과 연결되어 있어요. 말과 살인 사건도 확실히 연결되어 있고요. 체스를 통해서든, 소지품을 통해서든 말이죠. 하지만 미나의 말도 옳아요. 스웨덴 승마 협회 회원은 1만 5,500명이에요. 마우로는 말과 연결된 그 많은 사람 가운데 한 명일 뿐이죠."

율리아가 두 눈썹을 추켜세웠다.

"미리 확인해 봤어요."

빈센트가 겸연쩍은 듯이 대답했다.

"마우로에게는 알리바이도 있어."

미나가 말했다.

"그렇지. 근데 그 알리바이라는 게 그 사람 아내잖아. 그 사람 아내의 말이 사실인지 아닌지는 장담할 수 없어."

율리아가 대답했다. 보세가 회의실 구석에 있는 물그릇 곁을 떠나 이쪽으로 다가왔고, 크리스테르가 보세의 귀 뒤를 긁어 주었다.

"내 생각에는 미나가 요점을 잘 짚은……."

크리스테르가 주저하며 말했다. 율리아가 팔짱을 낀 채 벽에 기대어 서 있는 아담을 보았다.

"아담은 어떻게 생각해?"

그는 곧바로 대답하지는 않았다. 잠시 생각을 하는 것 같았다.

"두 가지 면을 살펴봤어."

마침내 아담이 입을 열었다.

"의문이 너무 많다는 미나의 말에는 동의해. 하지만 물증은 물증이야. 마우로가 자기 가게에 오시안의 옷을 둔 것을 다른 이유로 설명할 수 있을까? 그 옷을 발견한 장소가 이상하기는 하지만, 그걸 논리적으로 설명할 방법이 있을 거야. 처음 옷을 숨겼던 곳에서 다른 사람에게 발각될 위험이 있어 당황한 나머지 잠시 식당에 숨겨 두려고 가져온 걸 수도 있어."

"마우로를 만나 봐야겠어."

미나가 단호한 눈빛으로 율리아를 보았다.

"빈센트랑 같이."

잠시 주저했지만 미나의 상사는 결국 고개를 끄덕였다.

"말과 연관이 있고, 옷까지 나온 것만으로도 난 충분해."

《아프톤블라데트》를 휙휙 넘겨 보면서 루벤이 퉁명스럽게 말했다.

"아동 학대로 유죄 판결을 받았다는 건 말할 것도 없겠지.

결론은 분명해. 우린 진범을 잡았어."

*

"전혀 영문을 모르겠어요."

구치소에서 여러 날을 보낸 마우로는 지치고 핼쑥해져 있었다. 가구 하나 없는 작은 면회실에 걸린 형광등 불빛이 세 사람이 앉아 있는 의자 뒤로 길게 그림자를 드리웠고, 초록색 죄수복은 마우로의 얼굴색을 한층 더 잿빛으로 보이게 했다. 미나는 마우로와 함께 탁자 앞에 앉았다. 빈센트는 두 사람의 대화를 좀 더 잘 분석할 수 있도록 벽 앞에 놓은 의자에 앉았다.

"누가 그 옷을 거기에 가져다 놓았나 봐요. 에뉘, 에뉘가 그 랬을 거예요."

"에뉘는 알리바이가 있고, 오시안과 접점도 없어요."

미나가 대답했다.

"식당에서 발견한 것과 관련해서 여러 가지로 상황이 악화되고 있어요."

미나는 되도록 탁자에 몸이 닿지 않게 자세를 잡았다. 용의자를 신문할 때 물티슈로 탁자를 닦는 것은 절대로 하면 안될 행동이었다. 미나는 맞잡은 두 손을 무릎 위에 놓고 지금 앉아 있는 의자의 청결 수준에 대해 생각하지 않으려고 애썼다. 의자도 닦을 수는 없었다.

"그럴 리가요. 이보다 더 나빠질 수는 없습니다. 전 아무것도 하지 않았어요. 저는 결코……."

"열일곱 살 때."

미나가 마우로의 말을 가로막았다.

"무슨 일이 있었죠?"

마우로의 얼굴이 하얗게 질렸다.

"네? 그게…… 무슨……."

"어째서 기존 전과 기록을 숨겼는지 궁금하네요. 이번 주에 취조한 녹취록을 살펴봤어요. 그 내용은 어디에도 언급하지 않았더군요."

"아무도 물어보지 않았으니까요."

마우로가 두 손을 앞으로 내밀면서 대답했다.

"바보 흉내는 그만둬요. 이런 일로 잡혀 왔다면 분명히 그 일이 언급될 거라는 걸 알고 있었을 텐데. 양육권 분쟁 때 나온 건가요? 예뉘도 알고 있어요?"

"아닙니다."

마우로가 조용히 대답했다.

"아니에요. 예뉘는 모르는 일입니다. 알고 있었다면 그때 저를 공격하는 데 썼겠죠. 하지만 그 일은…… 그 일은, 알려진 것과는 달라요."

"어떻게 다르다는 거죠?"

"그건 학대가 아니었어요. 우린 사귀는 사이였습니다. 나는 열일곱 살이었고, 그 애는 열네 살이었어요. 서로 합의한 자발적인 관계였고요. 나랑 같은 승마 클럽 회원이었어요. 하지만 그 애 부모님은 용납하지 않았죠. 나는 그 사람들이 만족할 만큼의 상류층 출신이 아니었으니까. 충분히 스웨덴 사람이지도 않았고요."

"상대방도 법원에 그렇게 주장했나요? 합의에 의한 성관계였다고?"

마우로가 비웃듯이 웃었다.

"아니요. 그 애 부모님이 딸에게 거짓 증언을 하면 새 말을 사 주겠다고 했대요. 아주 오랫동안 원하던 걸로."

마우로는 입을 다물었다. 팔짱을 끼더니 두 손을 겨드랑이에 파묻었다. 그리고 허탈한 표정으로 탁자를 내려다보았다. 미나는 빈센트 쪽을 쳐다보았고, 빈센트는 아주 미세하게 고개를 끄덕였다. 마우로는 진실을 말하는 것 같았다.

잠시 아무도 입을 열지 않았다. 돌아가는 선풍기만이 소리를 내고 있었다.

"말에 관해서도 묻고 싶은 게 있어요."

"말이요?"

"그래요. 모든 아이들에게서…… 말과 관련 있는 단서가 나왔어요. 짐작하겠지만, 승마를 했었던 것도 당신에게 불리하게 작용할 거예요."

"저만 승마를 한 것도 아닐 텐데요."

"그래요. 당신도, 그리고 다른 1만 5,500명도 승마를 하죠."

곁눈으로 벽 앞에서 빈센트가 살며시 웃는 게 보였다.

"어쩌다가 승마를 하게 됐어요? 남자아이들이 승마를 하는 경우는 많지 않잖아요."

마우로는 잠시 머뭇거렸다.

"많지 않은 정도가 아니죠. 승마를 하는 아이들의 90퍼센트가 여자아이들이니까. 어머니가 원하셨어요. 이탈리아에서 살 때 승마 농장에서 자라셨거든요. 말을 사랑했고요. 그래서 여름마다 저를 승마 캠프에 보냈어요. 아마 제게 아스팔트와 콘크리트 말고 다른 걸 보여 주시려던 거겠죠. 승마는 처음부터 사랑했어요. 적성에도 맞았고요. 그렇게 시작한 거예요. 부모님은 제 승마 활동에 두 분의 시간과 관심뿐 아니라 남은 돈까지 모조리 쏟아부으셨어요."

감동적인 이야기였다. 그러나 미나는 마우로를 보고 있기가 힘들었다. 미나에게는 그런 기억이 없었다. 미나에게 그런 부모님은 없었다. 미나는 자리에서 일어섰다.

"어쩌면 여기 좀 더 오래 있어야 할지도 몰라요. 그래도 당신이 말한 건 분명히 확인해 볼게요."

"고마워요."

마우로가 대답했다.

"한 가지만 더 물어볼게요."

빈센트도 일어서면서 말했다.

"e4 e5. 이탈리아 오프닝이에요. 어떻게 수비하시겠어요?"

마우로는 무슨 뜻인지 모르겠다는 표정을 지었다. 그의 눈이 빈센트와 미나 사이를 빠르게 왔다 갔다 했다.

"수비요? 제가 뭘……? 죄송해요. 축구는 잘 몰라서. 왜 그런 걸 물으시는 거죠?"

"아닙니다. 내가 실수했네요."

빈센트가 대답했다. 미나가 면회실 문을 열었고, 빈센트도 나왔다.

"저 사람, 체스는 전혀 몰라요."

빈센트가 옆으로 지나가는 미나에게 속삭였다. 미나가 마지막으로 본 마우로의 눈은 다시 뿌옇게 흐려지고 있었다.

황량한 방 안에서 선풍기만 계속 돌아갔다.

*

루벤은 텔레비전에서 기자 회견을 하고 있는 테드 한손의 의기양양한 얼굴을 뚫어지게 쳐다보았다. 혐오스러웠다. 이전 기자 회견은 성공적이었고, 스웨덴의 미래 당 대표의 영상을 편집한 클립들이 인터넷에서 인기를 끌고 있었다. 방금 테드는 새롭게 발표할 것이 있다고 선언했고, 언론은 신속하게 달려왔다. 이번에는 생방송으로 테드를 인터뷰하기 위해 TV4 제작진이 기자 회견장에 나와 있었다.

마우로에 관한 이야기일 거라고 루벤은 확신했다. 그래서 굳이 동료들에게 모이라는 말도 하지 않았다. 모두 바빴고, 테드의 말에 흥미가 있을 것 같지 않았다. 필요하다면 나중에 녹화 방송을 봐도 된다. 어차피 그들의 일은 싫든 좋든 텔레비전에서 나오는 새로운 소식에 영향을 받을 수밖에 없었다.

이번에도 릴뤼의 어머니 예뉘가 당 대표 옆에 서 있었다. 기자 회견 장소는 국회 밖에 있는 뮌트토르예트 광장이었다. 테드는 야외에서 자신이 더 잘생겨 보인다고 생각하는 게 분명했다. 두 사람의 얼굴에는 숨기지 못할 희열이 떠 있었다.

루벤은 계속 화면을 쳐다보면서 《아프톤블라데트》를 휙휙 넘겼다. 마우로의 유죄를 의심하지는 않았다. 미나와 달리 루벤은 말발굽 소리가 나면 얼룩말이 아니라 말이라고 생각하는 사람이다. 하지만 테드 한손과 예뉘 홀름그렌이 열광적으로 기뻐하는 모습에는 왠지 모르게 깊은 불안을 느끼게 하는 무언가가 있었다.

"드디어 여러분에게 이 소식을 알려 드릴 수 있게 되어 너무나 기쁘고, 또한 다행으로 생각합니다. 마우로 메예르가 바로 범인이었습니다. 그 누구도 귀담아듣지 않았지만, 릴뤼의 어머니 예뉘는 계속 말씀하셨죠. 그는 무고한 아이들을 학대했습니다. 스웨덴의 거리를 자유롭게 활보하면 안 되는 포식자입니다. 이제 우리는 정의가 실현되기를 고대하며, 오랫동안 딸을 위해 애쓴 예뉘가 보상을 받기를 바랍니다."

테드는 보이지 않는 눈물을 닦느라 눈가를 훔치는 예뉘를 한쪽 팔로 감싸 안았다. 루벤은 콧방귀를 뀌었다. 언론이 저런 장면을 방송에 내보낼 생각을 한다는 것이 도저히 이해되지 않았다.

"네, 진실이 밝혀진 뒤로 저에게 엄청난 응원을 해 주신 모든 분에게 감사하고 싶어요."

예뉘가 말했다.

"마우로가 마땅한 형을 받았으면 좋겠어요. 그래야 하늘나라 어딘가에 있을 릴뤼가 웃을 거예요. 그 앤 내가 포기하지 않고 끝까지 싸웠다는 걸 고마워할 거예요."

예뉘는 또다시 보이지 않는 눈물을 손으로 훔쳤고, 테드는 마치 발톱으로 움켜잡듯이 예뉘의 어깨를 잡은 손에 잔뜩 힘을 주었다. 루벤은 화면에서 시선을 떼고 다시 신문을 들춰보았다. 목소리를 듣는 것만으로도 충분히 불쾌했다. 굳이 얼굴까지 보고 싶지는 않았다.

신문을 넘기던 손이 가운데가 접혀 있는 곳에서 멈췄다. 예뉘의 인터뷰를 담은 긴 기사가 실린 면이었다. 기자는 예뉘의 사연에 인간적인 느낌이 더해지게 하려고 집에서 사진을 찍었다. 그중 한 사진에서 예뉘는 다른 가족의 사진이 놓인 장식장 앞 소파에 앉아서, 무릎에 놓은 릴뤼의 사진을 두 손으로 꽉 쥐고 있었다.

루벤은 갑자기 몸을 앞으로 숙였다. 그리고 사진에 닿을 정도로 얼굴을 박고 뚫어지게 보았다. 루벤의 입에서 욕이 터져 나왔다.

"제기랄, 이런 망할 것들, 젠장, 젠장. 미나 말이 맞았어. 마우로가 아니야."

루벤은 예뉘 뒤에 있는 커다란 액자를 노려보았다. 액자 속에서 예뉘와 함께 있는 얼굴이 익숙했다. 그는 화면으로 고개를 돌렸고, 씩 웃었다. 테드 한손의 샤텐프로이데는 곧 머나먼 기억이 되고 말 것이다.

*

엘리베이터 안에서, 빈센트는 애써 곤란한 기색을 감췄다. 그는 생각을 하려고 경찰서에서 나왔다. 말과 관련된 대화는 가장 나중에 발견한 시신과 말은 연관성이 없다는 것만을 상기시킬 뿐이었다. 게다가 레고와 관련된 의문도 풀지 못했다.

그래서 말 그대로 새로운 시야를 얻기 위해 시청까지 걸어가고 있었다.

빈센트는 눈을 감고 자신이 높은 탑 위로 올라가는, 폐소공포증을 유발하는 엘리베이터에 타고 있는 것이 아니라 슈퍼마켓에서 계산을 하려고 줄을 서고 있다는 생각을 하려고 했다. 그를 누르는 몸들 덕분에 좀 더 수월하게 환상에 빠져들었다. 엘리베이터 문이 열리고 관광객들이 우르르 내린 뒤에야 빈센트는 다시 숨을 쉴 수 있었다.

가장 마지막으로 엘리베이터에서 내린 빈센트는 주위를 둘러보았다. 시청과 연결된 탑의 중간 지점이었다. 엘리베이터는 작은 전시관쯤 되는 곳으로 사람들을 데리고 왔다.

"엔츌디궁*!"

스웨덴 국기가 새겨진 프로펠러 모자를 쓴 아들들이 빈센트를 치고 지나가자 독일인 부모가 사과했다.

"비테**."

빈센트는 중얼거리면서 전망대로 이어지는 계단 입구를 찾았다.

시야가 확보되자 빈센트는 생각을 더 잘할 수 있었다. 멀리 볼수록 생각이 더 잘 됐다. 새로운 패턴을 찾을 때 높은 곳에

---

* Entschuldigung, '미안합니다'라는 의미의 독일어
** Bitte, '괜찮습니다'라는 의미의 독일어

서 스톡홀름 전경을 바라보면 도움이 됐다. 도로망이 이루는 무늬, 공원과 건물의 배치를 보는 동안 자기 자신을 잊을 수 있었다. 높은 곳에서는 아래에서 걸어 다닐 땐 숨겨져 있던 더 큰 연결과 맥락을 볼 수 있었다.

조각들 사이에서 움직이는 동안에는 전체 패턴을 보는 것이 불가능했다. 그의 뇌는 멀리서 넓게 보는 과정이 필요했다.

올라가야 할 계단을 찾아 위를 쳐다보았다. 좁은 탑 위까지 계단이 벽을 감듯 쌓여 있었다. 앨프리드 히치콕 감독의 영화 〈현기증〉을 떠오르게 하는 강렬한 계단이었다. 엘리베이터에도 사람이 많았지만, 이 계단은…… 정말 사람으로 가득 차 있었다. 저 사람들 틈에서 아래쪽이 제대로 보일 것 같지 않았다.

하지만 시청 정도면 경찰서에서도 쉽게 올 수 있는 곳이다. 그리고 그가 좋아하는 곤돌렌 레스토랑의 그 자리로는 돌아갈 자신이 없었다. 벌써 2년 동안이나 그곳에 가지 않았다. 그곳에서 전 아내 울리카와 만났던 후로는 말이다. 두 사람이…… 아니, 그 생각은 하고 싶지 않다. 식당 종업원이 모두 바뀌어야 빈센트는 그곳에 다시 갈 수 있을 것이다.

벽이 아주 가까이 있다는 생각은 하지 않으려고 애쓰면서 첫 번째 계단을 발로 밟았다. 그리고 올라가기 시작했다. 탑까지 계단은 모두 365개다. 1년의 날 수만큼 계단이 있는 것이다. 탑의 높이는 106미터다. 엘리베이터는 54미터 지점까지만 운행한다. 나머지 52미터는 걸어 올라가야 한다. 1년의 주 수와 남은 높이가 같다. 계단과 탑의 높이가 1년을 상징한다는 건 그저 우연일까? 물론 그럴 리 없다.

천천히 올라가면서 주의를 다른 곳으로 돌리려고, 빈센트는 휴대폰을 꺼내 파트부르 공원에서 찾은 레고 장난감 두 개를 찍은 사진을 열었다. 이것이 그가 풀지 못한 수수께끼였다. 어쩌면 밀다가 틀렸을 수도 있다. 아무리 생각해도 빈센트는 장난감이 희생자의 것이라는 밀다의 말이 옳다는 확신이 들지 않았다.

파란색 레이싱 카와 빨간색 견인차. 너무 순수했고, 너무 의미심장했다.

그가 또다시 있지도 않은 곳에서 의미를 찾고 있는 것이 아니라면 말이다. 이제는 점점 더 많은 곳에서 있지도 않은 무언가를 보고 있는 것 같다고, 천천히 계단을 올라가면서 빈센트는 생각했다. 하지만 레고와 진녹색의 연결을 떠올린 며칠 뒤에 그가 지목한 진녹색 풀밭에서 또 레고 장난감을 찾아낼 확률이 얼마나 될까? 그가 직접 레고 장난감을 묻어 놓은 것이 아니고서야. 그러나 빈센트는 레고를 땅에 묻지 않았다. 물론 순전히 우연으로 그런 미친 일이 발생할 수도 있겠지만, 그런 우연을 빈센트는 싫어했다.

숨을 고르려고 잠시 멈췄다. 꼭대기까지는 아직 한참 남았다.

파란색 레이싱 카는 빈센트가 아는 장난감이었다. 무엇 때문에 알고 있는지 생각해 내려고 했지만 실패했다. 다시 사진을 보았다. 레이싱 카 옆면에 흐릿해진 스티커가 붙어 있었다. 사진을 최대한 크게 확대하자 '드리프'로 보이는 글자가 나타났다.

다시 계단을 오르면서 '레고 드리프트'를 검색했다. 자동차 장난감임을 생각해 보면 논리적인 추론이었다. 검색창에 레고 자동차가 몇 대 나타났지만, 파란색 레이싱 카는 없었다. 사진을 다시 보니 첫 글자가 D가 아니었다. 앞에 한 글자가 더 있었다. 어떤 글자인지는 보이지 않았지만, 그 앞에 놓일 글자는 많지 않았다. 일단 A를 붙였다. 그러자 잭팟이 터졌다. 휴대폰 화면 위로 공원에서 찾은 것과 같은 레고 자동차 사진이 가득 펼쳐졌다. 제품 광고뿐 아니라 조립 방법, 제품 번호까지 있었다.

어째서 이 장난감이 그렇게 익숙했는지 깨달았다. 파란색 레이싱 카는 베냐민이 어렸을 때 출시된 레고 레이서스 시리즈 중 하나였다. 얼마 전에 생각난, 베냐민에게 사 주었던 레고 혼합 세트에 이 파란색 레이싱 카가 들어 있었다.

마침내 꼭대기에 도착해 전망대로 나갔다. 찬란한 여름 햇살을 받고 있는 스톡홀름이 아래에 펼쳐져 있었지만, 더는 도시에 집중할 수가 없었다. 이미 조각들이 빈센트의 마음속에서 맞춰지기 시작했다. 재빨리 펜을 꺼냈지만 적을 데가 없었다. 급한 대로 손등에 지금까지 알게 된 내용을 적었다.

레고 클래식. 6166. 브릭 박스
레고 레이서스. 8151. 레고 어드리프트

빈센트는 잠시 생각하다가 윗줄을 지웠다. 베냐민의 레고 혼합 세트가 이 일과 관계 있을 리 없었다. 하지만 공원에서 찾은 빨간색 견인차는 파란색 레이싱 카와 크기가 같았다. 따라서 같은 시리즈일 수도 있었다. 다시 휴대폰의 사진을 자세히 들여다보았다. 빨간색 견인차에도 스티커가 있었다. '토우 t'가 보였다. 구글에서 '레고 레이서스 견인차Tow truck'를 검색하자 제일 먼저 조립 설명서가 나왔다. 마침내 조금 진전이 생겼다. 손등에 다시 새 정보를 적었다.

~~레고 클래식. 6166. 브릭 박스~~
레고 레이서스. 8151. 레고 어드리프트
레고 레이서스. 8195. 견인차

이제는 패턴만 찾으면 된다.

빈센트는 쇠데르말름 섬을 향해 흘러가는 물을 물끄러미 바라보았다. 동쪽으로 지금은 호텔로 개조된 옛 교도소가 있는 롱홀멘 섬의 무성한 숲이 보였다. 어디에나 물이 있었다. 물과 죽은 아이들이 있었다.

어드리프트. 견인차.

베냐민의 레고 덕분에 빈센트는 적어도 한 가지는 알게 되었다. 빨간색 견인차는 파란색 레이싱 카보다 조금 더 늦게 출시됐지만 둘 다 10년 넘게 판매하지 않고 있는 모델이라는 것, 따라서 중고로도 구하기가 힘든 소형 모델이라는 것 말이다. 이것이 살인자가 보내는 메시지라고 가정한다면, 파트부르 공원에서 발견된 아이는 누군가가 아주 오래전부터 살해할 계획을 세우고 있었다는 뜻이었다. 그 아이가 태어나기 전부터. 그게 무슨 뜻일까? 어떻게 존재하지도 않는 아이를 죽일 계획을 세울 수 있지? 이건 중요한 질문일 것이다. 하지만 지금 당장 대답해야 할 필요는 없는 질문이었다.

기사의 여행과 관계가 없다면, 파트부르 공원에서 발견된 아이는 그저 비극적인 희생자일 뿐이다. 레고 자동차는 게임을 좋아하는 살인자가 남기고 간 교활한 단서가 아닐 수도 있다. 레고 자동차의 모습에서 특이한 점은 발견하지 못했다.

둘 다 조립 설명서대로 제대로 조립된 차였다. 어쩌면 밀다가 옳은 것일 수도 있다. 아이가 살해당할 때 가지고 있던 장난 감들인지도 모른다.

그러나 빈센트의 직감은 아니라고 말하고 있었다.

프로펠러 모자를 쓴 아이들이 독일어로 떠들면서 빈센트 옆을 지나쳐 갔다. 빈센트는 아이들이 지나갈 수 있도록 난간에 몸을 붙였다. 난간 밑으로 잔디밭 여기저기에 퍼져 일광욕을 즐기는 사람들이 보였다. 물건 자체가 단서가 아니라면 이름이 단서인 걸까? 이름 자체로는 그 무엇도 떠오르지 않았다. 빈센트는 자동차가 출시될 때 붙은 제품 번호를 글자로 바꾸어 보았다. 81518195. HAEAHAIE. 의미 없는 단어였다.

하지만 알파벳은 열 개 이상이므로, 여기에 두 자릿수 숫자가 들어가 있을 수도 있다. 두 번째 의미를 파악하기 위해 숫자를 두 개씩 묶어 보기로 했다. 처음부터 다시 시작했다. 첫 두 수는 81이다. 81은 한 글자가 될 수 없다. 따라서 첫 번째 수는 8이어야 한다. 8은 H이다. 두 번째 수는 15였다. 15는 한 글자가 될 수 있다. O이다. 18은 R이었다. 19는 S. 그렇다면 5가 남는다. 5는 E이다.

빈센트는 손등에 적은 글자를 물끄러미 바라보았다.

HORSE.

말.

투라가파다반다. 말의 걸음에 관한 배열.

기사의 여행.

빈센트는 처음부터 옳았다.

독일 아이들이 그 어느 때보다 큰 소리로 떠들고 있었다.

*

"당신이 무슨 일을 한 건지 알고는 있는 겁니까?"

분노를 억누르느라 루벤의 목소리가 떨렸다. 근무 중일 때는 보통 감정을 죽이는 그였다. 하지만 이 멍청함은 지금까지 보았던 그 어떤 멍청함보다 더했다. 루벤과 율리아는 최대한 빨리 뮌트토르에트 광장으로 향했다. 그들이 도착했을 때는 TV4의 인터뷰가 마무리되는 중이었다. 두 사람이 예뉘 홀름 그렌에게 면담을 요청하자, 테드 한손은 곧바로 사라져 버렸다. 자신이 경찰과 가까이 있는 모습을 사람들에게 보이고 싶지 않아서일 것이다. 특히 텔레비전 카메라가 사람들의 이목을 끌고 있을 때, 관광객에게 볼거리를 제공하게 될 때 말이다.

두 사람은 예뉘에게 함께 경찰서로 가자고 했고, 그녀에게는 선택의 여지가 없음을 확실히 했다. 예뉘는 그 자리에서 소동을 일으키지 않을 정도로는 똑똑했다.

그러나 취조실에 들어오자마자 예뉘의 무심함은 명백한

짜증으로 바뀌었다.

"당신들이 무슨 말을 하는 건지 모르겠다고요. 어떻게 그 많은 사람이 보고 있는 곳에서 나를 경찰차에 밀어 넣고 올 수가 있는 거죠? 그게 무슨 무례예요. 정말로 고소를 해야 하나 싶네요. 내 명예를 생각해야죠. 게다가, 불쌍한 테드 대표님은 어떻게 할 거예요? 사람들이 뭐라고 생각하겠어요? 아무튼 마우로가 당신들을 속이는 데 성공했나 보네요. 늘 자기 매력을 이용해 먹는 남자니까. 다들 그 망할 외모에 혹하는 거지. 세상에. 당신들은 왜 그렇게 잘 속는⋯⋯."

루벤은 옆에 앉은 율리아와 시선을 교환했다. 귀가 살짝 붉어진 것으로 보아 율리아도 루벤만큼이나 화가 난 것이 분명했다. 두 사람은 바보에게 낭비할 시간이 없었다. 마테 스코글룬드는 이미 오시안의 집에 침입, 절도한 혐의로 체포됐다. 체포하러 갔을 때 범행 사실을 부인하지도 않았다.

"이런 일을 벌이기 전에 신중하게 생각했어야죠."

율리아의 입에서 아주 부드러운 목소리가 흘러나왔다. 처음으로 예뉘의 눈에 살짝 불안감이 서렸다.

"지금 우리 동료가 당신 오빠, 마테하고 대화하고 있어요."

여전히 부드러운 목소리였다.

"여기 취조실에서요. 당신 오빠가 뭐라고 했을 것 같아요? 특히 자기 형량을 줄이고 싶을 때는?"

예뉘의 눈에서 분노와 공포가 동시에 터져 나왔다. 경찰이 알아차렸음을 깨달은 것이다.

"오빠가 하는 말은 뭐든 믿으면 안 돼요."

예뉘가 손을 내저었다.

"이미 어떤 사람인지 알 거 아니에요. 감옥에, 마약에, 절도에, 폭행에. 도대체 오빠 일을 왜 나한테 말하는 건지 모르겠네요."

"물론 우리도 잘 알죠."

루벤이 대답했다.

"무엇보다도 당신 오빠의 전문 분야가 절도라는 것도요. 당신 말처럼요."

루벤이 예뉘 앞으로 사진을 몇 장 내밀었다.

"이게 당신 오빠가 전당포에 맡긴 겁니다. 어디서 훔쳤을까요?"

예뉘 입에서 욕설이 튀어나왔다.

"버리라니까, 그 멍청한 새끼가."

"그럼 이제 모른 척하지 않겠네요."

율리아가 말했다.

"알고 있겠지만, 이건 오시안 부모님의 소지품이에요. 우리가 오시안의 옷도 살펴봐 달라고 부탁했어요. 몇 벌이 사라졌다고 하더군요. 사라진 옷은 당신 전남편 식당의 변기 물탱크에서 찾은 옷과 정확히 일치했고요."

"허, 뭐래. 마우로가 어린이집에서 그 옷들을 가져온 게 분명해요."

"그래요, 우리도 그렇게 생각했었죠. 하지만 오시안의 여벌 옷은 지금도 그 아이 배낭에 담긴 채 집에 걸려 있어요. 식당에서 찾은 옷은 누군가 집에 침입했을 때 사라진 옷과 일치하고요. 그게 우연 같아요?"

예뉘는 대답하지 않고 탁자만 내려다보았다.

"마우로에 대한 모든 혐의를 풀었어요."

루벤이 즐거움을 숨기지 않으며 말했다.

"벌써 풀려나서 가족이 있는 집으로 돌아가고 있어요. 얼마 전에 아기가 태어난 건 알고 있죠?"

"그 대신 당신과 당신 오빠는 잡혔네요."

그 말을 하고 율리아는 자리에서 일어섰다.

"여러 가지 혐의로 기소될 거예요. 절도, 장물 거래, 경찰 수사 방해까지, 그 모든 혐의로요."

"그렇겐 못 하지. 나한테 백이 좀 있거든. 그 사람들이 절대로……."

"테드 한손 말인가요?"

율리아가 예뉘의 말을 가로막았다.

"스웨덴의 미래 당 대표? 이 소식을 들으면 당신을 아는 체도 안 할걸요. 당신 덕분에 언론이 그를 잡아먹으려고 덤빌 테니까. 15분짜리 명예가 사라져서 참 안타깝네요."

"꺼져, 이 망할 년아."

예뉘가 이를 갈았다.

취조실에서 나가려던 율리아가 멈춰 서서 탁자 위로 몸을 숙이고 얼굴을 예뉘의 얼굴 앞에 들이밀었다.

"지금 뭐라고 했어요? 다시 한번 말해 봐요. 어, 서, 요."

예뉘는 율리아의 시선을 피했다.

"그럴 줄 알았지. 좋은 주말 보내요."

두 사람은 취조실을 나섰다. 그들의 눈에 뚱한 표정으로 허공을 보고 있는 예뉘가 보였다.

"잘했어, 루벤."

율리아가 말했다. 당황한 루벤은 그저 고개만 끄덕였다.

*

나무 그늘 아래 직접 만든 가구에 앉아 있는 나탈리의 할머니 얼굴에는 근심이 가득 담겨 있었다. 할머니는 종이에 적힌 내용을 읽고 또 읽었다.

"뭐가 잘못됐어요?"

걱정이 된 나탈리가 물었다.

"돈이 다 떨어졌어."

종이를 내려놓으며 이네스가 대답했다. 종이는 영수증이었다.

"여길 고치는 데 드는 돈이 우리가 생각했던 것보다 더 많이 나가는구나. 사람은 더 늘어나고 있고. 이 농장에 계속 머물 수 있을지 모르겠다."

이네스의 말이 따귀를 때리듯 와 닿았다. 나탈리는 할머니 옆으로 펄쩍 뛰어 올라앉았다.

"머물 수 없다고요? 하지만…… 그럼…… 우린 어디로 가요?"

할머니는 자신도 모른다는 듯이 어깨를 으쓱했다.

"대부분 관대하게도 자신이 가진 돈을 내주고 있단다. 그런데 그걸로는 충분하지 않아. 그렇다고 너에게 부탁할 수도 없구나. 넌 너무 어리니까. 게다가 큰돈이 아니라면 의미가 없을 거야. 우리에게는 돈이 아주 많이 필요하거든."

나탈리는 부끄러웠다. 어떻게 이렇게 이기적일 수가 있었을까? 다른 사람들에게 의지해 살면서도 그걸 깨닫지 못했다니. 당연히 알았어야 했다. 돈은 그냥 생기는 게 아니니까. 나탈리는 자신이 그저 아이가 아니라는 걸 할머니에게 설명하고 싶었다. 자신이 다른 사람들만큼이나 이 공동체에 신경을 쓰고 있다는 걸 알려 주고 싶었다. 그러나 말만으로는 부족했다. 공동체를 도와야 했다. 그리고 나탈리는 그 방법을 알았다.

"아빠랑 내가 집에 돈을 두는 곳이 있어요. 내 침대에 있는 작은 해적 상자요. 생일 선물로 돈을 받으면 다 거기 두거든요. 아빠도 가끔 거기 돈을 넣고요. 돈이 충분히 모이면 그 해적 상자에서 돈을 꺼내 휴가를 가요. 지금은 1만 크로나 정도 있을 거예요. 가서 가져오면 돼요."

나탈리를 바라보는 할머니의 눈이 커졌다. 그리고 웃었다.

"진심이니? 그건 아주 의미 있는 일이 될 거란다. 네가 정말로 가치가 있다는 걸 사람들에게 보여 줄 수 있을 거야. 하지만 그건 아주 큰 돈이야. 네 돈이기도 하고."

"내가 가치가 있다'는 게 무슨 뜻이에요?"

"미안. 그렇게 말하면 안 되는 건데."

이네스가 나탈리의 손을 잡았다.

"가끔 사람들이 물어보거든. 네가 특별한 대우를 받는 게 내 손녀이기 때문이냐고."

나탈리의 마음속에서 일말의 망설임마저 사라져 버렸다.

"그 돈을 드리고 싶어요. 지금 가서 가져와요."

할머니가 다시 웃었다. 이 세상 모든 것이 잘 되고 있음을 분명하게 보여 주는 따뜻하고 포근한 웃음이었다.

"칼이 같이 갈 수 있을 때까지 기다리자. 그가 언제 시간이 날지 모르지만, 우리는 너희 아빠를 상대해야 하잖니."

*

울라 빈블라드 레스토랑으로 들어가면서 크리스테르는 이마에 맺힌 땀을 닦았다. 최근 몇 달 동안은 토요일마다 이곳에 왔지만, 오시안 사건을 맡은 뒤로는 할 일이 너무 많아서 지난 2주간은 오지 못했다. 유르고르덴 섬의 역사적인 명소인 그 식당에 들어서면서, 그는 불안한 표정으로 내부를 살폈다. 고작 두 번째 방문 만에 크리스테르는 왼쪽 구석에 있는 2인용 식탁을 자기 자리로 결정해 버렸다. 한번은 간발의 차이로 연인들에게 그 자리를 빼앗겨 어쩔 수 없이 그 옆자리에 앉아야 했다. 그날은 점심을 먹는 내내 곁눈질로 두 사람을 노려봤다. 물론 아주 살며시 노려본 것이라 두 사람은 눈치채지 못했지만. 사실 그들을 노려본 건 그저 자의식 과잉일 뿐이었다. 그 사람들은 그 자리가 크리스테르의 자리라는 걸 몰랐을 테니까.

"아니, 이게 누구예요! 집 나간 탕아가 돌아왔군요!"

크리스테르를 보자마자 식당 지배인이 소리쳤고, 크리스테르의 가슴에 온기가 퍼져 나갔다. 다시 땀이 흐르지 않기를 바라며 그를 바라보던 크리스테르는 언제나 그랬듯이 그의 머리카락이 자신이 기억하고 있는 것과 똑같은 금발이라는 사실에 또 놀랐다. 그의 금발 머리카락에는 새치가 한 가닥도 없었고, 염색을 한 흔적도 없었다.

"이제 안 오기로 한 건가 싶어서 걱정했어요."

지배인이 한쪽 눈을 찡긋하면서 말했다.

"지정석은 비어 있습니다."

걸어오면서 메뉴판을 집어 든 지배인이 크리스테르를 식탁으로 안내했다. 하얀 식탁보 위에 은 식기와 불을 붙인 양초가 아름답게 놓여 있었다.

이제는 해야 할 시간이 왔다. 크리스테르를 소개할 때가 되었다. 자신이 누구인지 알려 줄 것이다. 어떤 일이 있었는지 말해 줄 것이다. 오늘은, 확실히, 틀림없이 할 것이다.

"아, 그게, 아시다시피, 할 일이 너무 많아서."

크리스테르가 중얼거렸다.

"메뉴 보시겠어요? 사실 달라진 건 없어서 민망하긴 하지만요. 우리가 늘 먹던 걸로 준비할까요?"

지배인이 메뉴판을 내밀었고, 크리스테르는 메뉴판을 받아 들고 벽 쪽 자리에 앉았다. 우리가 늘 먹던 걸로 준비할까요, 라니. 우리가 무슨 뜻이지? 혹시 그는 이미 오래전에 크리스테르를 알아본 것일까? 크리스테르는 그렇기를 바라기도 했고, 절대 아니기를 바라기도 했다. 아직은 아니었다. 일단 먼저, 조금 더 각오를 다질 필요가 있었다.

창밖으로 보이는 풍경은 근사했다. 인도에는 산책하러 나온 사람들이 가득했고, 그중에는 개를 데리고 나온 사람도 많았다. 크리스테르는 보세가 그리웠다. 보세는 어디든 그와 함께했다. 하지만 이 식당에는 동물이 들어올 수 없었고, 그는 보세를 뜨거운 자동차 안에 두고 오고 싶지 않았다. 어쩔 수 없이 보세는 얌전히 집에서 기다려야 했다. 처음에 그 대가는 크리스테르가 가장 좋아하는 에나멜가죽 신발 한 짝이 치러야 했다. 일주일 뒤에는 텔레비전을 볼 때 앉는 안락의자의 왼쪽 팔걸이가 치렀다. 그래도 그럴 가치가 있었다.

"잠깐 볼게요."

크리스테르는 메뉴판을 내밀고 있는 남자를 애써 외면하면서 중얼거렸다.

맥박이 옆에서도 들릴 정도로 세게 뛰었다. 곧, 곧 말할 것이다.

"천천히 보세요. 오늘은 조용하네요. 아마 다들 시골 별장에 갔든지, 군도 휴양지에 놀러 갔나 봐요."

크리스테르는 웅얼거리면서 대답하고는 진지하게 메뉴를 살펴보는 척했다. 이미 마음은 정했다. 언제나처럼 발트해 청어를 먹을 것이다. 그러나 이 시간을 조금 더 늘려 완벽한 오프닝을 위한 시간을 벌고 싶었다. 석 달이 지났는데 그 오프닝은 아직도 제 모습을 드러내지 않았다. 어쩌면 그 순간이 왔었는데, 그가 놓친 것일 수도 있다. 이제 더는 확신이 없었다.

"그런데⋯⋯."

하얀 가운을 입은 지배인이 갑자기 말을 걸었다. 주방으로 걸어가던 그가 몸을 돌려 다시 다가왔다. 메뉴판에서 고개를 든 크리스테르의 눈이 남자의 눈과 마주쳤다. 남자의 눈은 그가 기억하고 있는 것만큼 파랬다.

"몇 번이나 물어보려고 했는데요. 너무 바빠서 못 물어봤거든요. 그냥 궁금해서 드리는 말씀인데…… 혹시 우리 만난 적이 있나요? 너무 낯이 익어서요."

걱정이 드는 것처럼, 남자의 미간에 살짝 주름이 졌다. 햇빛이 완벽한 각도로 남자의 얼굴을 비춰 파란 눈이 한층 더 파랗게 보였다. 맥박이 더욱 세게 뛰었다. 몸 밖으로 퍼져 나가는 심장 소리 때문에 식당에 있는 사람이 모두 이 구석 식탁을 쳐다볼 것 같았다. 그러나 아무도 이쪽을 보지 않았다. 크리스테르의 귀에는 천둥처럼 들리는 심장 소리가 다른 사람들에게는 들리지 않는 모양이었다. 깊이 숨을 들이마셨다. 마침내 크리스테르가 원하던 오프닝이 시작된 것이다. 마침내.

하지만…….

"아니, 만난 적 없어요."

크리스테르의 귀에 자신의 목소리가 들렸다.

"그리고, 청어 요리 주세요. 필스너도 같이."

메뉴판을 접어 지배인에게 내밀었다. 지배인은 메뉴판을 받아 들고 어깨를 으쓱하더니 크리스테르가 고른 메뉴를 전달하러 주방으로 갔다. 크리스테르는 남자가 멀어지는 동안 계속 뒷모습을 바라보았다. 그리고 마침내 남자가 사라지자 크게 한숨을 쉬었다.

다음에. 분명히 다음번이다.

그때가 되면 크리스테르는 분명히 말할 것이다.

*

쉬는 날인데, 이렇게 지나친 걸 요구하면 안 되는 거 아닌가? 일요일에 이런 걸 요구한다고? 더구나 금요일에는 에뉘와 마테를 잡고 마우로를 풀어 주는 등, 꽤 괜찮은 일을 했다. 루벤은 자신에게는 조금쯤은 쉴 자격이 있다고 생각했다.

하지만 다른 사람들은 그렇게 생각하지 않는 것이 분명했다.

지금 루벤은 최대한 빠르게 달리고 있었다. 아스트리드를 위해 경찰차를 쓰겠다는 허락을 받았으니 굳이 제한 속도를 지키려고 신경 쓸 필요는 없었다. 그러나 엄청난 속도로 고속도로를 달리는 경찰차 조수석에 어린 여자아이가 앉아 있는 걸 보면 누구든 어리둥절할 것이다. 그저 아스트리드가 쓰고 있는 경찰모가 조금이라도 위장 효과를 내 주기를 바랄 뿐이었다. 루벤은 갑자기 아스트리드가 성장하기 시작한 것처럼 느껴졌다.

엘리노르의 집에서 아스트리드를 차에 태우고 몇 분도 되지 않아 회의를 소집한다는 연락을 받았다. 정말 빈센트다운 일이었다.

"하던 일을 모두 정리하고 15분 뒤에 회의실로 오세요."

빈센트는 그렇게 말했다. 도대체 자기를 뭐라고 생각하는 거지? 일요일에 회의를 소집하다니. 빈센트가 마지막으로 회의를 소집한 건 2년 전 여름이었다. 그때 그 멘탈리스트는 30분 만에 자기 자신을 주요 용의자로 만들어 버렸다. 이번엔 무슨 짓을 하려고 우리를 부르는 거야? 루벤은 잔뜩 긴장했다.

"진짜 빨라요!"

루벤 옆에서 아스트리드가 신나게 웃었다.

"우리, 강도를 쫓는 거예요?"

"그거랑 비슷해. 우린 마음을 읽는 사람을 만나러 가는 거야. 그 사람이 네 생각을 훔쳐 갈 수도 있어."

아스트리드는 루벤의 말을 곰곰이 생각하는 것처럼 잠시 아무 말도 하지 않았다.

"우리 사이렌 울려도 돼요?"

마침내 아스트리드가 말했다.

루벤의 마음이 따뜻해졌다. 망할 규칙 따위는 개나 줘 버려. 딸이 사이렌을 원한다. 그렇다면 사이렌을 울려야지. 루벤은 사이렌과 경고등을 동시에 켜고 가속 페달을 더욱 세게 밟았다. 아스트리드가 기뻐서 함성을 질렀다.

경찰서에 들어간 아스트리드는 접수처 직원에게 우아하게 인사했다. 엘리베이터를 타고 위층으로 올라온 두 사람은 회의실까지 달려갔다. 아스트리드는 루벤에게 뒤지지 않는 속도로 뛰었다. 회의실로 들어섰을 때, 처음에 루벤은 동료들이 자신을 보고 깜짝 놀란 이유를 알아채지 못했다. 동료들의 시선이 자신이 아니라 아스트리드에게 향해 있음을 깨닫고서야 그 이유를 알았다.

"아, 맞다. 여긴 아스트리드야. 오늘은 나랑 같이 있기로 해서."

회의실에 침묵이 감돌았다.

"글쎄, 이게 적절한 일인지……."

율리아는 곧 입을 다물고 고개만 저었다.

"그 애는…… 내 말은…… 어떻게……?"

페데르는 수염 끝도 넘지 못할 만큼 작은 소리로 중얼거리다가 입을 다물었다.

빈센트는 이제는 격자무늬 판이 된 스톡홀름 지도가 걸려 있는 안쪽 벽 앞에 서 있었다. 지도 위에는 릴뤼, 빌리암, 파트부르 공원의 아이, 오시안이 발견된 곳마다 그 아이들을 나타내는 사진이 붙어 있었다. 거기에 빈센트일 가능성이 큰 누군가가 살인자의 동선을 쉽게 파악하려고 그 장소들을 선을 그어 연결해 놓았다.

"안녕, 아스트리드."

빈센트가 루벤의 딸을 향해 웃었다.

"만나서 기쁘다. 이야, 너랑 아빠는 정말 닮았구나. 경찰모를 안 써도 단번에 알아볼 수 있겠어."

"아빠라고?"

크리스테르의 입이 새 둥지를 틀어도 될 만큼 떡 벌어졌다.

"왜요?"

자신과 아스트리드가 앉을 의자를 가져다 놓으면서 루벤이 날카롭게 말했다.

"내 딸인 거 모르겠어요? 바보가 아닌 다음에야 그게 가능해요? 빈센트 말 들었죠? 우리가 얼마나 닮았는지 안 보여요? 얘 아빠가 될 만큼 잘생긴 사람이 나 말고 또 있겠어요?"

루벤은 비스킷 접시를 아스트리드 앞으로 끌어당겼다. 테이블 주위로 퍼져 나가는 환한 미소는 애써 모른 척했지만, 미나마저도 눈빛에 부드러움 비슷한 무언가를 담고 있음은 알 수 있었다.

접시 위에는 그 전날 남기고 간 잼이 든 비스킷 몇 개밖에 없었다. 하지만 아스트리드는 신경 쓰지 않았다. 아이는 행복하게 오물거리며 비스킷을 먹었다. 율리아의 입가가 씰룩거렸다.

"내가 아스톤이라는 남자아이를 아는데, 너랑 나이가 같을 거야."

빈센트가 아이에게 말했다.

"아스트리드하고는 이름도 아주 비슷하네."

"여기 있어요?"

아스트리드가 기대하며 물었다.

"같이 놀 수 있어요?"

머그잔을 입으로 가져가던 크리스테르가 빙그레 웃었다.

"루벤, 들었지? 이제 빈센트 가족하고 함께 놀 계획을 짜야 겠네. 그게 자네의 미래야!"

그 제안이 루벤에게는 매력적이지 않은 것이 분명했다. 루 벤은 으쓱하려던 어깨를 눌러 참고 대신 크게 헛기침을 했다.

"급할 거 뭐 있나요. 아스트리드하고 나는 오늘 다른 계획 이 있어요."

"좋아요."

율리아가 말했다.

"이제 시작하죠. 왜 부른 거예요, 빈센트? 어, 루벤, 혹시 너 무 지나친 말이 나온다 싶으면 아스트리드의 귀를 막아 줘."

"괜찮을 거야."

루벤이 다시 비스킷을 집으려고 손을 뻗는 딸의 머리에서 경찰모를 바로잡아 주며 대답했다.

"모두 알고 있듯이…… 우리가, 파트부르 공원에서…… 발 견했죠."

빈센트가 아스트리드 쪽을 살짝 쳐다보면서 조심스럽게 말했다.

"거기에서도 말을 찾았어요. 진짜 말은 아니야, 아스트리드. 사실은 레고 장난감인데, 거기에 메시지가 들어 있었어. 그 메시지를 풀어 보면 말이라는 단어가 나와. 아무튼, 그 레고 장난감은 내가 제시한 기사의 여행 가설을 입증해 줬어요. 하지만 이미 말했던 것처럼 그 발견이 노바의 물 가설에 어긋나지는 않아요. 우리의 범인과 공범들이 사이비 종교 같은 집단의 구성원일 거라는 노바의 지적도 일리가 있어요. 너무나도 많은…… 희생자가…… 완전히 다른 사람들에게 납치됐다는 건 조직범죄가 아니라면 설명하기 힘든 일이죠."

"파트부르 공원의 희생자를 납치한 사람에 대해서는 정보가 전혀 없잖아."

크리스테르가 지적했다. 빈센트는 고개를 끄덕였다.

"맞습니다. 그 부분은 분명히 확인해 봐야겠죠. 하지만 동일한 살인자가 범인임을 보여 주는 다른 요소들이 있다는 사실에 주목하면 좋겠어요."

빈센트의 입에서 살인자라는 말이 나오자 아스트리드의 눈이 휘둥그레졌다. 저렇게 조심성이 없다니, 빈센트다웠다. 그러나 루벤의 딸은 아무 말도 하지 않았다. 그저 루벤의 손을 꼭 잡았을 뿐이었다. 지금까지는 아니었을지 몰라도, 지금, 이 순간, 루벤은 딸이 자랑스러웠다. 루벤의 딸은 쓸데없이 두려워하지 않았다. 아스트리드는 멋진 경찰이 될 것이다.

"문제는 노바의 가설로는 그 어떤 예측도 할 수가 없다는 거예요. 만약에 또다시…… 범죄가…… 있다고 해도 그것이 모두 물가에서 일어나리라는 건 이제 알아요. 지금은 아니지만 예전에 물가였던 곳도 가능하고요. 그 말은 이 도시의 아주 많은 곳이 범행 가능 장소라는 뜻이죠. 하지만 기사의 여행 가설을 적용하면 탐색할 장소를 몇 곳으로 좁힐 수 있어요. 그래서 말인데, 괜찮다면 율리아, 더 나은 가설이 나오기 전까지는 내 가설을 기본 전제로 하고 수사를 진행해 줬으면 좋겠어요."

빈센트는 대답을 기다리지 않고 지도 위에서 릴뤼가 발견된 지역을 손가락으로 짚었다. 그곳에서 이어진 선을 따라 빌리암이 발견된 장소로 가고, 다시 파트부르 공원을 거쳐 오시안을 발견한 셉스홀멘을 지나 지도에 있는 다음 칸으로 옮겨 갔다.

"지도에서 이 길을 따라가면 다음…… 발견은…… 유고슈브룬스비켄만일 거예요."

"거긴 전체가 운하잖아요. 그냥 물이라고요."

페데르가 말했다. 빈센트의 표정이 어두워졌다.

"그건 아니죠."

율리아가 대답했다.

"당신이 말한 건, 빈센트, 우리가 또다시 실패한다면 찾아볼 장소예요. 우리가 해야 하는 건 애초에 납치되지 않도록 막는 거고요. 일단 모든 어린이집에 경고해야죠. 아이들을 데리고 갈 때 특히 조심해 달라고 말하고, 어떤 아이든 눈을 떼지 말라고 해야죠."

"얼마나 오래? 릴뤼와 빌리암 사이에는 6개월이 있었어. 하지만 빌리암과 파트부르 공원의 아이의 간격은 그보다 더 짧았고, 오시안도 그래. 사건들 사이에 어떤 시간 패턴은 없는 것 같아. 도대체 부모들한테 얼마나 더 공포에 질려 있으라고 하라는 거야?"

페데르가 말했다.

"부모들은 이미 지쳐 가고 있어."

루벤은 로비스의 집 앞에서 아담과 함께 만난 아기 어머니를 떠올리며 말했다.

"심지어 테드 한손은 날이 갈수록 지지율이 오르고 있다는 여론 조사 결과가 나오잖아. 예뉘 홀름그렌의 유무에 상관없이."

"경고는 도움이 될 것 같지 않아."

크리스테르가 우울하게 말했다.

"지금까지 납치범들은 부모도 이웃도 모두 따돌리고 아이를 데려갔어."

루벤은 아스트리드를 보았다. 아스트리드는 지금 언급되고 있는 아이들보다 고작 몇 살 더 많을 뿐이었다. 빈센트와 노바는 이 범죄가 철저하게 조직화된 범죄라고 했다. 한 장소에 이렇게 엄청난 악의가 집중될 수 있다고? 도저히 이해가 되지 않았다.

갑자기 침이 제대로 삼켜지지 않았다. 루벤은 아스트리드가 쓰고 있는 모자를 다시 한번 매만져 주었다. 그의 딸에게 접근하는 나쁜 놈은 누구라도 이 아빠를 상대해야 할 것이다.

3권에서 계속

옮긴이 김소정
생물학을 전공했고 과학과 역사를 좋아한다. 독서 모임과 번역 공부를 꾸준히 하고 있고, 오랫동안 번역을 하고 싶다는 바람이 있다. 옮긴 책으로는《아주 사적인 은하수》, 《우리를 방정식에 넣는다면》, 《허즈번드 시크릿》, 《사라진 지구를 걷다》 등이 있다.

컬트 2

초판 1쇄 2024년 12월 11일

지은이 카밀라 레크베리, 헨리크 펙세우스
옮긴이 김소정

책임편집 이정
표지디자인 정나영

펴낸이 차보현
펴낸곳 어느날갑자기
출판등록 2017년 8월 31일 제2021-000322호
블로그 https://blog.naver.com/dayonepress
인스타그램 https://www.instagram.com/oneday_press
유튜브 '책략가들' https://www.youtube.com/@dayonepress

컬트 2 ⓒ 카밀라 레크베리, 헨리크 펙세우스, 2024
ISBN 979-11-7335-011-5 04850
       979-11-7335-009-2 04850 (전 3권)